Ulrike Werdün

Steter Tropfen

Autorin: Ulrike Werdün

Buchtitel: Steter Tropfen

Bibliografische Information der Deutschen Nationalbibliothek: Die Deutsche Nationalbibliothek verzeichnet diese Publikation in der Deutschen Nationalbibliografie; detaillierte bibliografische Daten sind im Internet über dnb.dnb.de abrufbar.

© 2024 Ulrike Werdün

Herstellung und Verlag: BoD – Books on Demand, Norderstedt

ISBN 9783759719744

Lektorat: Volker Maria Neumann
Cover Bildrechte: i.stock.com/dierick

Ich möchte dieses Buch meinem Mann widmen, der mir nicht nur zu jeder Zeit den Rücken freihält, sondern diesen auch, mit seiner Geduld und Liebe, stärkt.

I. Kapitel

Es hätte ein perfekter Tag werden können. Nach starken Regenfällen und einer drückenden Schwüle in der vergangenen Woche zeigte der Sommer endlich seine wahre Stärke. Schon am Morgen erstrahlte der Garten hinter ihrem Elternhaus in leuchtend satten Farben, wie sie nur das Sonnenlicht im Juli herbeizaubern konnte. Gloria war von wildem Vogelgezwitscher geweckt worden und mit einem energiegeladenen Satz aus dem Bett gesprungen. Vom Fenster ihres Zimmers aus sah sie einen Augenblick lang nachdenklich hinab in den Garten. Ihre Eltern hatten bereits damit begonnen, den Morgentau von Tischen und Stühlen zu wischen und große Sonnenschirme als Schattenspender rund um den langen Gartentisch aufzustellen, der ihnen am Nachmittag als Festtafel dienen würde. Der Wetterbericht hatte für den Tag über dreißig Grad angekündigt, sodass einem glorreichen vierzehnten Geburtstag nichts mehr im Wege stand.

Gloria schmunzelte. Im Gegensatz zu anderen Kindern hatte sie ihren Namen immer gemocht. Gloria.

Ihr Großvater hatte ihr, als er noch lebte, einmal erzählt, dass der Name aus dem Lateinischen komme und Ruhm bedeute. Wer wusste es schon, vielleicht würde sie ja eines Tages tatsächlich berühmt werden.

Es dauerte nicht lange und sie war geduscht, angezogen und voller Tatendrang. Sie stürmte in den Garten, als ihr Vater gerade mit einem Turm von Sitzkissen, den er vor sich her balancierte, auf die Terrasse trat. Vorsichtig setzte er seine Füße voreinander, weil ihm der Stapel völlig die Sicht nahm. Seine Frau eilte ihm zur Hilfe.

„Karl, warum rufst du mich denn nicht? Ich hätte dir doch helfen können." Hastig griff sie die oberen Kissen ab.

„Glaubst du, dein Mann ist ein Schwächling?", prustete er belustigt los, worauf sie nur sanft lächelte.

Als Gloria zu ihnen trat, zeigte sich für den Bruchteil einer Sekunde ein trauriger Schatten auf dem Gesicht ihrer Mutter. Dann legte sie die Kissen sorgfältig auf einer Bank ab, eilte ihrer Tochter entgegen und drückte ihr einen liebevollen Kuss auf die Wange.

„Mein Engel, ich wünsche dir alles Gute zu deinem Geburtstag. Möge dein neues Lebensjahr ein steter Wandel auf Pfaden der Sorglosigkeit sein!"

„Ach, Mama", Gloria machte sich kichernd von ihr los, „warum musst du immer so geschwollen daherreden? Kannst du nicht einfach ‚Happy Birthday' sagen?"

Ihr Vater tat es seiner Frau gleich und zog seine Tochter schwungvoll an seine Brust. Dabei schien Gloria in seinem großen, stattlichen Körper zu versinken. Karl Brix maß gut einen Meter fünfundneunzig, und seine Statur war die eines Mannes, der sehr auf seine körperliche Gesundheit achtete. Auch wenn er als Direktor einer namhaften Bank seiner Arbeit vorzugsweise im Büro nachging, legte er größten Wert auf sportlichen Ausgleich. Zweimal in der Woche lief er fünfzehn Kilometer durch einen nahegelegenen Wald und traf sich jeden Samstag mit einem guten Freund zum Tennis. Gloria hatte immer geglaubt, dass ihren Vater durch sein Training und seine immerzu gute Laune einfach nichts erschüttern könne.

Doch ungefähr ein Jahr zuvor hatte sie erleben müssen, dass er alles andere als unverwundbar war. Bei einem Biss in ein Stück Nusskuchen war eine heftige allergische Reaktion aufgetreten, die ihn fast in die Knie gezwungen hatte. An diesem Tag hatte er nicht nur nach Atem, sondern auch um sein Leben gerungen. Es hatte Gloria damals bis ins Mark erschüttert. Ihr Vater war für sie der Inbegriff der Unverwüstbarkeit gewesen. Doch von jetzt auf gleich hatte er an Stärke eingebüßt und seine Unantastbarkeit verloren. Damals hatte sie solche Angst um ihn gehabt, dass sie noch heute bei dieser Erinnerung schmerzvoll das Gesicht verzog.

Sie stieß sich sanft von ihm ab, besah ihn sich, als sähe sie diesen Mann zum ersten Mal, und fragte sich, wie lange er noch würde für sie da sein können. Eigentlich zeigte nur sein dünnes Haupthaar, dass er seinen fünfzigsten Geburtstag schon vor einigen Jahren gefeiert hatte.

Er wuschelte ihr über den blonden Pagenkopf und sagte, als hätte er es eben erst bemerkt: „Du bist wirklich schon eine reife, junge Dame geworden." Und halb zu seiner Frau gewandt fügte er hinzu: „Inge, du würdest mir doch sagen, wenn es Anwärter auf die Hand dieser bezaubernden Frau gäbe? Ich müsste dann nämlich gewisse Sicherheitsvorkehrungen treffen, wenn du weißt, was ich meine?" Er zwinkerte ihr vielsagend zu.

Das Lachen seiner Frau war klar und ehrlich. Etwas, das Gloria an ihrer Mutter liebte. Sie konnte ihren

Kopf in den Nacken werfen und sich einfach des Lebens freuen. So wie in diesem Moment. Ihr dichtes, blondes Haar glänzte im Sonnenlicht des frühen Tages, und ihre Haut erinnerte Gloria an einen Pfirsich. Ein bisschen flauschig und leicht gerötet. So sah sie aus, seit Gloria denken konnte. Inge sah ihren Ehemann und ihre Tochter mit ihren warmen, braunen Augen liebevoll an, als würde sie alles vor sich sehen, was ihr Leben reich machte. Sie trug ein schlichtes, weißes Leinenkleid mit Stickereien an Ärmeln und Saum und dazu bequeme, aber elegante, silberne Sandalen. Heute empfand Gloria ihre Mutter etwas gelöster und entspannter als in den letzten Monaten. Ihretwegen.

Inge Brix hatte ein Catering beauftragt, weil ihr Mann schon Jahre zuvor, nachdem er über das entsprechende Einkommen verfügt hatte, meinte, dass seine Frau Feierlichkeiten nicht am Herd, sondern im Kreis ihrer Familie verbringen solle. Aus diesem Grund wurden gegen Mittag Variationen an Fingerfood und Süßspeisen auf zahlreichen Platten in den Garten getragen und auf einer länglichen Tafel am Rande der Terrasse drapiert. Inge beaufsichtigte die Vorbereitungen wie eine Konzertdirigentin, während ihr Mann sich um die Musikanlage kümmerte.

Zwischendurch ließ er immer wieder einen schnellen Blick zu Gloria huschen, die sich auf die Schaukel an der großen, alten Kastanie zurückgezogen hatte und anscheinend verträumt, mit geschlossenen Augen, leicht hin und her schwang. Besorgt sah er zu seiner Frau hinüber, die seine Blicke auffing und unmittelbar reagierte.

Inge entschuldigte sich bei den Helfern und überquerte den großzügigen Rasen, der nach Norden hin an das Grundstück eines Nachbarn grenzte. Den Kindern der Nachbarschaft flößte der Eigentümer dieses Hauses seit jeher allein durch seine Erscheinung große Angst ein. Sein Grundstück war wegen des dichten Bewuchses an der Grundstücksgrenze nur vage zu erkennen. Der Alte galt als Eigenbrötler und ging lediglich vor die Tür, wenn er mit seinem Dackel Maxl die Runde machte. Die übrige Zeit schien er auf der Lauer zu liegen. Niemand wusste, auf was er eigentlich wartete. Doch schon jedes Mitglied der Familie Brix war mindestens einmal erschreckt worden, wenn er plötzlich lautlos im Dickicht hinter dem Zaun erschien und stumm beobachtete. Auf freundliches Grüßen reagierte er meist nur abweisend und stakste mürrisch davon. Die Einzige, auf die er immer positiv ansprach, war Gloria. Wenn er sie sah, konnte es sogar passieren, dass der Hauch eines Lächelns über seine schmalen, verbissenen Lippen huschte.

Etwas weiter nord-östlich, im Schatten einiger kräftiger Laubbäume, stand die Gartenlaube, in der Gloria in den Sommern ihrer Kindheitstage oft mit ihren Freundinnen übernachtet hatte. Heute wurden dort nur noch Rasenmäher, alte Gartenstühle, ein zerlegtes Baumhaus und ähnliche, überwiegend ungenutzte Gegenstände gelagert. Das Grundstück verlief im Osten, in Richtung freier Felder, sanft zu einem kleinen Wäldchen leicht abschüssig. Vom Haus aus, das in der Nachbarschaft gerne auch das „Little White House" genannt wurde, weil seine Front wie weißer Carrara-Marmor leuchtete und der Eingang von zwei gedrehten Säulen geziert wurde, konnte man abends über die Rasenfläche, vorbei an der großen, alten Kastanie, bis hinunter ins rot-getünchte Bergische Land schauen.

Inge kam neben der Schaukel zum Stehen, ohne Gloria anzusprechen. Sie sah ihrer Tochter einen Moment lang dabei zu, wie sie ihren Kopf an die Stricke der Schaukel gelehnt hielt, sich leicht mit ihr drehte und offenbar träumte.

Gloria pendelte in kleinen Kreisen weiter und meinte nachdrücklich, ohne die Augen zu öffnen: „Mama, mir geht's gut. Wirklich." Jetzt hob sie langsam ihre Lider und sah ihre Mutter aus durchdringenden, blauen Augen an, die diese meist als klug, manchmal aber auch als unendlich beängstigend empfand. Inge wusste, dass sie so nicht über ihr eigenes Kind denken sollte, doch ihre Tochter hatte ihr hinreichend Anlass gegeben, wachsam zu sein. Gloria sprühte vor Intelligenz, gerne aber auch vor pubertärem Sarkasmus. Das eine war ein Segen. Und an vielen Tagen das andere ein Fluch. Jetzt, da eine Kombination aus Licht und Schatten durch die Blätter des Baumes fiel und kleine Sonnenpunkte auf dem goldenen Pagenkopf ihrer Tochter Nachlaufen spielten, schien es, als umgäbe das Kind etwas Mystisches. Ein Effekt, der es nahezu ätherisch wirken ließ und nur durch eine Vielzahl von Sommersprossen entwaffnet wurde, die seine Nase und Wangenknochen frech umspielten.

„Mach dir nicht immer so viele Sorgen!", wies Gloria ihre Mutter an, die wünschte, dass das genau so einfach wäre, wie ihre Tochter es ihr abverlangte. Seit Gloria ihr von den Visionen erzählt hatte, ließ sie die Vorstellung nicht mehr los, dass ihre Tochter entweder unter großen Ängsten oder einer schwerwiegenden Krankheit leiden könnte. Sie und ihr Mann hatten noch versucht Gloria zu beruhigen und gemeint, dass das Gehirn ganz aberwitzige Kapriolen schlage, wenn es bei Nacht alle Ereignisse des Tages verarbeiten müsse. Doch als Gloria zehn geworden war, beschlossen sie, eine gute Freundin zu konsultieren, die als Kinderpsychologin auf viele Erfolge in ihrer Arbeit mit Jugendlichen zurückblicken konnte. Trotz allen Fachwissens, das sie bei Gloria unter Beweis gestellt hatte, war es ihr bisher nicht gelungen, dem Mädchen die schwere Last zu nehmen, die es schier zu erdrücken schien. Das Einzige, was etwas Wirkung zeigte, waren die Medikamente, die die Ärztin Gloria gab, um das Leiden in Schach halten zu können.

Für Außenstehende schien sie für ihr Alter nachdenklich und verschlossen zu sein. Aber ihre Familie wusste, dass hinter dieser Ernsthaftigkeit viel mehr steckte, als manch einer verstehen konnte. Und um Gloria nicht zusätzlich zu belasten, wurde im Kreis der Verwandten nie offen über ihr Problem gesprochen. Zumindest hatten sie gemeinsam beschlossen, Glorias Wohl vorzuschieben, um nicht tiefer in ihr unerklärliches Seelenleben eintauchen zu müssen.

Die Gäste wurden gegen Mittag erwartet, und Gloria bat in ihrer kühlen Eigenart darum, noch einen Augenblick allein sein zu können, bevor alle kamen. Glorias Mutter verstand und ließ ihre Tochter für eine Weile allein.

Doch nur eine halbe Stunde später winkte Inge ihre Tochter von der Terrasse aus zu sich. Glorias Bruder Alex war im Schlepptau seiner mürrischen und immerzu unzufriedenen Frau Katrin und seinen beiden Kindern aufgetaucht. Sein dreijähriger Sohn Sven war für Glorias Geschmack ein richtiger Quälgeist. Sandra jedoch, seine uneheliche Tochter, mit auffällig dunkler Hautfarbe, ging Gloria gründlich gegen den Strich. Alle wussten, dass Katrins Kind aus einem Fehltritt mit einem Marokkaner hervorgegangen war. Dies jedoch Jahre bevor sie Alex kennengelernt hatte. Doch darüber wurde in der Familie geschwiegen. Im Schweigen, wusste Gloria, war ihre Familie besonders stark.

Alex war der Älteste im Bunde der Brix-Kinder und genoss in dieser Rolle Glorias Sympathie. Sie sah zu ihrem Bruder auf, auch wenn sie wusste, dass er einige Schwächen hatte. Eine davon war sein übermäßiger Alkoholkonsum. Doch sie verzieh es ihm, war er doch immer für sie da und teilte zudem ihre Leidenschaft für Tiere. Er war es auch, der sie immer wieder in ihrem Wunsch bestärkte, später einmal Tierärztin zu werden.

Als sie bei der Gruppe eintraf, gratulierte Alex ihr auf kumpelhafte Art: „Na, Schwesterchen, heute schon Menschen gefressen?" Er überreichte ihr feierlich ein hübsch verpacktes Paket und ließ sie wissen, dass er es mit Sorgfalt ausgewählt hatte. „Ich habe lange suchen müssen, aber ich glaube, es wird dir gefallen."

Er zog sich die Jeanshose bis zu seinem Bauchring hoch und nestelte geschäftig an seinem Gürtel. Sein blondes, strähniges Haar war zu einer Seite gekämmt, und ein kleiner Schnurrbart tanzte bei jedem Wort auf seiner Oberlippe, als wollte er vor seinem Träger fliehen. Alex' gestreiftes Hemd zeigte bereits Flecken unter den Achseln, die so gar nicht zu seiner Lässigkeit passten.

Glorias Neugier war geweckt. Sie drehte das Päckchen in ihren Händen und wusste schon zu diesem
Zeitpunkt, dass ihr Bruder sich sicher etwas Besonde-
res für sie überlegt haben musste.

Gloria entwirrte das Geschenk aus dem Papier und
fand einen Bildband der Tierlehre. Kein Kinderbuch,
sondern ein richtiges Sachbuch, das, so verriet es der
Einband, hilfreiches Wissen zur Anatomie und zum
Verhalten verschiedener Tierarten vermitteln sollte.

Gloria strahlte. „Danke, Alex", sagte sie, spürte jedoch, wie dabei der eifersüchtige Blick ihrer Schwägerin auf ihr lag.

Nur wenig später tauchte ihre Schwester Sofia mit deren fettleibigen Ehemann auf. Während ihre Schwester anscheinend ausschließlich von Luft, Sport und
hin und wieder einem Gemüse-Smoothie lebte,
musste ihr Mann seinen Bauch unter höchster Anstrengung aus dem Porsche Cayenne wuchten.
Lothar, stadtbekannter Zahnarzt, schleifte die gemeinsamen Zwillingstöchter Ann-Kathrin und Marie-Sofie wie zwei widerspenstige Esel hinter sich her.
Als er zu der Gruppe stieß, fuhr er sich angestrengt
mit einem großen Stofftaschentuch, das er sich umständlich aus der Hosentasche zog, über das Gesicht

und fluchte über die furchtbare Hitze. Dann stapfte er geradewegs zu einem Gartenstuhl, in den er sich geräuschvoll fallen ließ. Unter seinem Gewicht gab der Stuhl einen knacksenden Laut von sich. Mit einem großen Glas alkoholfreiem Weizenbier konnte Karl Brix den Unmut seines Schwiegersohnes, der im Übrigen beinahe so alt war wie er selbst, besänftigen.

Sofia balancierte auf schwindelerregend hohen Schuhen in den Garten und begrüßte zunächst ihre Eltern, ihren Bruder Alex, dessen Frau und dann deren Kinder. Alex' Tochter wurde von ihr allerdings nur mit einem angedeuteten Winken bedacht. „Alles Gute wünsche ich dir", hauchte sie Gloria mit einem flüchtigen Kuss auf die Wange zu. Ihre Augen sagten jedoch etwas anderes.

Sofia streckte ihrer kleinen Schwester gleichgültig ein Geschenk entgegen. Das Päckchen war mit zahlreichen Schleifen versehen und enthielt sicherlich, wie das Jahr zuvor, ein sündhaft teures Kosmetikset, das Gloria niemals nutzen würde, weil sie mit Kosmetika nichts anfangen konnte.

Sofia flippte ihr langes Haar in den Nacken und meinte mit einer Kopfbewegung zu ihrem Bruder: „Hat er es wieder verstanden, dich mit seinem

Geschenk zu verblüffen?" Anstatt eine Antwort darauf zu geben, bedankte sich Gloria knapp bei Sofia und ihrem Mann, indem sie das Päckchen kurz anhob und ihnen zunickte. Schon zu diesem Zeitpunkt stand ihr Entschluss fest, es ungeöffnet in einer Schublade verschwinden zu lassen.

Die Hitze hatte den Garten mittlerweile vollständig für sich eingenommen und ihre Schwägerin Katrin bereits zum dritten Mal das Buffet gestürmt, als endlich Glorias jüngste Schwester Tanja eintraf. Tanja war nicht wie sie, aber sie war auch anders als alle anderen. Vater nannte sie gerne nachsichtig sein „schwarzes Lämmchen." Sie durchbrach nicht nur die optische Linie der Familie mit ihren gefärbten, pechschwarzen und raspelkurzen Haaren, ihren zahlreichen Tattoos und einem Hang dazu, Kleidung mit Nieten und Löchern zu tragen. Tanja war zudem ungewollt von einem Mann schwanger, den sie in die Wüste geschickt hatte, als er ihr abverlangen wollte, das Kind abzutreiben.

Gloria rannte ihr freudestrahlend entgegen, als sie am Gartentor auftauchte und ihr zuwinkte. Nichts tat so gut wie die Umarmung ihrer Schwester. Sie vermisste sie seit Tanja zwei Jahre zuvor aus ihrem oberbergischen Heimat-Dörfchen Bellingroth nach Köln-Ehrenfeld, umgezogen war. In dem großen Haus fühlte es sich manchmal richtig einsam ohne sie an. Doch das wollte Gloria niemanden wissen lassen. Mit diesem Gefühl drückte sie ihre Schwester an sich, bis ihr plötzlich schlagartig etwas klar wurde: „Oh, mein Gott, es tut mir leid!" Mit einem schnellen Blick auf Tanjas Bäuchlein errötete Gloria.

„Nein, hey, Glory", ihre Schwester winkte gelassen ab, „da drin wächst nur ein Kind heran, und ich denke, dass sie Umarmungen liebt."

Gloria riss begeistert die Augen auf: „Es wird ein Mädchen?"

Tanja legte einen Finger an die Lippen und zischte ihr zu: „Ja, aber das ist unser Geheimnis, okay? Lass uns heute bloß kein Fass aufmachen."

Das Gel in ihren kurzen Haaren glänzte in der Sonne, und es war offensichtlich, dass sie das T-Shirt mit dem glitzernden Totenkopf selbst so zugeschnitten hatte, dass es reichlich Einblick auf einen wirklich hei-ßen, schwarzen Spitzen-BH und das monströse Dra-chen-Tattoo zuließ, das sich ihre gesamte Wirbelsäule hinabschlängelte. An diesem Tag trug sie, der Hitze trotzend, eine enge Lederhose, die sie einfach im

Bund offenstehen ließ. Die Länge des Oberteils reichte allerdings nicht aus, um ihren offenen Hosenstall zu kaschieren.

Als sie die Blicke ihrer jüngeren Schwester bemerkte, sah sie an sich hinab und bemerkte, was anscheinend auch Gloria durch den Sinn ging: „Ja, gleich werden sie mir erklären, dass man als Schwangere nicht zu enge Klamotten tragen soll. Und natürlich, dass ich die Piercings rausnehmen und endlich erwachsen werden soll. Und dass ich endlich einen vernünftigen Mann heiraten möge, der mich und das Kind versorgen kann." Sie streichelte liebevoll über ihren Bauch und lächelte versonnen.

Gloria stellte fest, dass diese Geste ihrer sonst immer so taffen und aggressiven Schwester einen angenehmen, weichen Zug verlieh.

Als sie zum Rest der Familie stießen, ließ Sofia einen verächtlichen Blick über ihre Sonnenbrille hin zu Tanjas Bauch huschen. „Ach, herrje", gab sie enerviert von sich und schob die Brille wieder auf den Nasenrücken zurück.

„Freue mich genauso dich zu sehen, frostige Sofie", gab Tanja lässig zurück.

Alex zeigte sich ungewöhnlich zurückhaltend und bedachte sie lediglich mit einem kurzen „Hallo." Dabei spielte er, wie immer, wenn er nervös war oder sich in einer Situation unwohl fühlte, mit seinem Talisman, einer Art Münze mit dem Abbild des Salmanus. Er hatte einmal schwallend und stark alkoholisiert erklärt, dass er nicht religiös sei, aber dieser Glücksbringer ihm schon mehr als einmal den Arsch gerettet habe. Deshalb werde er keinen Schritt ohne dieses Ding machen. Meist sah man den Salmanus durch seine Hemdtasche scheinen, wo er ihn immer am Herzen trug. Gloria hatte sich manches Mal gefragt, ob er überhaupt eines habe. Jetzt aber drehte und wendete er den Talisman zwischen den Fingern, geschickt wie ein Hütchenspieler.

Gloria hatte gegoogelt, um herauszufinden, was es mit diesem Salmanus auf sich habe, und entdeckt, dass er ein Heiliger und ein Schutzpatron im 7. Jahrhundert war. Die Menschen kamen zu ihm, um von ihren Atemwegserkrankungen geheilt zu werden. Sicher war es das, was Alex brauchte – den Glauben, dass dieser Glücksbringer sein Asthma unter Kontrolle halten konnte.

Sven, der Sohn der beiden und Jüngster am Tisch, wurde bereits unruhig und zerrte am Kleid seiner Mutter. „Ich will spielen gehen“, jammerte er weinerlich, was Gloria zeigte, dass die Ruhe zu Tisch nicht mehr lange zu halten wäre. Normalerweise hielt Svens Schwester Sandra ihn in Schach, doch jetzt saß sie nicht neben ihm.

Gloria hatte Sandra schon eine ganze Weile nicht mehr gesehen. Mit ihren Augen suchte sie den Garten nach ihr ab und fand sie bei der Schaukel. Auch wenn sie froh war, dass sie sich für diesen Augenblick nicht mit Sandra befassen musste, ließ sie das ungute Gefühl nicht los, dass diese Ruhe nicht von langer Dauer sein würde.

„So, Glory!“, rief Tanja triumphierend aus, als sie ein kleines, schmales Geschenketui aus ihrer Tasche zog.

„Was ist das?“, Gloria nahm das Kästchen aufgeregt entgegen und strahlte ihre Schwester an.

Sofias Sarkasmus wurde sowohl durch den kühlen Weißwein, dem sie sich ausgiebig hingab, als auch durch die steigende Hitze beflügelt: „Wahrscheinlich dein erstes Piercing. Sie wird es dir gleich hier mit einer Heftmaschine ins Fleisch jagen.“ Sie grinste breit, zufrieden mit ihrem Scherz, und erntete eine Zurechtweisung seines Vaters.

Glorias Mutter verfolgte besorgt, wie die Stimmung zusehends aggressiver wurde. Sie fragte sich, was es wohl sein mochte, das ihre Kinder so wütend machte. Was hatten sie und ihr Mann dazu beigetragen, dass, wann immer sie aufeinandertrafen, diese boshaften Wortgefechte entbrannten? Sie hatte Sorge, dass Gloria antworten würde. Sie war zwar die Jüngste im Bunde der Geschwister, aber wenn sie aufgebracht war, wurden ihre Worte schneidend, und die Kälte, mit der sie ihre Geschwister dabei bedachte, konnte alle Getränke der Festtafel zum Einfrieren bringen. Und dann war da noch die Angst um ihre Verletzlichkeit.

Doch dieses Mal reagierte Gloria erstaunlicherweise gar nicht. Zu sehr war sie mit Tanjas Geschenk beschäftigt. Sie löste neugierig das Papier und öffnete die zum Vorschein kommende Pappschachtel bedächtig. Im Inneren lag etwas, das sie auf Anhieb liebte. Nicht nur, weil es ein Geschenk ihrer Lieblingsschwester war, sondern auch weil es sie tief in ihrem Inneren berührte. An einer dünnen Halskette zog sie einen Anhänger aus der Schachtel empor. Ein einzelner Engelsflügel aus Silber. Verträumt hielt Gloria ihn gegen das Sonnenlicht. Das Material des Flügels war so leicht und dicht verarbeitet, dass sich der Anhänger bei Wind an der Kette drehte, schneller und schneller, und dabei zu einer sich windenden Spirale mutierte. Ließ der Wind von dem Flügel ab, war er wieder einfach nur ein Engelsflügel. Mit Tränen in den Augen sah sie ihre Schwester an. „Die Kette ist wunderschön!"

Auch Tanja kämpfte mit den Tränen und zog ihre kleine Schwester an sich. Damit die anderen es nicht hören konnten, flüsterte sie ihr zu: „Er erinnerte mich gleich an dich, als ich ihn sah. Wenn Wind aufkommt, drehst du dich schnell um dich selbst, du kämpfst und wehrst dich. Aber in Wahrheit bist du stark und strebst zu Höherem. Das weiß ich!"

Sie hielten sich noch einen Augenblick umarmt, bis Sofia den stimmungsvollen Moment mit einem giftigen Einwurf beendete: „Es ist doch nur irgendein Stück Blech. Wo hast du es her, Tanja? Aus einem Gothic-Kiosk?"

Inge Brix übertönte die Frechheit mit einer Frage: „Wer hat Lust auf einen kleinen Schnaps?" Damit traf sie ins Schwarze. Gloria war aus dem Fokus und alle anderen abgelenkt. Leider bedeutete das auch, dass nun der Zeitpunkt gekommen war, an dem Gloria die Unterhaltung der Kinderschar übernehmen musste.

Tanja zwinkerte ihrer Schwester aufmunternd zu und tätschelte ihr Knie. „Auch das geht vorbei."

Gloria legte sich das Kettchen um und bestätigte in schwermütigem Tonfall: „Alles geht einmal vorbei."

Nach einiger Zeit sah Gloria auf die Uhr und musste feststellen, dass sie erst eine Stunde die Entertainerin für die Kinder gab. Nach Topfschlagen und Eierlaufen war nun Blumenkranz-Binden angesagt. Etwas, das Sven so gar nicht interessierte. Und so riss ihr Neffe allen Blumen, die er in seine kleinen Hände bekam, die Blüten einzeln und mit verbissenem Gesichtsausdruck aus. Sandra sprang aus dem Kreis auf und gab vor, zur Toilette zu müssen. Sie entfernte sich mit hüpfenden Schritten von der Gruppe, wobei Gloria ihr einen Moment zusah.

Während ihre Nichte im Haus verschwand, fühlte Gloria ein Stechen im Kopf. Sie wünschte sich, Sandra würde nie wieder auftauchen. Doch dann verwarf sie diesen Gedanken und wand sich wieder den anderen zu. Ann-Kathrin und Marie-Sofie zickten sich an. Jede wollte einen noch schöneren Kranz geflochten haben als die andere. Es ging eine Weile so weiter, während Gloria sich in eine eigene Komposition aus bunten Blüten vertiefte. Irgendwie fühlte sie sich erschöpft und müde. Sie war froh, dass ein Moment der Ruhe eingekehrt war und alle mehr oder weniger friedlich beieinandersaßen.

Aber saßen wirklich alle zusammen? Sandra war schon eine ganze Weile nicht mehr aufgetaucht. Gloria drehte sich in böser Vorahnung zum Haus um. Die Geburtstagsgesellschaft war mittlerweile in Gespräche vertieft, als Sandra in den Garten zurückkam. Gloria glaubte ihren Augen nicht zu trauen. Sie kniff sie fest zusammen, um besser gegen das Licht sehen zu können. Sandra stand auf der Terrasse, hatte eine Hand in die Hüfte gestemmt, von der anderen baumelte Glorias Puppe Clara herab, die Ärmchen verdreht und der Kopf hintenübergefallen.

Glorias Atem beschleunigte sich. Ihre Müdigkeit schien verflogen. Ohne weiter auf die Kinder zu achten, die sich gerade lautstark um das letzte Gänseblümchen stritten, das es zu flechten oder zu rupfen galt, erhob sie sich entschlossen und steuerte mit energischen Schritten direkt auf ihre Nichte zu. Beim

Näherkommen hörte sie Wortfetzen wie „kaputt" und „plötzlich" und musste erkennen, dass ihre Lieblingspuppe, ein Erbstück ihrer verstorbenen Großmutter, mit ausgehebelten Gliedmaßen und aus nur noch einem Auge, das andere war in den Puppenkopf eingedrückt worden, hilfesuchend zu ihr aufsah. Schnaubend kam sie vor Sandra zum Stehen. Ihre Mutter und Katrin waren zeitgleich aufgesprungen und zur Salzsäule erstarrt. Gloria sah kalt auf ihre Nichte hinab, die ihr ängstlich den zerstörten Puppenkörper entgegenstreckte. Unsicher sah sich Sandra nach den Erwachsenen um. Ihre Mutter und Großmutter näherten sich der Szene langsam, beinahe vorsichtig, wie einem Raubtier.

Gloria griff nach der Puppe und besah sie sich einen Augenblick, als ob sie sie gar nicht wiedererkennen würde. Dann ruhten ihre strengen Augen einen Moment lang starr auf Sandra. Gloria atmete tief ein, als müsste sie sich für eine große Aufgabe wappnen. Ihr Ausatmen war bis zum Tisch zu hören, von dem aus sie ihre Mutter leise etwas rufen hörte. Der Inhalt kam allerdings nicht bei ihr an. In ihrem Kopf drehten sich die Dinge, die sie sagen und tun wollte, in einem wilden Tanz umeinander. Sie selbst bemerkte nicht, wie ihr Körper bei dem Versuch verkrampfte, den Kampf gegen die aufkeimende Gewalt zu gewinnen. Doch noch bevor Glorias Mutter bei den beiden war, stob ihre Tochter an Sandra vorbei und rannte ins Haus. Betretenes Schweigen erfüllte den Garten.

Nur wenige Minuten später kam Gloria in den Garten zurück. Alle konnten sehen, dass sie geweint hatte, doch ihre Tränen waren getrocknet und ihre Stimme stark: „Wer hat Lust auf Versteckspielen?", rief sie über den Rasen hinweg.

Alle Kinder jubelten und reckten die Arme in die Luft, während sie ihr entgegengelaufen kamen. Sandra folgte der fröhlichen Gruppe nur zögerlich.

Die Erwachsenen am Tisch verstummten und sahen wortlos dabei zu, wie Gloria bunte Bändchen um die Handgelenke aller Kinder legte und sie in Teams einteilte. Eine Gruppe bestand aus Suchenden die andere aus denen, die sich verstecken würden. Gloria würde die Schiedsrichterin sein.

Tanja beobachtete die Szene wie alle anderen auch. Doch ihre Gefühle waren stärker. Warum musste das mit der Puppe passieren? Warum gerade an Glorias Geburtstag?

Das Versteckspiel ging in die dritte Runde und alle, Gloria eingeschlossen, schienen viel Spaß zu haben. Die Stimmung zu Tisch hatte sich auch wieder entspannt, und es wurde über die Arbeit gesprochen. Alex hatte allmählich ein Bier-Pensum erreicht, das seine Stimme lauter und gleichzeitig undeutlicher werden ließ.

Es dauerte nicht lange und die Zwillinge liefen kreischend aus den Büschen hervor, als wäre der Teufel persönlich hinter ihnen her.

Besorgt sprang Sofia auf und eilte ihnen entgegen. „Was ist passiert?" Im Wirrwarr der Erzählungen und dem lauten Schluchzen konnte sie kaum verstehen, was ihre Töchter zu erklären versuchten. Ann-Katrin wedelte mit den Armen, als müsste sie die Ausmaße eines Elefanten zeigen, und Marie-Sofie schnappte aufgeregt nach Luft, während sie sich immer wieder die verweinten Augen wischte.

„Nun beruhigt euch. Was ist los?", versuchte es Sofia erneut. Sie führten sie jammernd zur Grundstücksbegrenzung, dorthin wo die Büsche so dicht waren, dass der Zaun, der das „Little White House" vom Nachbarn trennte, nicht zu sehen war. Mit zitternden Kinderärmchen zeigten die Zwillinge auf das dichte

Gestrüpp und erklärten ihrer Mutter, dass ein alter Mann hinter dem Zaun sie erschreckt habe.

Das konnte Sofia nicht dulden. Sie stürmte zurück zu den anderen Erwachsenen und erklärte ihnen, dass sie mal nach nebenan gehen würde, um mit dem Kauz zu sprechen, der ihre Kinder beinahe in einen Schockzustand versetzt hätte. Übertreibung war eines ihrer Markenzeichen und wollte jemand ihren Kindern zu nahetreten, verteidigte sie sie wie eine Löwin. Lothar drehte gerade die dritte Schleife damit, der Verwandtschaft zu erklären, dass er eine neue Cerek-Fräse erstanden habe, die ihn mehr als ein Jahresgehalt seiner Helferin kostete, als Alex einen Anruf erhielt. Hektisch zog er sein Handy aus der Hosentasche und benötigte drei Anläufe, um das Annahme-Symbol zu treffen. Katrin rollte mit den Augen und winkte ab, doch Alex sah sich in der Pflicht: „Ich muss da rangehen. Es ist die Werkstatt."

Die letzten Worte spuckte er wichtigtuerisch hervor. Eine weitere Schwäche von Gloria's Bruder. Wie immer tat er sich auch jetzt mit seiner Selbstständigkeit hervor, auch wenn allen natürlich klar war, dass er die große Autowerkstatt in Köln nur hatte betreiben können, weil ihr Großvater ihm diese nach seinem

Tod vererbt hatte. Katrin hoffte, dass seine Mitarbeiter nicht bemerken würden, wie tief ihr Chef ins Glas geschaut hatte. Alex entfernte sich wild gestikulierend. Eine Weile konnte man ihn noch hören. Dann, als er samt Telefon über den Gartenweg davonmarschiert war, versank seine Stimme im Schatten der großen Rhododendron-Büsche.

Nach einer Weile trottete Gloria zurück zum Tisch, nahm sich ein Glas Limo und saugte erschöpft am Strohhalm. Sie wusste nicht, ob ihre Müdigkeit an der Hitze oder an ihrem Widerwillen lag, die Kinder mit einem Unterhaltungsprogramm zu beglücken.

„Alles okay?", fragte ihre Mutter.

„Ja, alles super. Ich muss nur mal eine Pause machen. Ich glaube, ich werde alt." Sie zwinkerte ihre Mutter zu, nur um sie lachen zu hören.

„Oh, ja", meinte diese, „ich glaube ich sehe schon erste Falten. Wo sind denn die anderen?", fügte sie hinzu und sah sich suchend nach den Kindern um.

Es war untypisch, dass Gloria alle sich selbst überließ.

„Die spielen immer noch Verstecken. Ich habe ihnen gesagt, dass ich mal eine Runde aussetzen und was trinken muss. Echt heiß heute." Wieder zog Gloria an ihrem Strohhalm. Doch wirklich erfrischt fühlte sie sich dadurch nicht.

Einige Minuten später kam Alex den Weg unter der alten Kastanie hoch. Das Handy hatte er weggesteckt, doch sein Gesichtsausdruck wirkte gehetzt. Augenscheinlich hatte er unangenehme Nachrichten aus seiner Firma erhalten. Doch gerade als er nur noch wenige Meter von den anderen entfernt war, passierte es.

Der zeitgesteuerte Rasensprenger setzte ein und erwischte Alex frontal. Binnen Sekunden war er von Kopf bis Fuß durchnässt. Sein Hemd klebte an seinem Leib, und aus seinem dünnen Haar liefen feine Rinnsale. Der Kontrast zwischen seiner reizbaren Mimik auf der einen und der Situationskomik auf der anderen Seite ließ alle am Tisch johlen.

Alex stapfte missmutig zu ihnen. „Wer den Schaden hat", begann er brummig.

„Schaden nennst du das?", lachte seine Mutter. „Wir alle könnten eine Dusche bei diesen Temperaturen gebrauchen."

„Dann lauf schnell", meinte ihr Mann lachend, „ich habe den Timer auf fünf Minuten gestellt. Das kannst du noch schaffen."

Alle grölten vor Lachen. Nur Alex nicht.

„Ist etwas passiert?", fragte Katrin ihn leise, während alle anderen weiter feixten.

„Ärger im Betrieb", zischte er verkniffen. „Aber nichts, was nicht warten kann." Dann griff er nach seinem Bier und leerte es in einem Zug.

Glorias Blick haftete an Alex' durchnässtem Hemd. Bei diesem Anblick wurde ihr mit einem Mal, trotz der Hitze, eiskalt. Was war es nur, das ihr plötzlich dieses Unbehagen bereitete?

Es wurde schwüler im Garten. Selbst im Sitzen klebte die Kleidung am Körper. Sofia war mittlerweile zurück und erklärte, dass sie diesem Troll von Nachbarn die Leviten gelesen habe. Es war für alle nur allzu gut vorstellbar, wie dies vonstattengegangen war. Wahrscheinlich hing die Mixtur aus ihrem aufdringlichen Parfüm und ihrer schrillen Stimme nun dauerhaft wie eine geschlossene Wolkendecke über dem Haus des alten Mannes.

Eine weitere Runde Verdauungsschnäpse wurde gereicht, als Sven vom Versteckspiel zurück an den Tisch kam.

„Habt ihr aufgehört mit dem Verstecken?", fragte seine Mutter.

„Nein", gab der Zwerg kurz zurück und sah auf seine Schuhe hinab.

„Dann bist du in deinem Versteck gefunden worden?"

„Nein." Wieder eine knappe Antwort.

Katrin stutze. Auch Inge bemerkte das sonderbare Verhalten des Jungen, der jetzt starr vor sich hinsah, als wollte er krampfhaft vermeiden, jemanden anzusehen.

„Ist etwas passiert, Sven?", fragte sie deshalb sehr direkt.

„Nein."

„Und warum bist du dann schon zurück?" Katrin drehte ihren Sohn zu sich und sah ihm tief in die Augen.

Das reichte aus, um ihm einige Worte mehr zu entlocken. „Ich muss mich nicht mehr verstecken."

„Und warum nicht?"

„Weil Sandra eh schon gewonnen hat." Gedankenverloren stocherte er in einem Rest Kuchen auf dem Teller seiner Mutter umher.

„Woher willst du das wissen?"

„Weil ich gesehen habe, wo sie sich versteckt hat."

Katrin versuchte ihn aufzuheitern. „Na, dann kannst du ihr Versteck doch lösen und hast gewonnen." Katrin frohlockte, doch ihr Nachwuchs konnte diese Freude nicht teilen.

„Das habe ich ja versucht. Aber sie kommt nicht mehr raus."

Katrin erstarrte. Sie drückte ihren Rücken durch und hielt den Atem an. Alle am Tisch bemerkten den Stimmungswechsel. „Wo ist deine Schwester jetzt?", fragte Katrin gepresst, bemüht nicht zu schreien. Ihr Herz raste, und das Blut dröhnte in ihren Ohren.

Wortlos nahm Sven sie bei der Hand und führte sie geradewegs durch den Garten, in Richtung der Gartenlaube. Ein Tross aufgeregter Erwachsener folgte dem sonderbaren Gespann mit eiligen Schritten. Sie umrundeten den Schuppen. An der Rückseite blieb Sven kurz stehen, kletterte dann auf ein kleines Mäuerchen und deutete mit ausgestrecktem Arm zu einer Regentonne, die einem Mann bis zur Hüfte reichte.

Katrin verschwamm alles vor Augen. Ihre Beine drohten nachzugeben. Ihr Schwiegervater sprang geistesgegenwärtig vor, warf sich über den Rand der Tonne und tauchte mit beiden Armen soweit wie möglich ein. Sofia und Inge hielten ihn an den Beinen, um ihn zu stabilisieren.

Nur Sekunden später zog er den leblosen Körper seiner Enkelin aus dem Wasser und legte ihn auf dem Rasen ab. Lothar begann unmittelbar mit der Wiederbelebung. Alex, der jetzt vortrat, stieß einen Schrei des Entsetzens aus und tippte sofort die Nummer des Rettungsdienstes in sein Handy. Hektisch fuhr er sich mit der Hand durchs dünne Haar und sah immer wieder zwischen seiner leblosen Tochter und seinem Vater hin und her. Er schrie einige Daten in das Telefon. Dann fiel er neben Sandra zu Boden und fühlte ihren Puls.

Lothar wiederholte immer und immer wieder die gleichen Handgriffe, doch Sandras Mutter hatte verstanden, was noch niemand wahrhaben wollte. Ihre Tochter war bereits tot.

* * *

Der Notarzt und die Polizisten waren fort. Ein Bestatter hatte Sandras Leichnam mitgenommen. Katrin und Alex drängten darauf, ihrer Tochter auf dem Weg beizustehen, doch die Polizisten hatten ihnen schonend versucht zu erklären, dass dafür keine Notwendigkeit mehr bestehe.

Es war immer noch heiß, obwohl die Sonne schon zu sinken begann. Schwere Schritte bewegten sich in einem traurigen Gänsemarsch vom Gartenschuppen fort. Abgekämpft und betäubt stapfte die Familie in stillem Schrecken den Weg zum Haus zurück.

Als Inge den Kopf hob, sah sie, dass ihre Tochter Gloria schon wieder auf der Terrasse Platz genommen hatte und abwesend in den Abendhimmel starrte. Im Arm hielt sie ihre demolierte Lieblingspuppe und drückte sie an sich. Das Abendlicht zauberte einen roten Heiligenschein um ihr goldenes Haar. Wie friedlich, dachte ihre Mutter. Und doch ließ sie das Gefühl nicht los, dass dies alles andere als ein harmloser Moment sei.

Alex erspähte seine jüngste Schwester ebenfalls und stürmte ansatzlos auf sie zu. Er riss sie von ihrem Stuhl hoch und rüttelte an ihren Schultern. „Warum hast du das getan? Du warst es, nicht wahr? Sag, dass du es warst! Du hast sie nie gemocht. Und dann das mit der Puppe. Jetzt hast du es ihr also heimgezahlt, richtig?"

Ihr Vater ging dazwischen und zog seinen Sohn von Gloria weg, die den Angriff apathisch hinnahm.

„Alex, es ist genug! Ich verstehe deinen Schmerz, aber ich dulde nicht, dass du deine Schwester beschuldigst! Es war ein schrecklicher Unfall!"

Alex schluchzte einmal trocken, löste sich von Gloria und verließ hastig den Garten. Katrin folgte ihrem Mann ohne ein Wort des Abschieds. Sie trug den völlig verstörten Sven auf dem Arm zum Wagen.

Tanja streichelte Gloria übers Haar und drückte ihre Hand, doch das schien ihre jüngere Schwester gar nicht wahrzunehmen. Dann verließen auch sie und Sofia den Unglücksort.

Inge setzte sich zu Gloria und legte ihr einen Arm um die Schulter. „Das war heute sehr schwer für deinen Bruder. Es war nicht fair, was er zu dir gesagt hat, aber sieh es ihm bitte nach."

„Natürlich", gab Gloria kühl wieder, „er hat seine Tochter verloren."

„Ich wusste, dass du das verstehst. Du bist sehr erwachsen." Ihre Mutter zog sie an sich und spürte die Steifheit, die von ihrer Tochter Besitz ergriffen hatte.

„Natürlich, verstehe ich das. Aber mir ist auch klar, dass ihr mich alle für eine Mörderin haltet, wegen ...“ Gloria ersparte sich und ihrer Mutter die Erklärung.

Inge schluckte ihre Tränen hinunter und zog ihre Jüngste enger zu sich. „Das ist nicht wahr.“ Sie spürte, dass Gloria bei diesem kläglichen Versuch eines Widerspruchs nur noch stärker verkrampfte. Vorsichtig rückte das Mädchen von ihr ab. Selbst nach dieser Tragödie zeigte Gloria keinerlei Emotion. Keine Regung. Was mache ich nur mit ihr?, fragte sich Inge verzweifelt.

Gloria konnte die Gedanken ihrer Mutter lesen. Sie wusste, was ihr in diesem Moment durch den Kopf ging. Und insgeheim fragte sie sich selbst, ob das Ereignis das Ende ihrer Qualen bedeutete oder der eigentliche Horror erst mit diesem Tag beginnen würde.

II. Kapitel

Köln, 15 Jahre später

„Wie geht es Ihnen heute?", Doktor Cornelia Blum setzte sich eine grün-gerahmte Brille auf, die einen aufregenden Kontrast zu ihrem feuerroten Haar bildete, schlug die Beine übereinander und sah Gloria neugierig an.

„Es geht so", nuschelte Gloria und sah dabei auf ihre Hände, die sie knetete, als stünde sie ohne Handschuhe in einem Schneesturm.

Der Raum, in dem sie sich jeden Mittwochabend trafen, war spartanisch eingerichtet. Es gab zwei reichlich mit Fachliteratur gefüllte Bücherregale an der Längsseite des Büros. Unter dem einzigen Fenster des Raumes stand ein moderner Schreibtisch. Ein Notebook thronte darauf, als wäre es zu Dekorationszwecken anstatt zur Arbeit bestimmt. Bis auf einen einzigen Aktenordner und einen kleinen Stapel Papier fanden sich keine Unterlagen auf der Arbeitsfläche. Die beiden Kopfwände des Zimmers waren mit abstrakten Gemälden geschmückt, die dem Betrachter nicht verrieten, was sie eigentlich darstellen sollten.

Womöglich war das Blums Absicht. Schließlich suchten die Besucher hier keine Kunst, sondern seelischen Beistand. Gemütlichkeit verlieh jedoch ein flauschiger, langborstiger Teppich, der weite Teile der Raummitte ausfüllte. In seinem Zentrum fanden sich zwei bequeme, graue Polstersessel, die einander zugewandt standen. In einem hatte die Psychiaterin Platz genommen und musterte ihre Patientin nachdenklich. Im anderen saß Gloria vornübergebeugt und verschlossen, wie meist in ihren Sitzungen.

Cornelia Blum wusste, dass Gloria zwar hin und wieder passable, meistens aber fürchterlich dunkle Tage erlebte. Nach vielen Jahren der Therapie hatte sie Gloria nur selten glücklich oder gar unbeschwert erlebt. Heute, das war ihr sofort klar, war ein ganz schlechter Tag, denn ihr Schützling zeigte große, emotionale Distanz. Sie versuchte daher, sachte zu Gloria durchzudringen: „Hatten Sie nicht gestern Geburtstag? Wie haben Sie ihn verbracht?"

Gloria stoppte einen Augenblick damit ihre Hände zu bearbeiten, kniff die Augen zusammen und starrte zur Decke empor, als wäre ihr durch diese Frage erst eingefallen, dass sie hätte Geburtstag feiern können. Sie wusste, dass sie ihrer Ärztin eine Antwort schuldig war. Immerhin kam sie freiwillig her und zahlte ihr ein stattliches Honorar für ihre Fragen.

„Ich hab' ihn allein verbracht. War zu Hause", brachte sie wie ein mürrischer Teenager hervor.

Blum runzelte die Stirn. „Bei unserem letzten Gespräch hatten Sie mir aber etwas ganz anderes erzählt. Sie wollten mit Ihrem Freund ausgehen, eine Bootsfahrt machen und neunundzwanzig Kerzen auf einer mehrgeschossigen Torte ausblasen. So Ihre Worte in der letzten Sitzung", erinnerte die Psychiaterin Gloria sanft.

Doch die konterte genervt: „Dazu hatte ich dann aber doch keine Lust. Ist eh nur ein Geburtstag mehr, an dem ich meinen vierzehnten feiere." Entmutigt ließ sie die Arme wieder herabsausen. Nach einem kurzen Augenblick schob sie leise und reuig ein „Entschuldigung" hinterher.

Endlich, dachte die Psychiaterin, das könnte ein Hebel sein. Sie ignorierte die Schärfe in Glorias Worten: „Was meinen Sie damit, dass Sie Ihren vierzehnten feiern?"

Gloria verstand sofort, was Blum versuchte, und die subtile Art, mit der sie das Offensichtliche immer und immer wieder aus ihr hervorzulocken versuchte, regte sie gewaltig auf. „Wirklich Doc? Das ist doch nicht Ihr Niveau, oder?" Beinahe aufmüpfig legte sie ihren Kopf schräg, wobei ihr gold-blonder Pagenkopf wie ein feiner Vorhang über die rechte Gesichtshälfte rutschte. Provozierend sah sie der Ärztin direkt in die Augen.

„Nun ja", meinte Blum, entwirrte ihre Beine, setzte sich auf und drückte dabei den Rücken durch. Dann forderte sie Gloria auf ihre Art heraus: „Über was würden Sie denn lieber sprechen?"

„Ich weiß es ja auch nicht." Wie bei der Stille nach einem heftigen Sommergewitter wurde Glorias Wut durch Verzweiflung abgelöst. „Es ist halt ..."

Als sie nicht fortfuhr, fasste Blum vorsichtig nach. „Ja?"

Gloria schnaufte und begann erneut ihre Hände zu kneten. „Diese Geburtstage machen mich wahnsinnig. Ich sehe immer wieder diese Szenen im Garten vor meinem geistigen Auge. Immer wieder versuche ich die Gespräche durchzugehen, sehe die Gesichter, höre die Geräusche, rieche alle Düfte, einfach alles ist immer wieder da. Trotzdem ist es auch wie unter einem Schleier. Ich sehe nicht klar. Und wie Sie wissen, ist das nicht nur an meinen Geburtstagen so. Da ist es nur besonders schlimm." Mutlos ließ sie den Kopf hängen.

Schon so viele Male hatte Doktor Blum dieses Bild von ihr gesehen. Ein tief erschüttertes Mädchen im Körper einer reifen und intelligenten, jungen Frau. „Haben Sie sich eigentlich mit der Frage beschäftigen können, die ich Ihnen beim letzten Mal mitgegeben habe?" Als Ärztin wusste sie, dass die meisten ihrer Patienten es nicht umsetzen konnten, sich eigenständig mit Fragen zu befassen, die ihre eigene Situation von einer analytischen Seite her bemaßen. Bei Gloria hatte sie den Versuch jedoch gewagt, als sie in einer Sitzung zwei Wochen zuvor eine vermeintlich simple Frage gestellt hatte: „Was glauben Sie, haben die Ereignisse aus Ihnen gemacht?" Als Gloria nun nicht gleich antwortete, hakte sie nach. „Sie erinnern sich an die Frage?"

Gloria nickte: „Ja, natürlich."

Die Therapeutin ließ ihr einen Moment, um sich zu sammeln.

Nach zwei langen Minuten des Schweigens sog Gloria die Luft scharf ein und stieß ihren nächsten Satz wie einen schon lange fest in ihrer Kehle sitzenden, Pfropfen aus. „Eine einsame, menschenscheue Frau."

Danach lag eine schwere Stille über dem Raum, die Blum bewusst einen Augenblick lang wirken ließ. „Danke", sagte sie schließlich, „es auszusprechen, muss sehr schwer für Sie gewesen sein." Gloria schwieg. „Nun," meinte Blum daher, „dann möchte ich dieser Beschreibung, die Sie von sich selbst gegeben haben, noch eine weitere Frage anschließen." Sie wartete nicht auf Glorias Einverständnis. „Gefallen Sie sich selbst in der Rolle der einsamen Wölfin?"

„Ich habe gelernt, in dieser Rolle zu leben. Ich war schon immer eine Einzelgängerin. Auch damals schon, als ..." Ihr Energieausbruch stoppte ebenso plötzlich, wie er begonnen hatte.

„Ja, okay", meinte Blum, „aber das beantwortet nicht meine Frage. Fühlen Sie sich damit wohl?"

Gloria sah sie kämpferisch an: „Wie würden Sie sich denn an meiner Stelle fühlen?"

Glorias herausfordernder Blick motivierte sie fortzufahren. „Nun, Sie sind eine sehr kluge Frau. Trotz der schlimmen Ereignisse in Ihrer Jugend, haben Sie sich allein durchgeschlagen, viele Jahre im Ausland studiert – in Valencia, richtig? – und sind heute sehr erfolgreich in Ihrem Beruf als Tierärztin. Neben diesem Drang, etwas zu verändern und sich selbst anzutreiben, den zahlreichen Kontakten, die Sie jeden Tag mit Menschen und Tieren hegen, glauben Sie dennoch, dass Sie allein sind."

„Ich! Bin! Allein!", fauchte Gloria zurück und tippte bei jedem Wort energisch mit ihrem Zeigefinger an die Schläfe, um zu zeigen, wie sehr sie in ihrer geistigen Welt gefangen war.

„Sind Sie nicht! Sie haben Dirk", Blum spielte auf Glorias Freund an, den sie erst einige Monate zuvor kennengelernt hatte.

„Das ist etwas anderes", gab Gloria kleinlaut zurück.

„Warum? Weil er außerhalb Ihrer Vergangenheit steht?"

Gloria nickte.

Blum erkannte Anzeichen eines wirklichen Gesprächs und die Möglichkeit für einen Durchbruch. Ein Durchbruch auch im übertragenen Sinne, der sie in Glorias Innerstes führen konnte. „Wieso erzählen Sie es ihm eigentlich nicht?", fragte sie nun.

„Er muss es nicht wissen."

„Vertrauen Sie ihm nicht?"

„Ich weiß nicht."

„Was glauben Sie, was passiert, wenn er es weiß?"

„Er verlässt mich. So wie alle anderen."

Blum wusste aus früheren Sitzungen, dass Glorias Familie seit jenem Nachmittag nie wieder richtig zusammengefunden hatte. Glorias Eltern hatten ihr Kind seinerzeit auf Anraten verschiedener sogenannter Spezialisten auf ein Internat in Bayern geschickt, damit sie ausreichenden Abstand nehmen konnte. Ihre Eltern selbst verkauften das Haus in Bellingroth damals noch vor dem Winter, weil sie mit den Erinnerungen, die es umgab, nicht mehr leben konnten. Alle anderen Mitglieder der Familie, mit Ausnahme der jüngsten Schwester Tanja, hatten sich von Gloria abgewandt. Dies wertete Blum als große Last und dennoch hatte Gloria noch nie dieses Gefühl in Worte gefasst.

Einen Moment lang schwieg Blum und ließ Gloria verschnaufen. Dann veränderte sie ihre Sitzposition und wagte einen weiteren Vorstoß. Weniger als ein Schweigen – so wie meist, wenn sie glaubte, zum Kern vorzurücken – konnte sie ohnehin nicht ernten.

„Welche Emotion fühlen Sie am stärksten, wenn Sie sich und Ihre Lage beschreiben?"

„Schuld", kam es wie aus der Pistole geschossen, und Blum konnte ihren Erfolg kaum fassen. Wobei sie auch nicht sicher sein konnte, ob Gloria sie nicht einfach nur einen Scheintriumph empfinden ließ. Sie warf ihr wohlmöglich nur eine Brotkrume für die mühevolle Arbeit mit ihr zu. Und dennoch. Ohne eine Miene zu verziehen, überlegte sie, wie sie den Augenblick für ihre Patientin nutzen konnte. Sie wollte gerade ansetzen, Gloria zu erklären, dass es ein Leben jenseits der Schuld gebe, als Gloria mit schneidender Stimme alle Hoffnung der Ärztin zunichtemachte: „Und ich fühle Genugtuung."

Mehr hatte sie Gloria an diesem Tag nicht entlocken können und die Sitzung nur zehn Minuten später beendet. Bevor sie sich dem nächsten Patienten widmen wollte, stellte sie sich ans Fenster, zog die Vorhänge zur Seite und sah, wie Gloria nur wenige Stockwerke unter ihr auf die Straße trat. Eine junge Frau mit zielstrebigem Gang, den goldenen Pagenkopf mit jedem Schritt wehend im Wind wie eine Standarte. Eine richtige Jeanne d'Arc, dachte Blum. Eine echte Kämpferin. Wenn sie nur nicht so sehr gegen sich selbst kämpfen würde, dachte sie noch und fragte sich dann, mit einem leichten Schaudern, wogegen sich Glorias unterdrückte Wut dann richten würde.

* * *

Es begann schon zu dämmern, als Gloria ihren feuerroten Fiat 500 vor dem Haus im Agnes-Viertel einparkte. Nach dem Besuch bei Doktor Blum war sie noch einkaufen gegangen und bugsierte nun den Wagen in die letzte Lücke der zugeparkten Straße. Neben einem völlig überlasteten Verkehrsnetz konnte Köln auch über Parkplatzknappheit klagen. Die allabendliche Folge war ein Wettkampf zwischen den Anwohnern, wer wohl den letzten freien Platz ergattern würde.

Sie hatte gerade ihr Auto in die Siegerlücke gebracht, als es an das Fenster der Beifahrerseite klopfte. Gloria erschrak gewaltig und sah grimmig zu dem Störenfried auf. Als sie ihren Freund und sein freundliches Lächeln auf der anderen Seite der Scheibe erkannte, entspannte sie sich und strahlte zurück.

Rasch sprang sie aus dem Auto, eilte zu ihm und nahm ihn in die Arme. Sein widerspenstiger, schwarzer Lockenkopf duftete nach Sandelholz und sein Atem nach einem Pfefferminzkaugummi. Diese Geruchskombination, dachte sie, als sie ihn auf den Hals küsste, würde sie wohl auf ewig mit diesem Mann verbinden.

„Komm, ich helfe dir mit den Einkäufen", rief er beschwingt, löste sich aus ihrer Umarmung und stapfte auf das Heck des kleinen Flitzers zu. Mit zwei entschlossenen Griffen hob er die Plastiktüten heraus und überließ es Gloria, die Heckklappe zu schließen.

„Erzähl mir von deinem Tag", meinte er fröhlich, als sie die Haustüre aufschloss.

„Da gibt's nicht viel zu erzählen", versuchte Gloria ebenso vergnügt zurückzugeben. Sie hatte Dirk nie von dem Unfall oder ihrer Therapie erzählt. Auch wusste Dirk nur das Nötigste über ihre Kindheit. Dass sie im Internat gewesen war, eine Schwester namens Tanja hatte und keinen Kontakt zu ihren Eltern pflegte.

Gemeinsam räumten sie die Lebensmittel in den Kühlschrank. Als Letztes zog Dirk eine Flasche Rotwein aus der Einkaufstüte und reckte sie wie eine Trophäe empor.

„Du hast an alles gedacht", lachte er. „Als hättest du etwas geahnt."

„Was soll ich denn geahnt haben?", fragte Gloria und machte ein Gesicht, als wäre ihr etwas Wichtiges entfallen.

„Ich möchte heute dein Geheimnis lüften", meinte Dirk verschwörerisch, „und dazu passt ein Gläschen Wein hervorragend."

Ohne, dass Dirk es bemerkte, verkrampfte Glorias Körper. Ihr Geheimnis lüften? Was hatte er damit gemeint?

Mit zwei großen Rotweinkelchen und einem Montepulciano d'Abruzzo bewaffnet, steuerte Dirk nur Sekunden später das kleine Wohnzimmer an, in dem eine ausladende, aber gemütliche Couchlandschaft gut ein Drittel des Raumes einnahm. Er stellte die Gläser auf dem Granittischchen vor sich ab, öffnete die Flasche, roch am Korken und verdrehte die Augen. „Ich liebe diesen Duft", schwärmte er und goss beiden großzügig ein. „Also", sagte er, reichte ihr ein Glas und streckte seines auffordernd vor. Sie prosteten sich zu, wobei die Gläser einen tiefen, glockenartigen Klang erzeugten, der noch eine Weile nachhallte.

„Also?", wiederholte Gloria gespannt und schwenkte die rote Flüssigkeit im Glas. Er kam gleich auf den Punkt.

„Es gibt Dinge, die sollte man voneinander wissen, wenn man in einer partnerschaftlichen Beziehung lebt", führte Dirk den Spannungsbogen fort.

Glorias Hand umklammerte den Bauch des Weinglases wie ein Schraubstock. Sie atmete nur noch flach, als wartete sie auf einen Faustschlag in die Magengrube. In diesem Moment wünschte sie sich, einfach fortlaufen zu können. Dann machte er eine Kunstpause, die Gloria wie eine Ewigkeit erschien. Doch sie traute sich nicht, den nächsten Zug zu tun, in der Angst, sich zu verraten.

„Ich mache es also kurz. Dein Geheimnis ist jetzt keines mehr, und ich habe daraus Konsequenzen gezogen."

Das Pochen in ihren Ohren war so laut, dass sie sein letztes Wort nur noch durch eine imaginäre Wand aus Watte wahrnahm. Vor ihrem Auge tanzten kleine, blaue Punkte, und der winzige Schluck Wein stieg aus ihrem Magen auf wie ein saurer Tsunami.

Oh mein Gott, oh mein Gott, oh mein Gott, betete sie. Nicht schon wieder. Nicht schon wieder. In ihrer aufkeimenden Panik erkannte sie erst sehr spät, dass Dirk ihr nun ein breites Lächeln schenkte und sein Glas hob.

„Auf das Geburtstagskind!", rief er euphorisch aus. „Nachträglich natürlich, aber ..."

Glorias Körper verlor jede Spannkraft. So schnell die Angst von ihr Besitz ergriffen hatte, so schnell traten ihr jetzt Tränen in die Augen, auch wenn sie angestrengt dagegen ankämpfte. Die salzigen Bächlein rannen über ihre Wangen ohne Unterlass.

Jetzt war es an Dirk, geschockt zu reagieren. Schnell stellte er sein Glas ab und nahm sie in die Arme. „Was habe ich gesagt? Was ist los mit dir?" Er zog den bebenden Körper seiner schluchzenden Freundin fest an sich und wog sie wie ein kleines Kind in seinen Armen. Es dauerte Minuten, bis Gloria sich beruhigen konnte und sich aus seiner Umarmung befreite.

„Was habe ich ...?", fing er wieder an, doch sie winkte ab.

„Nein, nein", hektisch wischte sie die letzten Tränen aus dem Gesicht, „es ist nur..." Ruhig besah sie sich ihren Freund und überlegte, ob sie es ihm sagen sollte. Vertrauen Sie ihm?, hatte Doktor Blum sie kurz vorher gefragt. Gloria dachte noch, dass dies nun ein guter Moment sei, dies zu testen. Doch dann entschied sie sich, lieber mit einem kleinen Schritt anzufangen: „Ich habe nur noch nie in meinem Leben geweint." Ihre klaren, kühl wirkenden Augen bemaßen ihn mit kritischem Blick. Würde er darüber lachen? Weinen? In Panik geraten?

Dirk hielt ihrem Blick stand. „Verstehe", gab er gelassen wieder.

„Was verstehst du?"

„Dass du noch nie geweint hast."

„Du findest das normal?"

„Was ist schon normal?", konterte er gelassen. „Belassen wir es also einfach dabei." Dann zog er erneut sein Glas zu sich und nippte daran.

„Wie meinst du das?", fragte Gloria aufrichtig neugierig.

Dirk lehnte sich zurück und sah sie eindringlich an. „Du hast eine Vergangenheit, die dich besonders macht. Das ist irgendwie bei allen Menschen so. Mit irgendwas hast du zu kämpfen, das spüre ich. Aber du willst nicht darüber reden. Das kann ich verstehen. Wir kennen uns ja auch noch nicht so lange. Also belassen wir es dabei."

Mit Verwunderung betrachtete sie ihn von der Seite. Sein markantes Profil, die hakige Nase, die ihm etwas Italienisches verlieh, das wettergegerbte Gesicht, der schlanke, fast dünne, aber doch trainierte Körper. Dieser Mann, wenn auch nur wenige Jahre älter als sie, hatte unglaubliche Fähigkeiten, sie einfach nur als Menschen zu sehen, ohne Wertung. In seiner Gegenwart fühlte sie sich niemals beobachtet oder analysiert, obwohl er genau das tat, wie ihr Gespräch zeigte. Sie war sich sicher, dass sein Naturell ihm als Arzt im örtlichen Klinikum großes Vertrauen seiner Patienten einbrachte. Vielleicht würde sie eines Tages ebenfalls volles Vertrauen zu ihm haben können. Aber blindes Vertrauen?

„Was ich aber eigentlich sagen wollte, ist", nahm Dirk den Faden wieder auf, „dass ich möchte, dass du mal etwas anderes siehst als deine Praxis oder das Kino um die Ecke. Lass uns über ein Wochenende zusammen wegfahren. Nur wir zwei." Er sah sie erwartungsvoll an.

Doch Gloria zeigte sich wenig begeistert, vielmehr nachdenklich. Etwas anderes war ihr im Augenblick viel wichtiger. Kühl fragte sie: „Wie hast du es herausgefunden?"

Dirk erschien die Reaktion ungewöhnlich heftig, wollte ihr die Antwort aber nicht schuldig bleiben.

„Bevor du heute Morgen los bist, muss dir deine Post aus der Tasche gerutscht sein. Einige Briefe lagen im Flur unter der Garderobe. Auch eine Karte deiner Eltern, die du schon geöffnet hattest." Kleinlaut fügte er hinzu: „Ich habe sie da liegen sehen und ..."

Wie ein treuer, reuiger Hund sah er zu ihr auf. Aus irgendeinem Grund war sie ihm nicht böse, sagte jedoch nichts. Als sie nach einigen weiteren Sekunden immer noch nicht reagierte, meinte er zögerlich: „Und, was sagst du zu meiner Idee?" Gloria runzelte die Stirn. Doch bevor sie etwas erwidern konnte, bestimmte Dirk: „Okay, dann ist das abgemacht. Cheers", er hob sein Glas und beglückte sie wieder mit seinem aufrichtigen Lächeln. Wie immer, wenn er sie mit einer Welle seiner Lebenslust überwältigte, blieb auch ihr nichts anderes übrig. Lachend erwiderte sie daher seinen Toast.

Nach dem Abendessen, bestehend aus Pasta mit einem Pesto aus Pinienkernen, spülten sie gerade gemeinsam in der Küche ab, als das Telefon klingelte.

„Es tut mir so leid, Glory, dass ich dir jetzt erst zum Geburtstag gratuliere, aber Lydia ist gestern Nachmittag mit dem Fahrrad verunglückt und musste ins Krankenhaus", sprudelte Glorias Schwester Tanja los.

„Das hat mich völlig aus der Bahn geworfen."

„Oh, mein Gott! Was ist denn passiert?", wollte Gloria sofort wissen.

„Lydia konnte es gar nicht richtig wiedergeben. Sie erinnert sich nicht so gut, was da passiert ist. Die Ärzte sagen, das wäre wegen der Gehirnerschütterung. Soll sich aber nach einer gewissen Zeit wieder legen. Augenscheinlich hat sie jemand in einem Kleinwagen beim Abbiegen übersehen. Das hat zumindest ein Passant gesagt. Es gibt leider auch nur diesen einen Zeugen, weil es an einer Ecke passiert ist, wo eigentlich gar nicht so viel los ist. Und du kennst Lydia. Sie passt immer so gut auf und wählt auch keine gefährlichen Strecken. Stell dir vor, dieser Mensch hat sich dann auch noch aus dem Staub gemacht und sie einfach da liegen lassen. Mann, Glory, du kannst dir gar nicht vorstellen, wie fertig mich das macht. Mein kleines Mädchen!" Sie begann zu weinen.

Tanja zog ihre Tochter Lydia seit der Geburt allein auf und hatte nie einen neuen Mann kennengelernt. Zumindest keinen, mit dem sie länger als ein Jahr hätte zusammenbleiben wollen. Keiner war gut genug für ihre Tochter. Und solange sie dieses Gefühl in sich trug, wechselte sie die Bekanntschaften wie ihre Piercings, die sie auch mit Ende dreißig immer noch mit Stolz trug.

„Hör zu", meinte Tanja, „ich muss gleich wieder in die Klinik. Aber was hältst du davon, wenn wir deinen Geburtstag nachfeiern, sobald Lydia wieder gesund ist? Ich backe dir einen Kuchen, wir trinken ein Gläschen Prickelwasser, und dann machen wir uns einen schönen Abend. Was meinst du?"

Gloria griff nach ihrem Flügelanhänger, den sie nie ablegte, und spielte damit. „Ich würde mich total freuen!"

„Gut!", rief Tanja tatendurstig aus. „Ich freue mich auch!" Doch dann wurde sie schnell einsilbig. „Glory, sei mir nicht böse. Ich will wieder zu Lydia. Unser Treffen geht klar. Ich ruf dich an. Hab' dich lieb", ein schmatzender Kuss huschte durch die Leitung, den Gloria erwiderte: „Ich dich auch."

* * *

In der Nacht lag sie wach. Wie so oft. Dirks Atem schnurrte gleichmäßig neben ihr wie der eines zufriedenen Katers. Sie beneidete ihn um diesen Zustand tiefer Entspanntheit. Es war nicht so, dass sie nicht müde wäre. Ganz im Gegenteil. Die Erschöpfung in ihren Gliedern schrie nach einem erholsamen Schlaf. Nur ihr Geist trieb sie fortwährend an. Sie wusste, wenn sie einschlafen würde, kämen die Bilder, die Gefühle, die sie nicht beherrschen konnte und die doch in der Lage wären, sie vollständig zu beherrschen.

Auch wenn alles schon so lange her war, durchlebte sie es jede Nacht aufs Neue. Sie hasste sich dafür, aber auch Sandra.

Sie glaubte sie immer noch vor sich sehen zu können, verheult und vom Spielen verdreckt. Sie hatte ihre dicklichen, klebrigen Finger, mit denen sie sie immerzu angefasst hatte, verabscheut. Und dass sie immer bekommen hatte, was sie wollte. Sie musste dafür nur weinen und fordern. Weinen und fordern. In Glorias Kopf keimte bei diesen Erinnerungen ein stechender, pulsierender Schmerz auf.

Wie oft hatte sie sich gewünscht, dass ihre Nichte endlich die Strafe dafür bekäme? Und an diesem Tag damals war es einfach geschehen. Wie ein Wunder.

Eine warme Hand berührte sie leicht an der Schulter. Sie zuckte zusammen.

„Du schläfst wieder nicht?" Sie konnte Dirks besorgten Blick trotz der Dunkelheit auf sich fühlen.

„Nein", gab sie knapp zurück. „Es war gestern viel los in der Praxis. Ich bin etwas ...", sie suchte nach dem richtigen Wort, "... aufgewühlt."

„Okay", brummte er ungläubig.

Nach einer Minute des beidseitigen Schweigens fragte er milde: „Du wirst es mir irgendwann erzählen, oder?"

„Was?", fragte sie erstaunt.

„Was dich wirklich beschäftigt."

Ob es seine weiche Stimme war oder die absolute Finsternis, die sie umgab und sie in Sicherheit wog, wusste sie nicht, aber in ihr keimte das Gefühl auf, sich ihm anvertrauen zu müssen. Als triebe eine unsichtbare Kraft sie zur Wahrheit, fragte sie ihn geradeheraus: „Glaubst du, du könntest mit einer Mörderin glücklich werden?"

Das Rascheln von Bettdecken, sein Tasten nach dem Schalter seiner Nachttischlampe, ein Klicken und dann ein warmes, fließendes Licht im Raum, das sie ein wenig blendete. Sie hob schützend eine Hand vor die Augen.

„Was meinst du damit?" Dirk starrte sie entsetzt an. Erst jetzt bemerkte er, dass Glorias Haare schweißnass an ihrem Kopf klebten, als hätte sie Fieber. Ihre Augen wirkten glasig.

„Was hast du damit gemeint?", wiederholte er immer noch irritiert.

„Es gibt eine Geschichte, die ich dir erzählen muss", begann Gloria und berichtete ihm von ihrem vierzehnten Geburtstag und dem „tragischen Unfall", wie das Ereignis damals in den Medien genannt wurde. Sie beschrieb Dirk mit ruhiger, fester Stimme, wie ihre Familie auseinanderbrach, ihre Eltern alles aufgaben, wofür sie all die Jahre hart geschuftet hatten, wie ihr Bruder und seine Frau sich hatten scheiden lassen, weil sie das Unglück nicht verarbeiten konnten, einfach alles.

Und doch: Die Blitze, die Bilder und Stimmen, das Dröhnen in ihrem Kopf und die Therapie bei Cornelia Blum verschwieg sie ihm weiterhin.

„Wow", fing er an und rieb sich die Stirn. „Das ist mal eine besondere Gute-Nacht-Geschichte." Seine Locken schwangen leicht, als er nachdenklich den Kopf schüttelte. Dann schlug er das Betttuch zur Seite und stand auf. Seine Boxershorts verfingen sich knittrig zwischen seinen Beinen, als er kopfüber nach einem T-Shirt fischte, das er am Abend müde neben das Bett hatte fallen lassen.

Gloria wurde es schrecklich kalt. Auf ihrer Haut schien der Schweiß zu gefrieren. Beinahe winselnd hörte sie sich selbst fragen: „Wo willst du hin?"

Doch Dirk drehte sich nur müde zu ihr um und verblüffte sie erneut: „Ich mache uns jetzt erst mal einen Tee. Und dann habe ich viele Fragen zu deiner Story." Er schlurfte langsam nach draußen und Gloria fühlte, wie sich heiße Tränen der Erleichterung in ihren Augen sammelten.

III. Kapitel

Dirk kam mit zwei dampfenden Tassen Tee zurück ins Bett und reichte Gloria eine davon. Dann schlüpfte er, geschickt mit seiner eigenen Tasse balancierend, zurück unter die gemeinsame Decke. Er nippte an seinem Tee, beobachtete das Licht, das die Nachttischlampe auf der spiegelnden Oberfläche der Flüssigkeit hinterließ, und nippte erneut. Gloria umschloss ihre Tasse schweigend mit den Händen und musterte ihn verstohlen von der Seite.

„Was glaubst du selbst?" Dirks Frage durchbrach die Stille. Dann führte er die Tasse erneut zu seinen Lippen. Ein deutliches Signal, dass er nicht mehr sagen würde. Sie war am Zug.

„Du meinst, was an diesem Tag wirklich passiert ist?"

„Mm", murmelte er zur Bestätigung.

„Sie sagten, dass es ein Unfall war."

„Ein Unfall", wiederholte Dirk, „und doch bezeichnest du dich als Mörderin? Alles, was du erzählt hast, klingt nach Schuld und Rechtfertigung. Für einen Unfall kannst du nichts." Als Gloria keine Anstalten machte darauf zu antworten, fragte er: „Warst du dabei, als es passierte?"

Sie sah ihn mit zusammengekniffenen Augen an, was er nicht sehen konnte, weil er immer noch seine Tasse fixierte, die er fest umklammerte, als hielte er eine Rettungsboje. Sie antwortete gelassener, als es ihr lieb war. „Natürlich war ich im Garten. Immerhin hatte ich die Kinderbetreuung. Ich habe Spiele mit ihnen gespielt. Verstecken war zuletzt an der Reihe. Dabei ist es dann irgendwie passiert. In meiner Erinnerung sind aber viele Dinge unklar. Es ist wie in einem Nebelschleier."

Nachdenklich fasste sie sich an den Kopf und zog die Stirn kraus. „Aus irgendeinem Grund erschien mir alles wie in Zeitlupe. Und dann haben mich alle so komisch angesehen. Ich habe wirklich geglaubt, dass ich etwas falsch gemacht habe."

„Für alle war gleich klar, dass du was damit zu tun gehabt haben solltest? Warum haben sie das gedacht?"

Jetzt sah Dirk sie zum ersten Mal direkt und prüfend an, als suchte er in ihrem Gesicht nach einem Anzeichen der Wahrheit. Doch sie schwieg. Er wartete noch einen Moment, doch als Gloria weiter nichts sagte, nickte er und ließ die Stimme der Vernunft sprechen: „Wir haben schon fünf Uhr morgens. Du hast kaum geschlafen und wir müssen gleich zu unseren Jobs. Wir reden ein anderes Mal weiter."

* * *

Seit über zwei Jahren teilte sich Gloria schon mit ihrer Kollegin Matilda aus Schweden eine Praxis im Stadtteil Sülz. Matilda hatte als Studentin in Köln die Liebe ihres Lebens gefunden und lebte seitdem nicht unweit der Praxisräume. Sie erfüllte alle Klischees der blonden, großgewachsenen, blauäugigen und immer lebensfrohen Schwedin. Einige nannten sie scherzhaft „Agneta", weil sie der ABBA-Sängerin zum Verwechseln ähnlichsah. Sie war schon Mitte dreißig, doch ihr gut gelauntes Wesen ließ sie um etliche Jahre jünger wirken. Sie hatte die Praxis vier Jahre zuvor aufgebaut und Gloria zunächst als Mitarbeiterin eingestellt. Da sie beide großartig harmonierten, beruflich wie privat, beschlossen sie nur wenig später, Partner zu werden.

Matilda wuselte schon in den Behandlungsräumen herum, als Gloria eintraf und das fröhliche Türglöckchen beim Eintreten aktivierte.

„Da bist du ja", flötete Matilda aus irgendeinem Raum, der für Gloria nicht einzusehen war. Gloria rief ihr einen Gruß zu und trug ihre Tasche zum Umkleideraum, wo sie sich routiniert einen Kittel überzog und in bequeme Sandalen schlüpfte. Nur Sekunden später hörte sie hinter sich ein hechelndes Atmen und scharrende Pfoten auf den Fliesen, als Hector, Matildas Dogge, mit hektischen Sätzen zu ihr hereinflog. Hector bekam gerade noch die Kurve, rutschte auf dem glatten Boden aus und kam ungeschickt vor Gloria zum Halten. Aus seinem Maul tropfte Freudenspeichel. Gloria kniete vor ihm nieder und kraulte ihn unter dem Hals. Ein leises, zufriedenes Brummen entwich Hectors Kehle. Dann hörte er die Stimme seines Frauchens hinter sich und machte ebenso euphorisch kehrt.

„Hector, komm! Gib Gloria die Chance, sich umzuziehen!"

„Schon gut", murmelte Gloria, klopfte sich die Hundehaare vom Kittel, wohlwissend, dass noch viele über den Tag dazukommen würden, und ging zu ihrem Behandlungszimmer. Matilda erwartete sie dort. Sie hatte gründlich gelüftet und schob gerade eine neue Box Einweghandschuhe in ein Regal.

„Ich hatte gerade nichts Besseres vor und dachte, ich mach auch bei dir schon mal klar Schiff für den Tag", schwungvoll drehte sie sich zu Gloria um und verstummte. „Wie siehst du denn aus?" Besorgt eilte sie auf ihre Kollegin zu und fasste sie an den Schultern. „Bist du krank?"

„Nein, nein", wiegelte Gloria ab. „Ich habe nur beschissen geschlafen."

Matilda zögerte einen Moment, wollte ihre Kollegin allerdings nicht mit Fragen bedrängen. Daher ging sie schnell zum Tagesgeschäft über: „Die Felsstätter mit ihrer störrischen Katze hat abgesagt. Dafür habe ich dir einen Labrador mit Hautpilz eingestellt. Der kommt übrigens schon um kurz nach acht. Du hast sieben Minuten." Damit entschwand Matilda in ihre eigenen Räume und ließ Gloria einen Moment zum Durchatmen.

Es geschah wie geheißen. Der Labrador tauchte gegen acht Uhr auf, dicht gefolgt von einem hektischen Herrchen, das unentwegt wiederholte, dass es in ein wichtiges Meeting müsse und keine Zeit habe. Gloria tendierte dazu, Menschen, die ihr eigenes Wohl über das Wohl ihrer Tiere stellten, zu ignorieren. So auch an diesem Tag. Sie ließ sich besonders viel Zeit damit, ihre Arbeit gut zu machen, und legte einige Schnörkel ein, die mehr der Pflege als der Behandlung des Tieres dienten. Und war es auch nur, um den Fiesling Geduld zu lehren.

Es folgten eine Kartäuser-Katze mit einer Fressstörung, ein Pitbull mit einer eingewachsenen Kralle, ein Widderzwerg mit einer eitrigen Geschwulst am Kiefer und viele andere hilfebedürftige Kreaturen, die die Behandlung mehr oder weniger geduldig über sich ergehen ließen. Dem Menschen völlig ausgeliefert.

Kurz vor dem Feierabend endete ihr Arbeitstag mit einem sonderbaren Erlebnis. Ein Mann in einem gepflegten Nadelstreifenanzug, kurzem Haar mit grauem Ansatz an den Schläfen, selbstsicheren Augen und einem gesund wirkenden, gebräunten Teint betrat die Praxis, kurz bevor Gloria und Matilda schließen wollten.

Begleitet wurde er von einem kleinen Mädchen in einem Samtkleid, das sein rosskastanienbraunes Haar zu einem Pferdeschwanz gebunden trug. Gloria nahm an, dass es die Tochter des Mannes sein müsse, da sie sowohl seine Augen als auch die gleiche Sonnen-verwöhnte Haut hatte. Es sah aus, als wären die beiden kurz zuvor im Urlaub gewesen.

Die späten Gäste machten einen überheblichen Eindruck auf Gloria. Der Mann trug eine Transportbox unter dem Arm, aus der ein verstörter Kater mit weit aufgerissen Augen zu Gloria hinausstarrte. Der Mann stellte den Käfig auf den Behandlungstisch und forderte mit herrischer Stimme: „Sie müssen das Tier einschläfern!"

Gloria glaubte, sich verhört zu haben. Das kleine Mädchen in seiner Begleitung war gerade groß genug, um über den Behandlungstisch zu schauen, und starrte dessen Oberfläche stur an, als versuchte es herauszufinden, ob es sich in dem kalten Metall spiegeln könne. Eine kalte Hand griff nach Glorias Herz.

„Wollen wir doch erst einmal nach dem Burschen sehen", versuchte sie die Situation optimistisch anzugehen.

„Das wird nichts bringen", giftete der Mann sofort zurück.

Aus zusammengekniffenen Augen musterte Gloria den Mann, auf dessen Oberlippe sich mittlerweile ein feiner Schweißfilm bildete und dessen Bauch drohte, den Untersuchungstisch zu versetzen.

Gloria tat, als hätte sie ihn nicht gehört, und öffnete langsam die Käfig-Tür. Ein Klagelaut entwich dem schmächtigen Kater, als er sich weiter nach hinten in sein Gefängnis zurückzog. Vorsichtig griff Gloria hinein und zog das zitternde Bündel hervor.

„Na, du brauchst doch keine Angst vor mir zu haben", beruhigte Gloria das Tier mit leiser, sanfter Stimme. Auch hoffte sie damit dem Mädchen, das seinen Kater aus glanzlosen Augen anstarrte, die Angst zu nehmen. Gloria zwinkerte ihm aufmunternd zu. Doch der reglose, kalte Blick, den sie erntete, ließ sie erschaudern. Sie schüttelte das unbehagliche Gefühl ab und widmete sich behutsam dem Tier. Sorgfältig tastete sie den Bauch und die Flanken des Katers ab.

„Was hat er denn eigentlich?", wollte sie wissen, ohne den Blick von dem schmächtigen Fellbündel zu nehmen.

„Weiß nicht", meinte der Mann genervt, als dauerte ihm die Prozedur schon viel zu lange.

„Ich meine", versuchte es Gloria noch einmal, „welche Symptome zeigt er genau?"

Zum ersten Mal, seit es die Praxis betreten hatte, mischte sich das Mädchen ein. Es verzog das Gesicht zu einer Grimasse, die Gloria nicht zu deuten wusste, und spie aus: „Er nervt!"

Dies war der Augenblick, in welchem in Gloria ein Schalter umgelegt wurde. Sie spürte ein Kribbeln hinter ihren Augen und hörte, wie ihr Puls die Umgebungsgeräusche ausblendete. Lediglich das tiefe, ruhige Atmen des Katers unter ihren Händen war ein Anker, der sie mit der realen Welt verbunden hielt. Das Stechen in ihrem Hinterkopf setzte wieder ein. Sie fragte sich, wie ein kleines Mädchen von einem Kater genervt sein könne.

Gloria sah auf das Tier hinab und erntete einen hilfesuchenden Blick. Daraufhin richtete sich Gloria zu ihrer vollen Größe auf und fragte jetzt deutlich kühler: „Wie heißt er?"

„Was tut denn das zur Sache?", fragte der Anzugträger enerviert.

Glorias Blick ließ ihn einen Schritt zurückmachen.

„Paul", antwortete er rasch, wollte aber auch keine Zeit verlieren. „Wir bezahlen Sie nicht für dumme Fragen. Schläfern Sie ihn endlich ein!"

Gloria zögerte. „Was nervt Sie denn eigentlich so sehr an ihm?", fragte sie mit einem Hauch gespielten Verständnisses in der Stimme. Doch anstelle des Mannes antwortete nun das Mädchen. „Der knackt beim Fressen."

Gloria drehte Paul zu sich, drückte sein Hinterteil sanft auf den Tisch und öffnete mit Zeigefinger und Daumen vorsichtig das Maul des Katers. Die Zähne des Tieres schienen eindeutig gelitten zu haben, der Kiefer wirkte leicht deformiert. Gloria konnte nicht ausschließen, dass dem Tier Gewalt zugefügt worden war.

Das Mädchen begann unterdessen unruhig von einem auf den anderen Fuß zu tänzeln.

„Keine Angst, ich werde ihn nicht einschläfern müssen. Den Kiefer kann ich richten. Sein geschundenes Mäulchen braucht dann nur einige Zeit der Schonung. Es scheint allerdings, dass er einen", sie zögerte und überlegte sich eine umsichtige Formulierung, „Unfall hatte."

Die Augen des Mädchens weiteten sich. Dann stieg ihm die Zornesröte ins Gesicht und verdrängte die vornehme Bräune. „Das ist mir scheißegal! Ich will das blöde Knacken nicht mehr hören! Das Vieh nervt mich!" Jedes Wort des letzten Satzes zog es mit Nachdruck in die Länge, um der begriffsstutzigen Ärztin die Botschaft einzuhämmern. Ihr Vater griff nach der Schulter des Kindes, um es zu beruhigen, doch es riss sich wutentbrannt los. „Was denn? Ich will hier endlich weg!"

Bedächtig setzte Gloria Paul in seinen Käfig zurück. Die Kinnlade des Mädchens fiel herab, doch es sagte nichts. Es sah nur stumm Glorias ruhigen, fast meditativen Bewegungen zu. Nachdem Gloria die Käfig-Tür wieder verschlossen hatte, trug sie den Käfig in einen Nachbarraum, schloss dort die Tür und kam gemächlich in den Behandlungsraum zurück.

Zu ihrer Überraschung waren beide noch da und sahen sie ungläubig an. Der Nadelstreifen-Anzug hatte ein Portemonnaie in der Hand und erwartete wohl die Rechnung. Das Mädchen hingegen schien jede Kinderstube, sofern es denn eine gegeben hatte, zu vergessen.

„Was soll das jetzt?", kreischte es hysterisch.

Glorias Sicherung brannte durch, noch ehe das Keifen verstummt war. „Ich habe mich gerade gefragt", bedächtig nahm sie ein Skalpell zur Hand und ließ es zwischen Zeigefinger und Daumen wippen „ob du weißt, was man mit einem solchen Gerät macht."

Der Mund des Kindes war weit geöffnet, die Augen hielt es auf das metallische Instrument gerichtet. Doch noch bevor es etwas erwidern konnte, sprach Gloria weiter. Den Mann an der Seite des Kindes hatte sie völlig vergessen. Auch er rührte sich nicht.

„Man nennt es Skalpell. Es wird dazu genutzt, Körper zu öffnen, um Böses zu entfernen, zum Beispiel Geschwüre oder Tumore." Sie machte eine Kunstpause und sah, dass die Kleine immer noch wie gelähmt auf das glänzende Objekt starrte.

„Was glaubst du, macht es mit einer bösen Zunge oder einem kalten Herzen? Sollten diese nicht besser auch entfernt werden, bevor sie jemandem Schaden zufügen können?" Dann schlug sie völlig überraschend mit ihrer Faust auf den Behandlungstisch, dass die Instrumente darauf aufsprangen und unter lautem Scheppern wieder herabfielen.

Der Mann zog schockiert sein Kind zu sich heran und schnappte nach Luft: „Das wird Ihnen noch leidtun! Ich werde Sie verklagen! Verlassen Sie sich darauf!" Gloria konnte er damit nicht verängstigen: „Und weswegen?"

„Ihren Drohungen."

Gloria lachte laut auf. „Ihre Tochter hat ein großes Interesse an der Arbeit eines Tierarztes gezeigt. Ich habe ihr erklärt, was man als Arzt mit einem Skalpell tun kann." Der Nadelstreifenanzug grunzte, doch Gloria setzte noch eins drauf: „Lehren Sie Ihr Kind lieber darin, Respekt vor dem Leben zu haben. Sie wollen doch nicht, dass es ihm eines Tages jemand am eigenen Leib erklärt." Ihre Finger verkrampften sich um das Operationsbesteck.

„Das werden sie bereuen!", keifte der Mann erneut, riss seinen Zögling zu sich heran und schob das zeternde Kind nach draußen.

Gloria rief den beiden hinterher: „Wir sehen uns vor Gericht, Herr Kösters!"

Sie hörte, wie das Mädchen seinen Vater erschrocken fragte: „Woher kennt sie deinen Namen?"

„Komm jetzt raus hier!", rüde bugsierte er sein Kind zum Ausgang, ohne zu antworten. Dann fiel die Praxistür hinter beiden ins Schloss.

Gloria ging in den Nebenraum, kniete vor dem Käfig nieder, öffnete ihn und hob Kater Paul auf ihren Arm. Zärtlich drückte sie das Tier an sich und wurde mit seinem gleichmäßigen Atmen belohnt. Das zufriedene Schnurren des Katers drang aus ihren Armen zu ihr empor, und sie beruhigte sich wieder.

„Paul, dir wird es bei mir an nichts fehlen. Mit Tieren kann ich gut", murmelte sie in das Ohr des Katers, aber nicht leise genug, um es vor Matilda zu verbergen.

Diese stand mit fragendem Gesichtsausdruck im Türrahmen. „Mit Menschen aber nicht so, was? Was war das denn gerade?", fragte sie mit weit aufgerissenen Augen.

„Ich habe einem Scheißkerl und seiner Teufelin von Tochter die Tür gezeigt", erwiderte Gloria resolut.

„Das habe ich gehört." Matilda zwinkerte.

„Und das ist dein neuer Freund?", fügte sie mit einem Nicken in Pauls Richtung hinzu.

„Ja, ich nehme ihn später mit nach Hause. Ein ehrliches Herz hat bei mir immer einen sicheren Platz." Sie setzte Paul auf dem Behandlungstisch ab und wendete sich einer Schublade mit Instrumenten zu. „Aber erst einmal werde ich mir seinen Kiefer genauer ansehen."

„Das könnte dauern", erkannte Matilda. „Soll ich dir helfen?", dabei brachte sie sich bereits tatendurstig am OP-Tisch in Position.

„Das ist lieb, aber nein, danke. Mach Feierabend! Paul und ich schaffen das allein."

Paul gab ein krummes Maunzen von sich, und Matilda ließ die beiden allein.

Gloria hatte es sich am späten Abend auf der Couch gemütlich gemacht und einen erschöpften Paul in ihren Schoß gehoben, als es an der Tür klingelte. Nur Sekunden nachdem sie den Türöffner betätigt hatte, tauchte Tanjas Gesicht im Treppenhaus auf.

Sie sah, wie Gloria erschöpft die Schultern hängen ließ, und quittierte umgehend: „Jetzt raste nicht gleich aus vor lauter Freude, mich zu sehen." Sie nahm die letzten Stufen mit großen Schritten, eilte auf ihre Schwester zu und drückte sie an sich.

Unordentlich wie eh und je warf Tanja, gleich beim Reinkommen, ihre Jeansjacke über die Couch, steuerte auf die Küche zu und angelte sich zwei Sektgläser aus dem Schrank. Dann zog sie eine Sektflasche aus ihrer Schultertasche und schlenderte betont gelassen zurück ins Wohnzimmer.

„Was verschafft mir die Ehre?", lächelte Gloria ihre Schwester liebevoll an, weil sie den Grund schon erahnte. „Lydia muss noch zwei Nächte in der Klinik bleiben. Sie haben ihr gerade eben ein Schmerzmittel gegeben und sie ist gleich eingeschlafen. Ich fahre später wieder hin, um über Nacht bei ihr zu sein. Aber bis dahin", sie winkte mit den Gläsern.

„Aber du kannst doch nicht mehr fahren, wenn", Glorias Rüge zauberte Tanja ein Schmunzeln ins Gesicht. „Du bist ja so süß, Glory. Es gibt da eine Erfindung für betrunkene Mütter. Man nennt es Taxi." Dann wurde sie ernster: „Nein, wirklich. Ich will mich ja nicht besaufen. Nur mit meiner kleinen Schwester anstoßen. Es fühlte sich für mich irgendwie nicht richtig an, dass wir uns an deinem Geburtstag nicht gesehen haben. Deshalb." Sie schenkte sich und Gloria ein und prostete ihrer jüngeren Schwester zu. „Auf dich!"

„Danke, Tanja. Ich freue mich unheimlich, dass du da bist."

Gloria stellte ihrer Schwester den neuen Mitbewohner Paul vor, der sich gleich in den Besuch verliebte. Sie sprachen über dies und das und lachten viel, bis Tanja auf ein anderes Thema zu sprechen kam.

„Haben dir Mama und Papa eigentlich wieder zum Geburtstag geschrieben?"

Gloria nickte.

Tanja senkte die Stimme. „Papa feiert in zwei Wochen schon seinen Neunundsechzigsten."

„Mm, ja stimmt", gab Gloria knapp zurück und fühlte, dass sie noch irgendetwas sagen musste. „Wirst du hingehen?"

„Ich weiß noch nicht", meinte Tanja wortkarg. Gloria überraschte das sehr und Tanja sah das Unverständnis in Glorias Augen: „Mir geht das ständige Theater auf den Keks. Diese ganze Erbschleicherei ist zum Kotzen."

„Erbschleicherei?" Gloria glaubte sich verhört zu haben. „Papa ist doch nicht tot! Und Mama gibt's ja schließlich auch noch."

Tanja imponierte es, wie sehr sich ihre kleine Schwester nach wie vor für ihre Eltern stark machte. Auch wenn sie seit Jahren kaum Kontakt hatten. „Das ist es ja, was mir so auf den Geist geht. Alex spricht nur noch von goldenen Uhren und Papas Porsche. Was er denn damit vorhabe, nach seinem Ableben? Und ob das Testament eindeutig sei. Schließlich würde er schließlich, als ältestes Kind, gewisse Vorrechte haben. Dieser Idiot, als hätte er das Erbrecht mit der Muttermilch aufgesaugt."

„Was sagt Papa dazu?", meinte Gloria immer noch schockiert. „Der hustet ihm was. Hat ihn auf dem letzten Familientreffen sogar vor die Tür gesetzt. Er könne fernbleiben, bis er sich wieder beruhigt habe."

„War Alex da wieder blau?"

„Wie ein Haubentaucher", grinste Tanja breit.

„Das entschuldigt es nicht", meinte Gloria. „So kenne ich ihn gar nicht."

„Er versucht halt durchzukommen", bemühte sich Tanja etwas Gutes über ihren Bruder zu sagen. „Nachdem er und Katrin das mit dem Verlust von Sandra nicht auf die Kette bekommen und sich getrennt haben, hat er echt abgebaut. Ist noch aggressiver geworden und spricht nur noch über Geld und Besitz. Klar, das Saufen kommt auch nicht zu kurz."

Dann fiel Gloria die Vierte im Bunde ein. „Und was macht Sofia so?"

„Sofia ist halt Sofia. Sie sieht sich immer noch an der Spitze der Nahrungskette. Und stell dir vor, die zickigen Zwillinge wollen tatsächlich doch noch mit einem Studium beginnen. Irgendwas mit Touristik. Dann wird sich jetzt wohl zeigen müssen, ob sie wirklich mehr draufhaben als Zöpfe flechten und Instagram."

Beide Schwestern kicherten wie kleine Schulmädchen.

Tanja schenkte noch mal nach und warf einen schnellen Blick auf ihr Handy, bevor sie es wieder zur Seite legte. „Ich wollte nur sehen, ob sich das Krankenhaus gemeldet hat."

„Du bist eine gute Mutter", meinte Gloria mit größter Hochachtung in der Stimme.

Tanja reagierte flapsig: „Was, weil ich meine Tochter in einem Krankenhaus zurücklasse und alle zwanzig Minuten auf mein Handy schaue?"

Gloria winkte ab: „Nein, du weißt genau, was ich meine. Lydia kann froh sein, dich als Mutter zu haben." Bevor Tanja sentimental werden konnte, stieß sie noch einmal mit Gloria an. „Glory, eines Tages wird sich alles klären. Eines Tages, wenn du gar nicht mehr damit rechnest."

Nur wenige Minuten nachdem Tanja gegangen war, kam Dirk von seiner Schicht nach Hause.

Er erfasste die leere Sektflasche und die Gläser auf dem Tisch. „Ich habe Tanja gerade vor der Haustür getroffen. Sie sagte, du hattest einen schweren Tag."

Daraufhin erzählte Gloria ihm von der Begegnung in der Praxis. Paul gesellte sich, von Dirks tiefer Stimme inspiriert, gleich zu ihm auf das Sofa und drückte seinen gestreckten Körper an Dirks Oberschenkel. Dirk kraulte ihn dabei hinter den Ohren, was sich der Kater gerne gefallen ließ.

„Pass nur mit seinem Kiefer auf. Der ist frisch operiert. Ich habe ihm zwar was injiziert, es kann aber sein, dass er bei Berührung dennoch Schmerzen hat."

„Ich passe auf", bestätigte Dirk und konzentrierte sich darauf, Pauls Wohlgefühl nicht zu stören.

Dann griff Dirk seinen Vorschlag erneut auf: „Lass uns nächstes Wochenende wegfahren. Wir fahren an die See, vielleicht nach Kühlungsborn. Wir gehen ein bisschen spazieren und essen leckeren Fisch. Du brauchst eine Luftveränderung. Und wer weiß, vielleicht schaffen wir es sogar, unser Gespräch fortzusetzen."

Auch wenn Gloria es niemals zugegeben hätte, aus Angst etwas zwischen ihnen zu beschwören, freute sie sich auf eine Auszeit mit Dirk. Aber etwas anderes machte ihr Sorgen: „Was mache ich mit Paul?"

Dirk sah zu dem Kater hinunter und tätschelte das kleine Köpfchen. „Dein neuer Freund hat schon ein Asyl für die Zeit gefunden. Ich habe eben alles mit deiner Schwester abgemacht."

Gloria konnte ihr Glück nicht fassen. Sie ging zur Couch, ließ sich neben Dirk nieder und kuschelte sich an ihn. Kopf an Kopf schwiegen sie und hörten dem tiefen Schurren des Katers zu, der Dirks Anwesenheit genauso zu genießen schien wie die Hausherrin.

IV. Kapitel

Gloria und Dirk hatten Nägel mit Köpfen gemacht und ein Wochenende für ihren Ausflug ans
Meer festgelegt. Nur kurz kam es Gloria in den Sinn,
dass ihr Vater an diesem Tag Geburtstag feiern
würde. Aber sie würde diesen ohnehin nicht mit der
Familie verbringen, wozu also ein schlechtes Gewissen?

Die Tage bis zum Kurztrip vergingen nach ihrem Gefühl viel zu langsam. Hatte sie sich zunächst noch ein
bisschen davor gefürchtet, mit Dirk über einige Tage
rund um die Uhr zusammen zu sein, aus Angst dabei
einen Fehler machen zu können, konnte sie sich schon
bald mit dem Gedanken anfreunden. Als es freitag-
mittags letztlich losging, Dirk hatte seinen Wagen für
die Fahrt vorbereitet, da er etwas geräumiger als der
Fiat war, hatte sich Glorias Angst sogar völlig aufge-
löst.

Sie bezogen ihr Hotelzimmer am späten Freitag-
abend, packten die Koffer aus und machten sich
gleich auf den Weg zum Strand. Dort angekommen,
zogen sie die Schuhe aus, schlenderten bis zur

Wasserlinie und drückten ihre Füße in den kühlen Sand. Gloria schloss die Augen und atmete die salzige Luft tief ein. Dirk sah aufs Wasser hinaus, das der Sonnenuntergang orange färbte. Nur wenige Spaziergänger waren auf der höher gelegenen Promenade unterwegs. Am Strand selbst waren sie allein. Gloria atmete hörbar aus.

„Es müsste immer so sein, wie jetzt."

„Ich kann dich hierlassen, wenn du willst?", feixte Dirk, worauf er sich einen Knuff gegen seine Schulter einfing. „Aua, nur ein Spaß", lachte er, „ich weiß, was du meinst. Mir geht es genauso."

Sie verbrachten einen gemütlichen Abend mit einer opulenten Muschelplatte, einer Flasche köstlichen Weißweins und genossen die Zweisamkeit.

Es war schon fast Mitternacht als sie, vom Wein berauscht, ihr Hotelzimmer betraten. Noch bevor die Tür ins Schloss fiel, zog Dirk Gloria an sich und sah ihr tief in die Augen. „Was auch immer kommen mag, wir stehen es gemeinsam durch. Versprochen."

Glorias Knie gaben in seinen Armen nach, und die Wärme, die in seinen Worten lag, ließ sie alle Sorgen vergessen. Gab es tatsächlich noch Ritter auf weißen Pferden, die hilflose Prinzessinnen wie sie retten

konnten? Sie wollte es glauben und tauchte leiden-
schaftlich in seinen Kuss ein.

Zunächst konnte sie das Geräusch nicht einordnen.
Dirk bemerkte es auch. Es brauchte nur einen Mo-
ment länger, bis sie die Ursache für das Vibrieren und
Brummen identifizierten. Glorias Handy tänzelte bei
jedem Klingeln auf der Glasauflage ihres Nachttischs.
„Lass es uns einfach ignorieren", hauchte Gloria und
zog ihren Freund aufs Bett hinunter. Gemeinsam ent-
schieden sie, für niemanden sonst da sein zu müssen.
Sie liebten sich intensiv und vergaßen völlig die Zeit.
Auch den Anruf.

Gloria wurde am nächsten Morgen durch die Sonnenstrahlen geweckt, die sich durch einen nachlässigen
Spalt in den Übergardinen schoben, und stellte fest,
dass sie genau in jener Haltung eingeschlafen war, die
sie nach dem Sex mit Dirk eingenommen hatte.

Sie seufzte leise bei der Erinnerung an die vergangene
Nacht. Dirk war so vertraut und liebevoll, zugleich
aber auch wild und fordernd. Er hatte ihr Herz und
ihren Körper im Sturm erobert. Diese Reise hatte sie
nach langer Zeit endlich ihre Panik vergessen lassen.
Keine Bilder, keine Tagträume und auch in der Nacht
hatte sie nicht einmal wachgelegen. Sie fühlte sich

angekommen und ausgeruht. Genussvoll raffte sie die Decke vor der Brust zusammen und wälzte sich zur Seite.

Dabei fiel ihr Blick auf ihr Telefon und erinnerte sie an den penetranten Ton in der letzten Nacht. Sie griff nach dem Gerät und aktivierte damit die Freischaltung. Augenblicklich leuchtete eine WhatsApp-Nachricht ihrer Schwester Tanja auf. In dem abgedunkelten, gemütlichen Raum wirkte ihre Botschaft auf dem Display grell und bedrohlich: *Ruf mich sofort an!*

Glorias Herz schlug so laut, dass sie Angst hatte, Dirk damit aufzuwecken. Ein plötzlicher, heftiger Schweißausbruch sorgte dafür, dass das Betttuch, das sie immer noch an die Brust gedrückt hielt, an ihrem Körper klebte. Sie begann augenblicklich zu frösteln. Schnell glitt sie aus dem Bett, zog sich ein T-Shirt und eine Jeans über, griff nach dem Handy und der Schlüsselkarte und schob sich aus dem Zimmer. Barfuß stand sie auf dem Hotelgang und suchte mit zittrigen Händen Tanjas Telefonnummern in der Kontaktliste.

Sie wusste, dass etwas Schlimmes passiert sein musste. Ihre Schwester war keine Frau der Dramatik und wusste, dass Gloria die Erholung bitter nötig hatte. Sie würde sie nicht ohne triftigen Grund stören.

Es dauerte eine gefühlte Ewigkeit, bis Tanja endlich abnahm. Gloria hörte gleich, dass ihre Schwester geweint hatte.

„Was ist los, Tanja?", kam sie gleich zur Sache.

„Glory, es ist Papa."

Gloria fuhr sich mit einer Hand an die Stirn, als müsste sie ihren Kopf im wahrsten Sinne zusammenhalten, tat einen Schritt zurück und stieß mit dem Rücken an eine Wand. Sie nahm die Stütze gerne an, konnte jedoch keinen klaren Gedanken fassen. Sie wusste, dass sie in diesem Moment etwas fragen oder sagen müsste. Aber die Worte ließen sich einfach nicht formen. Wieder hörte sie die schwache Stimme ihrer Schwester.

„Es ist gestern Abend auf seiner Geburtstagsfeier passiert. Er ist, er ist zusammengebrochen. Mama hat mich angerufen."

„Was? Wieso?", viel mehr als ein Stammeln brachte Gloria nicht hervor. Doch dann fiel ihr doch eine passende Frage ein: „Wie geht es ihm?"

Erst glaubte sie, die Leitung sei unterbrochen worden. Doch dann hörte sie einen Laut, der einem unterdrückten Niesen gleichkam, in ein flatterndes Atmen überging und dann zu einem herzzerreißenden Schluchzen eskalierte. Tanja, ihre starke, unverwüstliche Schwester, weinte hemmungslos wie ein Kind, und Gloria wusste ganz genau, was das hieß.

Ihre Gedanken sprangen unruhig zwischen Angst, Schuld, Trauer und Ungläubigkeit hin und her. Sogar Übelkeit war dabei. Ein Brechreiz, der tief in ihrem Magen begann und ihr Herz rasen ließ. Es geschah geradezu mechanisch, die nächsten Worte zu sprechen, gleich einem unsichtbaren Drehbuch, das jemand für solche Zwecke bereithielt: „Wir fahren sofort los."

Der Schock saß beiden in den Gliedern und so schwiegen Dirk und Gloria die meiste Zeit der sechsstündigen Rückfahrt. Hin und wieder legte Dirk Gloria schweigend eine Hand auf ihr Bein, um ihr zu signalisieren, dass er für sie da sei. Doch seine Freundin zeigte, bis auf ein entrücktes Lächeln, keine Reaktion. Sie starrte durch die Windschutzscheibe, als könnte die Macht der Suggestion ihre Heimfahrt beschleunigen. Doch was würde sie erwarten?

Trauer. Unmengen von Trauer und Ablehnung. Sie würde auf ihre Mutter treffen. Wie würde diese auf ihre Tochter reagieren? Sollte sie nicht besser in der

Versenkung bleiben? Die Schwere ihrer Gedanken drückte sie in den Sitz und lähmte ihre Zunge.

Dirk versuchte einige Male, sie zum Sprechen zu bewegen, indem er sie fragte, ob sie eine Pause brauche oder zur Toilette müsse, doch Gloria schüttelte zu allem den Kopf. Auch er fragte sich, was ihn zu Hause erwarten würde. Würde die grausame Nachricht ihre Beziehung, die gerade erst zu etwas wurde, das den Namen auch verdiente, auf die Probe stellen? Wie konnte er Gloria Kraft geben?

Glorias Hand zitterte, als sie vor dem Klingelknopf schwebte. Der Ton der Türglocke würde alles verändern. Sie wollte sich selbst glauben machen, dass sie alles rückgängig machen und die Wahrheit verdrängen könne, wenn sie nur nicht den Knopf drücke. Doch sie wusste, dass die Vergangenheit sie längst eingeholt hatte. Sie legte den Finger auf die Klingel und wartete. Es erschein ihr wie eine Ewigkeit, bis sich die Haustüre unter einem leisen Summen öffnen ließ. Mit schweren Schritten stieg sie die Treppe hinauf.

Als sie die nächste Etage erreichte, sah sie sie. Erst nur ihre Füße, die in schwarzen, flachen Sneakers steckten. Mit jedem Stück, um das sich ihr Blick hob, zeichnete sich die Silhouette ihrer schlanken und stolzen Mutter ab. Sie trug eine nachtblaue Hose und eine ebenso blaue Bluse, die ihr blondes Haar hervorhob. Während ihr Körper eine nahezu jugendliche Schönheit ausstrahlte, zeichneten sich auf ihrem Gesicht die Strapazen des letzten Tages ab. Ihre Wangenknochen wirkten eingefallen, und um ihre Augen hatten sich schwarze Schatten zwischen den Lachfältchen breitgemacht, als wollten sie einen allesvernichtenden Mantel über ihre Lebendigkeit legen. Ihre vom Weinen verquollenen Augen drohten mit Vergänglichkeit. Gloria sah auch, dass sich ihre Mutter die Haare nicht zurechtgemacht hatte. Die lustlosen Strähnen wirkten durcheinander und verklebt.

Auch Inge musterte ihre Tochter einen Augenblick, jedoch ohne den Ansatz einer Wertung. Sie machte einen Schritt auf sie zu, und Gloria erkannte, dass sich Tränen in ihren Augen sammelten.

„Gloria", hauchte sie und öffnete ihre Arme.

Gloria vergaß alle Bedenken und auch die vielen Jahre der rüden Trennung. Schluchzend ließ sie sich in die Arme ihrer Mutter fallen. Die beiden hielten sich aneinander fest, als drohten sie gemeinsam in einen Abgrund zu stürzen.

„Mama, ich", begann Gloria, die ihr Gesicht in die Haare ihrer Mutter vergraben hatte, doch Inge legte ihrer Tochter nur eine Hand auf den Scheitel.

„Ich weiß. Mir tut es auch unendlich leid", sie schob ihre Tochter einige Zentimeter von sich und besah sie mit ihren warmen Augen. Doch die Milde wurde sogleich von einer tiefen Verzweiflung vertrieben, die in Inge aufstieg. Ein heftiges Weinen schüttelte ihren Körper, worauf Gloria sie vorsichtig zurück in die Wohnung schob.

Ihre Mutter ließ sich wie ein kleines Kind zum Sofa führen und nahm apathisch darauf Platz.

„Ich mache uns einen Tee, was meinst du?", fragte Gloria, worauf ihre Mutter nickte und ihr den Weg zur Küche beschrieb.

Gloria verzog sich in die angewiesene Richtung und sog auf dem Weg dorthin jeden Zentimeter der Wohnung, ein elegantes und geräumiges Maisonette-Appartement, in sich auf. Hier hatten sie also die ganze Zeit gelebt. Sie brühte den Tee auf und sah sich in der ordentlichen Küche um. Alles war an seinem Platz, einige Deckchen zierten die Anrichte, ein Strauß

Blumen war auf dem Küchentisch platziert, die Gardinen sauber in Reih und Glied und doch ...

Sie spürte mit jeder Faser, dass hier etwas fehlte. Es roch nach Einsamkeit, Zerstörung, Verwesung. Die Trauer lag wie eine Glocke über der Wohnung. Die Ordnung, die sie wahrnahm, war nicht mehr als ein dumpfes, leises Klopfen in ihrem Kopf. Dieser Ort schien nicht mehr komplett zu sein. Noch am Morgen zuvor musste ihr Vater hier sein berühmtes Spiegelei gemacht haben.

Gloria erschrak, als ihre Mutter unbemerkt in die Küche trat. Ebenso schnell fasste sie sich wieder und holte die Teebeutel aus den Tassen. Dann reichte sie eine ihrer Mutter. Die andere ergriff sie mit beiden Händen.

„Wo ist es passiert?", fragte sie dann tonlos. Ihre Mutter führte eine Kopfbewegung aus, die zum Wohnraum zeigte. „Wie?"

Inge schüttelte verzweifelte den Kopf und sah gedankenverloren vor sich. „Es ging so schnell. Wir hatten gerade gegessen. Dein Vater wurde plötzlich sehr leise. Dann ist er aufgestanden, atmete schwer und krümmte sich vor Schmerzen. Im gleichen Moment trat ihm Schweiß auf die Stirn, er schnappte wie verrückt nach Luft und im nächsten Augenblick ..."

Inge starrte auf den Küchenboden, als durchlebte sie die Szene erneut. Womöglich zum tausendsten Mal, seit es passiert war.

„Sollen wir uns wieder nach drinnen setzen?", begann Gloria, doch ihre Mutter winkte ab. „Nein Glory, ich möchte hierbleiben. Da drinnen ... da ist ... ich kann ..."

Sie stockte und begann zu wanken. Schnell zog Gloria einen der Küchenstühle heran und schob ihn gerade noch rechtzeitig unter das Gesäß ihrer Mutter, bevor dieser die Beine versagen konnten.

„Ich", begann sie weinend, „ich habe deinem Vater jeden Morgen einen Kuss nach dem Wachwerden gegeben. Und abends, bevor wir einschliefen, auch. Doch gestern – ich konnte ihn noch nicht mal mehr zum Abschied küssen."

Gloria wollte etwas sagen, doch ihre Mutter unterbrach sie. „Er brach zusammen. Einfach so. Ein Bär von einem Mann, fällt um und rührt sich nicht mehr. Sofia meinte, der Notarzt wäre sehr schnell da gewesen. Ich weiß es nicht mehr. Ich sehe alles in Zeitlupe und verschwommen vor mir, wie durch einen

Vorhang. Ich wollte zu ihm, einfach zu ihm durchgreifen, doch er war schon fort. Weißt du, was ich meine, Gloria?"

Verzweifelt suchte sie in den Augen ihrer Tochter nach einem Zeichen des Verständnisses. Gloria beugte sich zu ihr hinab und nahm sie in die Arme. Natürlich verstand Gloria, was sie meinte. Sie selbst hatte die tiefe Dunkelheit der Einsamkeit kennengelernt. Hinter dem Vorhang, den ihre Mutter beschrieb, hatte sie allein gestanden, solange sie zurückdenken konnte.

Nach einer Weile meinte Gloria, zur Toilette zu müssen. Ihre Mutter erklärte ihr mit einem müden Lächeln den Weg und sank dann wieder in sich ein. Sonderbarer Weise erinnerte Gloria sie in dieser Haltung an ein misslungenes Soufflee.

Mit vorsichtigen Schritten bewegte sich Gloria zurück ins Wohnzimmer, als könnte sie jemanden aufwecken. Sie stellte sich in den großzügigen Raum mit dem granitsteinernen Tisch und dem langborstigen Teppich und stemmte die Arme in die Hüften. Rundum fanden sich moderne und willkürlich zusammengestellte Sitzgelegenheiten. Sie entsprangen dem künstlerischen Geist ihrer Mutter, die extravagante Möbelkunst zu schätzen wusste. Auf einem der Sessel musste ihr Vater am Vorabend gesessen haben. Gloria runzelte die Stirn.

Im Raum lag noch der Geruch verschiedener Speisen, die Gloria nicht zuordnen konnte. Wer aber hatte alles weggeräumt? War es nicht erst Stunden her, dass ihr Vater hier zusammengebrochen war? Wie konnte es sein, dass es aussah, als wäre nichts geschehen? Ein unschuldiger, beinahe jungfräulicher Ort.

„Haben die Ärzte gesagt, was genau der Grund war?" Müde setzte ihre Mutter die Worte aneinander: „Sein Kreislauf hat wohl komplett versagt. Sie haben es mir erklärt, aber ich habe nichts verstanden. Es war alles wie in einem schlechten Traum. Gloria", sie sah ihre Tochter verzweifelt an, „es ist immer noch ein schrecklicher Albtraum."

„Ich weiß", gab Gloria mitfühlend zurück.

Ihre Mutter griff nach ihrer Hand. „Es tut mir alles entsetzlich leid, Gloria. Wir haben alles falsch gemacht, was Eltern nur falsch machen können."

„Nein!", widersprach ihre jüngste Tochter heftig. „Das ist nicht der Zeitpunkt, Mama. Du musst *einen* Verlust verarbeiten, nicht zwei." Sie erwiderte den Druck auf die Hand ihrer Mutter und hielt sie fest.

Einer Eingebung folgend fragte Gloria nur kurz darauf: „Wohnt deine Freundin Anni noch im Severins-Viertel?"

Inge nickte.

„Was hältst du davon, wenn du erst einmal zu ihr ziehst, bis es dir besser geht?"

„Meinst du, dass sie mich in dem Zustand um sich haben will?", fragte ihre Mutter zweifelnd.

„Finden wir es heraus." Glorias Mutter gab ihr die Kontaktdaten und nur wenig später saßen sie mit einem gepackten, kleinen Handkoffer in einem Taxi auf dem Weg zu Anni.

* * *

Cornelia Blum legte den Kopf schräg und tippte mit einem Kugelschreiber an ihre Schläfe. Schon beim Eintreten ihrer Patientin erkannte sie, dass heute etwas anders war. Gloria schien angespannt wie immer, aber irgendetwas an der Art, wie sie dasaß, kerzengerade und den Blick starr aus dem Fenster gerichtet, war ihrer Psychiaterin eine Warnung. Sie würde es heute langsam angehen müssen.

„Wie ist es Ihnen ergangen, seit wir uns das letzte Mal gesehen haben?"

Gloria wand ihrer Ärztin nun das Gesicht zu, sah jedoch durch sie hindurch, als hätte sie irgendwo in weiter Ferne ein Geräusch vernommen. Als sicher war, dass sie nicht mit einer Antwort rechnen konnte, versuchte Blum es erneut.

„Ich habe den Eindruck, dass Sie sich mit etwas Besonderem befassen. Habe ich recht?" Glorias Augen stellten sich schärfer auf ihr Gegenüber ein und fixierten es eine Weile.

Blum spürte, dass Gloria dabei war, eine Entscheidung zu treffen.

„Mein Vater ist tot", kühl und rational sprach Gloria aus, was scheinbar weitaus weniger leicht zu verarbeiten war, als ihre Worte ahnen ließen.

Blum drückte geräuschvoll auf den Kopf des Kugelschreibers und legte die Miene über ihrem Notizblock an. Dabei sah sie unverwandt zu ihrer Patientin. „Sie haben ihn sehr lange nicht mehr gesehen. Wie war es für Sie, davon zu erfahren?"

„Ich weiß nicht. Es fühlt sich komisch an. Ich meine, ich habe ihn fast fünfzehn Jahre nicht gesehen. Aber noch sonderbarer ist …" Wieder wand Gloria den

Blick zum Fenster, als hätte sie dort etwas gesehen, das sie ablenkte.

Blum wusste, dass sie gleich nachsetzen musste, um das Gespräch im Fluss zu halten. „Was ist noch sonderbarer als dieses Gefühl?"

Ein Ruck ging durch Glorias Körper, als müsste sie alle Kraft aufwenden, um zu antworten. Dann zog sie die Schultern fast bis zu den Ohrläppchen an, ließ sie wieder heruntersausen und stieß aus: „Dass ich ihn nun nie mehr wiedersehen werde."

Mit ihrer eigenen Formulierung machte sie die Realität erst wahr. Sie presste ihre Hände ineinander und versuchte, mit zusammengebissenen Lippen gegen die aufsteigenden Tränen anzukämpfen. Es gelang ihr nicht.

Blum wusste aus ihrer beruflichen Erfahrung, dass die seelische Tortur, die von geliebten Menschen ausging, eine der größten und nachhaltigsten sein konnte.

„Es tut mir leid", schluchzte Gloria, als sie wieder die Kraft fand zu sprechen. Abgehackt und mühsam kamen die Worte aus ihr hervor.

„Was tut Ihnen leid?", Blum notierte etwas auf ihrem Block.

Gloria wischte sich energisch die Tränen mit dem Handrücken fort: „Ich weiß auch nicht."

„Geben Sie sich die Schuld an dem, was passiert ist?"

„Nein!", Glorias Abwehr und die unterdrückte Wut traten allmählich wieder hervor. Die Frage der Schuld hatte sie schon ein Leben lang begleitet.

„Das ist gut", meinte Blum in beschwichtigendem Ton.

Gloria hielt kurz inne und sah dann herausfordernd zu Blum auf: „Ist es nicht verrückt?"

Die Ärztin zeigte sich verblüfft: „Was?"

„Meine Eltern konnten ihr jüngstes Kind ohne Weiteres verstoßen und haben sich nie danach gesehnt, es wiederzusehen. Trotzdem empfinde ich Mitleid für meine Mutter, die ihren Mann verloren hat."

„Sagen Sie es mir, finden Sie das wirklich verrückt?", konterte Blum.

„An manchen Tagen machen mich Ihre Frage-Spielchen ganz schön sauer", monierte Gloria, doch sie musste zugeben, dass ihre Psychiaterin erneut den Kern getroffen hatte.

Blum hob unschuldig die Hände empor, als wollte sie sagen: Das ist aber mein Job und dafür bezahlst du mich. Sie ließ Gloria gewähren.

„Nein, sorry, Sie machen das gut. Tut mir leid, ich glaube, ich finde es verrückt, weil ich mich selbst nicht mehr verstehe. Etwas in mir will meinen Vater und meine Mutter dafür hassen, dass sie nie wirklich versucht haben, mich aus der Isolation zu befreien. Aber, als ich Mama jetzt so sah, so hilflos, da wusste ich, dass ich ihr verzeihen kann. Sofort. Und ich will ihr helfen, durch diese Scheiß-Phase zu kommen."

„Das finde ich stark von Ihnen. Und gütig. Und ich glaube, dass Sie sich damit ein Stück weit sogar selbst helfen."

„Danke, dass Sie das sagen. Das will ich auch schwer hoffen."

„Wichtig ist nur", schob Blum beinahe mahnend hinterher, „dass auch Sie sich jemandem öffnen. Sprechen Sie über Ihre Gefühle. Tragen Sie die Last, auch die der Erinnerung, nicht allein."

Gloria nickte und Blum wusste, dass dies wahrscheinlich abermals nur als gutgemeinter Rat enden würde. Nur kurz darauf verabschiedeten sich die Frauen voneinander und verabredeten einen Termin für die kommende Woche. Gloria hatte bestätigt, dass sie keinen Sondertermin vor der Beerdigung brauche, und Doktor Blum hatte eingewilligt, sie nicht zu drängen.

„Auch wenn es besser wäre", sprach Blum leise zu sich selbst als die Tür hinter Gloria ins Schloss fiel.

V. Kapitel

Die Tage bis zur Beerdigung erlebte Gloria wie in einem Nebel, der ihre Gedanken wie Seidenpapier einhüllte. Sie nahm die Außenwelt zwar wahr, ging zur Arbeit, traf sich gelegentlich mit ihrer Mutter, um ihr Trost zu spenden, und auch Tanja kam an manchen Abenden vorbei, um zu reden. Doch der Einzige, der in der Lage war, auch ihr zuzuhören, war Dirk. Er hatte ihr sogar angeboten, mit ihr in die elterliche Wohnung zu fahren, falls sie nach bestimmten Erinnerungen an ihren Vater suchen wollte, doch sie hatte abgelehnt. Auch der Versuch, sie zu überreden, sie zur Beerdigung zu begleiten, war an ihr abgeprallt. Es sci schlimm genug, dass sie eine solche Familie ertragen müsse, das wolle sie nicht auch noch ihm zumuten. Er hatte akzeptiert und war jeden Abend zu ihr gekommen, hatte sie abzulenken versucht und war immer bis zum Morgen in ihrer Nähe geblieben. Ihre steten Begleiter, die Visionen, blieben ebenfalls nicht fern und kosteten sie manche Nacht.

Am Abend vor der Beerdigung kam Tanja, mit Lydia im Schlepptau, vorbei. Dirk hatte gerade geduscht und stand mit einer Flasche Wein im Anschlag in der Küche. Als er Tanjas Tochter sah, entschied er sich um und lud sie ein, ihm zu helfen, für alle heiße Milch mit Honig zu machen. Lydia stimmte eifrig zu und fühlte sich unheimlich erwachsen. Damit verhalf Dirk ganz nebenbei den Schwestern zu einem Augenblick für sich.

Aus der Küche klangen die gedämpften Stimmen von Dirk und Lydia zu ihnen herüber.

Dann begann Tanja leise zu flüstern. „Wie geht es dir?“

„Ganz gut eigentlich.“

Tanja legte ihrer kleinen Schwester eine Hand auf das Knie. „Du kannst ehrlich sagen, wenn du morgen nicht mitgehen willst.“

Gloria wusste die Geste ihrer Schwester zu schätzen, schüttelte jedoch den Kopf. „Nein, ich will dabei sein.“

Dann saßen sie einen Augenblick schweigend zusammen und sahen in die Flamme der Kerze vor ihnen, die genügsam züngelte und den Raum in ein gemütliches Licht tauchte. In der Küche klapperten Dirk und Lydia mit den Tassen.

„Sag mir nur“, begann Gloria, „wie es passiert ist.“

„Du, Glory, ich weiß es nicht genau." Tanja hielt einen Moment inne, als versuchte sie sich an alles zu erinnern.

„Ich war gegen Mittag bei ihnen. Anni, Mamas Freundin, war schon da, als ich ankam. Alex und Sven kamen etwas später, wie immer. Aber Sofia und Anhang trafen gleichzeitig mit mir ein. Sofia war unmöglich. Fahrig und abgelenkt. In ihrer Überheblichkeit hätte sie beinahe vergessen, Papa zu gratulieren. Diese dumme Nuss!"

Beide sahen einen Augenblick vor sich hin, dann fuhr Tanja fort. „Ich musste mit Lydia noch ins Krankenhaus zu einer Nachuntersuchung. Die Ärzte wollten sicher gehen, dass sich auch im Nachgang des Unfalls keine Symptome mehr zeigen. Wegen der Gehirnerschütterung, die sie durch den Unfall hatte. Mama meinte, dass wir noch nicht lange weg waren, als es dann passierte. Und ich dachte schon …" Tanja verstummte, als Dirk und Lydia mit den dampfenden Tassen zurück in den Wohnraum kamen. Tanja besah sich ihre Tochter gerührt, die große Freude daran hatte, ihrer Mutter und Tante einen selbstgemachten Nachttrunk zu servieren.

„Dann seid ihr vielleicht nicht mehr so traurig und könnt gut schlafen", meinte sie und drückte ihrer Mutter einen Kuss auf die Wange.

Dirk nickte und ergänzte: „Die Kombination, die Lydia zubereitet hat, wird auf jeden Fall eine sedierende Wirkung auf euch haben."

Gloria und Tanja wechselten einen beunruhigten Blick, den die anderen beiden nicht bemerkten. Im selben Augenblick spürte Gloria eine Kälte in sich aufsteigen, die auch die heiße Milch nicht lindern konnte.

Gloria fragte sich, wie eigentlich ein idealer Tag Anfang August sein müsse. Sie vermutete, ziemlich heiß. Und die Sonne müsste scheinen. Der Himmel sollte so blau sein, dass jede noch so kleine Wolke darin auffällig wie ein einzelner Elefant in der Wüste wäre.
Es sollten Zikaden zu hören sein, Fliegen und aggressive Wespen, weil ihnen bald die Nahrung ausgehen würde. Das Gras unter ihren Füßen wäre trocken und gelb. Und wenn auch nur ein Hauch von Wind von Zeit zu Zeit durch das dörre Blattwerk schliche, würde es sich anfühlen, als ob sie vor einer offenen Kühlschranktür stünde. Er würde ihre schweiß-

durchtränkte Bluse an ihren Rücken drücken und das Gefühl einer feuchten, kühlen Hand auf ihrer Haut hinterlassen.

Alles war somit an jenem Tag stimmig. Es war glühend heiß. Es war fast Mittag. Die Sonne stand nahezu gerade über ihr. Über ihr und den anderen, die sich auf dem alten, katholischen Friedhof in der Sonderburger Straße versammelt hatten. Gestalten in Schwarz. Eine Miene leidender als die nächste. Sie versuchten sich in ihrem Schmerz zu übertreffen. Gloria empfand das als lächerlich. Sie war sich sicher, dass niemand unter den Trauergästen wusste, wie Leid wirklich zu ertragen wäre.

Es roch nach abgestandenem, faulem Wasser. Der Geruch stieg aus den zahlreichen Blumenvasen auf, in denen verwelkte Büchel der Hitze ihren Tribut zollten.

Während sie sich umblickte, sah sie eine Horde von Heuchlern und Selbstdarstellern. Ihr Schwager, der Zahnarzt, sah für ihren Geschmack an diesem Tag so aus, als müssten sie ihm gleich neben ihrem Vater ein Loch ausheben. Das Tuch, das er sich im Dreivierteltakt über Stirn und Nacken rieb, sah aus, als hätte er es aus einem Brunnen gezogen. Er hatte sich in den

Schatten der Friedhofskapelle gedrückt und wartete nur darauf, dass es endlich in die Trauerhalle ging, damit sein voluminöser Leib wieder runterkühlen konnte.

Sofia hingegen trainierte angestrengt, traurig auszusehen. Hinter der viel zu großen Sonnenbrille konnte sie gut verstecken, dass sie nicht eine einzige Träne vergeudet hatte. Gloria war sich sogar sicher, dass ihre Schwester überhaupt keine Tränenkanäle besaß. Sofia genoss ihren filmreifen Auftritt in einem schwarzen, hautengen Wickelkleid, das ihren Busen aufdringlich betonte. Auch ein Köln-Mülheimer Friedhof vertrug offensichtlich etwas Sex.

Ihre Töchter waren schon richtig erwachsen geworden. Gloria sah, wie sie gelangweilt neben ihrer Mutter standen. Eine der beiden starrte auf ihr Handy. Die andere beobachtete Gloria, die Mördertante.

Über den Kiesweg schob sich Alex heran. Sven sah ihm wie aus dem Gesicht geschnitten aus. Beide trugen schwarze Chino-Hosen und weiße Hemden, die sie bis zu den Armbeugen aufgerollt hatten. Alex hatte die Hände in den Hosentaschen vergraben und bewegte sich betont leichtfüßig. Seine Gestik sollte allen zeigen, dass ihm das alles nichts anhaben konnte.

Sein Sohn Sven, zu diesem Zeitpunkt schon volljäh-
rig, drehte sich immer wieder zu allen Seiten um. Gloria mutmaßte, er suche nach dem Anstand, den sein
Vater viele Jahre zuvor verloren hatte. Dann stießen
die beiden zu den anderen und grüßten sich durch die
Reihen.

Nach der Begrüßungsrunde gesellte sich Sven zu Lydia. Aus irgendeinem Grund ließ er Gloria währenddessen nicht aus den Augen. Auch Lydia entgingen
die feindseligen Blicke ihres Cousins nicht.

Gloria sah, wie sich ihre Mutter bei Tanja untergehakt
hatte. Auf der anderen Seite wurde sie von Anni gestützt. Es war offensichtlich, dass sie gar nichts von
ihrem Umfeld wahrnahm. Sie wirkte gedrungen, als
ob sie eine Blume ohne Wasser wäre, ein Baum ohne
Licht. Auch sie trug eine Sonnenbrille, um sich zu verstecken. Aber alle konnten sehen, dass sie seit Tagen
geweint haben musste.

Tanja tätschelte von Zeit zu Zeit ihren Arm und
beugte sich zu ihr vor, um ihr etwas zuzuflüstern.
Inge machte dann irgendwas mit ihrem Kopf, was ein
Nicken aber auch ein Kopfschütteln hätte sein können. Entschuldigend sah Tanja zu Gloria hinüber,
weil sie sich Sorgen machte, dass ihre kleine

Schwester völlig abseitsstand. Doch Gloria machte es nichts aus. Im Gegenteil.

Endlich wurden die Türen zur Trauerhalle geöffnet. Gloria empfand die Bewegungen des Pfarrers als Zeitlupe. Überhaupt war alles, was um sie herum geschah, in ihrer Wahrnehmung sehr langsam. Sie wähnte, der Geistliche habe Angst, die Toten zum Leben zu erwecken, wenn seine Bewegungen zu schwungvoll würden. Auch die Gesellschaft schien sich nur mit angezogener Handbremse in Gang zu setzen. Sofia sah dabei aus wie ein schwarzer Flamingo, weil sie sich kaum auf ihren hohen Hacken halten konnte und nach jedem Schritt eine kleine Pause einlegte. Gloria entschied, ihnen nicht in die Trauerhalle zu folgen.

Eine Bewegung riss sie aus ihren Gedanken. Irgendeine Gestalt löste sich aus dem Schatten des Köhler-Engels, der eine Grabstätte im Zentrum des Friedhofs zierte. Im nächsten Moment verstand Gloria, dass die Person geradewegs auf sie zukam.

„Lange nicht gesehen."

Gloria verkniff sich ein Lächeln. „Ja, das ist richtig", antwortete sie daher kühl und wartete, was die Frau wohl als Nächstes sagen würde.

Doch deren Blick ging erst einmal zur Trauerhalle, bevor sie wieder zu Gloria sah und weitersprach. „Willst du nicht reingehen?"

„Weiß nicht", antwortete Gloria und stellte erst jetzt fest, dass es sie wirklich nicht zur Halle zog. Was würde sie dort auch vorfinden? Eine mit Ornamenten und kupfernen Griffen beschlagene Holzkiste. Zwei Meter lang, siebzig Zentimeter breit, fünfundsechzig Zentimeter hoch. Inhalt: ihr Vater.

Ihre Mutter hatte bei den Vorbereitungen des Beerdigungsinstitutes darauf bestanden, dass der Sarg verschlossen bliebe. Sie könne es nicht ertragen, ihren Mann so zu sehen. Hilflos den Blicken der Lebenden ausgeliefert. Denen, die noch mal davongekommen waren. Und er, der nicht mehr teilhaben konnte an ihren Gesprächen. Er würde sie nicht hören, nicht fühlen, nicht riechen können. Und sie würden ihn anstarren. Seinen präparierten Körper. Als könnte er einfach im nächsten Augenblick die Augen aufschlagen, die Hände auf den hölzernen Rand seiner Kiste legen, sich aufstemmen und einfach herausklettern. Doch das konnte er nicht.

„Verstehe", sagte Katrin, deren eigenes Kind vor ungefähr fünfzehn Jahren vermeintlich durch Glorias

Hände starb. „Ich bin seit damals nie wieder auf einem Friedhof gewesen."

Gloria sah sie skeptisch an. Stand Katrin vor einer Abrechnung mit ihr? Sie ließ einen skeptischen Blick an Katrins Körper hinabgleiten. Sie trug ein dunkelblaues Sommerkleid mit kurzen Ärmeln. Es war übersät von einem Sonnenblumen-Druck und wirkte ungewöhnlich fröhlich für diesen Ort. Auch für Katrin. Es war deutlich, dass sie stark abgenommen hatte. Quer über den Oberkörper verliefen Träger, die in einem kleinen, ebenfalls dunkelblauen Handtäschchen mündeten, das auf ihrer rechten Hüfte lag. Diese Tasche nahm Gloria ins Visier. Es erschien ihr wahrscheinlich, dass Katrin mit einem schnellen Griff in die Handtasche ein Messer hervorziehen und es ihr rachelüstern in die Rippen stoßen könne. Doch das blieb aus.

Gloria wagte daher einen Vorstoß: „Und warum bist du gerade heute hier?"

„Ich habe es in der Zeitung gelesen", gab ihre Ex-Schwägerin zurück, als wäre es das Normalste der Welt, deshalb vor Ort zu sein.

„Ist das schon ein Grund?"

„Nein", kam es klar zurück. Ihre Blicke trafen sich nun direkt.

Gloria konnte sich gar nicht daran erinnern, dass Katrins Augen so grün und stechend waren. Unverwandt, als prüfte Katrin etwas, starrte sie Gloria an, die ihrem Blick standhielt.

Im nächsten Moment griff Katrin nach ihrer Handtasche, und Gloria machte einen Schritt zurück. Dann starrte sie auf Katrins Hände, die den Reißverschluss aufrissen und geschwind im Inneren des Leders verschwanden.

„Was hast du vor?", begann Gloria, doch Katrin ließ ihr keine Sekunde zum Nachdenken. Schnell zog sie etwas aus der Tasche, griff nach Glorias Hand und drehte sie mit der Innenfläche nach oben. Gloria erwartete einen Schmerz, einen Schnitt, Blut, ihren eigenen Schrei. Doch alles, was sie sah, war ein Stück Papier. Ein großer Post-it-Zettel. Säuberlich zusammengefaltet lag er da auf ihrem Handteller.

„Das ist meine Telefonnummer", sagte Katrin schnell und sah hektisch zwischen dem Tor zur Trauerhalle und Gloria hin und her. „Ruf mich an, wenn du die Dinge besser verstehen willst."

„Die Dinge? Welche Dinge?" Gloria zog die Stirn kraus und glaubte, Katrin sei über den Verlust ihrer Tochter womöglich wahnsinnig geworden.

Katrin schickte noch einen gehetzten Blick zur Kapelle. Dann rannte sie fort und war nur wenige Sekunden später nicht mehr zu sehen.

Irritiert blieb Gloria zurück und besah sich den gefalteten Zettel in ihrer Hand. Hinter sich hörte sie Orgelmusik aus der Trauerhalle dröhnen. Schnell steckte sie das Papier ein und wandte sich den Lauten zu. Sie konnte Alex sehen. Ihr Bruder stand im Halbschatten der offenen Türen. Er starrte zwar nach drinnen, war aber auf die Zigarette konzentriert, die er mit einer Hand auf dem Rücken zu verstecken versuchte. Gloria hatte nie verstanden, warum er als Asthmatiker nicht von seinem Laster hatte ablassen können.

Sie entschied, weiterhin im Schatten zu bleiben, um ihrem Vater erst am Grab die letzte Ehre zu erweisen. Die letzte Ehre. Das letzte Geleit. Alles schrie nach Endgültigkeit.

Gloria ließ sich auf einem Baumstumpf nieder und ihren leeren Blick über den Friedhof streifen. Die Trauer konkurrierte mit der Mittagshitze darum, wer sich schwerer auf ihr Gemüt legen dürfe. Nach zwanzig

Minuten der Wartezeit, als sich die Trauergesellschaft mit schleifenden Schritten aus der Halle schleppte, war sie sicher, dass ihre kratertiefe Traurigkeit gesiegt hatte.

Sie erhob sich langsam und gesellte sich in den Dunstkreis der Gruppe. Kaum jemand sprach. Hier und da hüstelte jemand aus Verlegenheit oder aus Angst, bald selbst nie wieder einen Laut abgeben zu können. Eine Maßnahme, um zu zeigen: Ich lebe."

Lediglich Sofias Zwillinge schienen nicht am Boden zerstört zu sein. Sie steckten leise schnatternd die Köpfe zusammen, wobei ihr blondes Haar zu einer gemeinsamen Pracht verschmolz.

Die Träger brachten den Sarg im Gleichschritt nach draußen. Dem vorweg schritt der Pastor mit gleichmäßigen, langsamen Schritten, mit denen sein Talar müde in der Mittagshitze schwang. Der Tross folgte dem traurigen Anblick des hölzernen letzten Bettes eines Menschen.

Erst jetzt nahm Gloria wahr, dass eine einzelne gebeugte Gestalt langsam und in einigem Abstand dem Trauerzug folgte. Sie kniff die Augen gegen das gleißende Licht zusammen und glaubte für einen Augenblick, den alten Nachbarn der Familie zu erkennen.

Sie wendete den Blick ab und schüttelte den Kopf. Das nächste Mal, als Gloria nach dem Mann Ausschau hielt, war er verschwunden. Wahrscheinlich hatte ihr nur ihre Fantasie einen Streich gespielt.

Die Grabrede war zwar kurz, doch unerträglich, weil alle unentwegt in das Loch starrten, das säuberlich ausgehoben auf ihren Ehemann, Vater, Freund, Kollegen, Stammtischbruder, Tennispartner, Nachbarn und auf einen toten Körper wartete. Glorias Mutter stand wie gelähmt in der ersten Reihe. Hin und wieder bebten ihre Schultern, worauf sie nur Sekunden später ein Taschentuch unter ihre Sonnenbrille drückte. Dann fiel sie wieder in die Starre zurück, die ihr als schützender Mantel dienen sollte. Gloria glaubte zu erkennen, dass sie unter Beruhigungsmitteln stand.

Auch sie selbst hatten sie als Kind damit ruhigzustellen versucht. Das alles war schon sehr lange her, doch Gloria hatte das Gefühl, dass diese Hölle in ihr nie auskühlen würde. Erneut bereute sie, dass sie ihre Wut nicht wenigstens an diesem Tag unterdrücken oder zumindest kontrollieren konnte. Sie würde mit Doktor Blum darüber sprechen müssen.

Dann ging eigentlich alles sehr schnell. Der Sarg wurde in das Loch hinabgelassen. Die Trauergäste stellten sich auf. Männer warfen jeweils eine Kelle Erde auf den Sargdeckel, was einen dumpfen Laut erzeugte. Die Frauen ließen, vom Weinen entkräftet, weiße Rosen in die kühle Stille des Erdlochs sinken. Tanja und Gloria waren als Letzte dran. Während sich die Gesellschaft schon langsam vom Grab wegbewegte, nahmen sich die beiden Schwestern bei der Hand und blieben einen Augenblick reglos über dem Überbleibsel stehen, das einmal ihr Vater gewesen war. Sie sprachen nicht, doch warfen, wie einer gemeinsamen Eingebung folgend, die Blumen zugleich auf das Häufchen aus Erde und Rosen, das bereits auf dem Sargdeckel angewachsen war.

Gloria konnte nicht weinen. Doch ihre Beine drohten den Geist aufzugeben. Sie wollte es auf die Hitze schieben, doch sie wusste, dass das nicht der Grund war. Tanja spürte das Unwohlsein ihrer jüngsten Schwester und zog sie vom Grab fort. Nur wenige Schritte später meinte sie: „Du kommst nicht mit zu dem Gelage, oder?“

„Nein, auf keinen Fall! Ich bin zwar morbide, aber ich trinke lieber auf das Leben als auf den Tod.“ Mit einem verkniffenen Lächeln versuchte Gloria, die Wucht ihres Satzes zu entschärfen.

Tanja nahm ihr ihren Sarkasmus nicht übel. „Ich werde mitgehen und ein Auge auf Mama haben. Mir ist das nicht geheuer, wie sich Sofia und Alex heute um sie drängen", meinte Tanja nachdenklich, und Gloria wusste, welches Opfer dies für ihre Schwester bedeuten musste. Auch sie hasste diese Art von Familienzusammenkünften. Und dann noch unter diesen Umständen.

„Ja, wer weiß, was die wieder im Schilde führen", Gloria nickte in Richtung der zweifelhaften Gemeinschaft.

„Vielleicht rührt sich das schlechte Gewissen", überlegte Tanja mit schräggelegtem Kopf. „Immerhin haben sich beide auf Papas Geburtstag benommen wie Aasgeier. Da ging es noch um die Erbfolge und Pflichtteile. Jetzt heulen sie sich die Augen aus dem Kopf."

„Das muss Papa sehr aufgeregt haben", konnte sich Gloria vorstellen.

Tanja nickte. „Gerade als ich gegangen bin, hörte ich Papa sagen, dass er Alex in seinem Arbeitszimmer unter vier Augen zu sprechen wünsche."

„Totaler Wahnsinn", brachte Gloria ungläubig hervor und wunderte sich im selben Moment, worüber sie eigentlich so erstaunt war. War es jemals anders in ihrer Familie zugegangen?

Sofia, Alex und Sven hatten aus einigem Abstand beobachtet, wie ihre Mutter die Kondolenzwünsche am Friedhofstor entgegennahm. Auch Gloria konnte ihre Blicke in ihrem Rücken spüren, als sie sich auf dem Weg zu ihrem Wagen von dem Gelände entfernte. Sie wusste, dass sie sich nicht umdrehen würde, bis sie ihn erreicht hatte.

VI. Kapitel

„Und hier ist das Ding!" Matilda und Gloria standen am nächsten Morgen gemeinsam im Empfangsbereich ihrer Praxis. Matilda wedelte mit einem Umschlag, den sie gerade bei der Durchsicht der Morgenpost gefunden hatte. Recycling-Papier bedeutete, bis auf den begünstigenden Umstand, der Natur damit einen Gefallen zu tun, selten etwas Gutes. Er war an Frau Doktor Gloria Brix adressiert und roch nach Ärger. Gloria riss das Couvert auf und zog einen Brief hervor.

„Und, ist es das, wofür ich es halte?" Matilda hatte ihre Kollegin nicht aus den Augen gelassen, während diese den kurzen, aber eindrucksvollen Text las.

„Wofür hältst du es denn?", murmelte Gloria, während sie den Brief noch einmal durchging.

„Na, für eine Anzeige von diesem Arschloch, dem du deinen neuen Mitbewohner zu verdanken hast."

„Stimmt", meinte Gloria und streckte Matilda den Brief entgegen.

Diese las die Zeilen rasch durch und knallte den Brief auf den Empfangstresen. „Dass solche Menschen auch noch die Dreistigkeit besitzen, den Spieß umzudrehen." Ihr Gesicht lief rot an, während sie die Worte ausspie, als hätte sie das alles schon viel zu lange zurückhalten müssen. Der Kontrast ihrer Wangenfarbe zu ihrem goldenen Haar war erstaunlich.

Gloria fürchtete um den Blutdruck der Kollegin.

„Ich werde auf jeden Fall als Zeugin zur Verfügung stehen!", rief Matilda aus und baute sich wie eine Amazone vor Gloria auf.

„Zunächst einmal suche ich mir einen Anwalt", erwiderte Gloria kühl.

„Wie kannst du da so ruhig bleiben?" Matilda verlor die Fassung.

„Warum soll ich mich aufregen? Der Mistkerl hat mich wegen Bedrohung angezeigt. Das muss er erst einmal beweisen. Ich suche mir rechtlichen Beistand. Dann sehen wir weiter."

Ein Ventil schien sich zu öffnen, als ihr Gegenüber schnaubend Luft abließ. „Na, deine Nerven möchte ich haben." Dann sprang sie um den Empfangstisch herum und drückte ein paar Tasten ihres Computers.

„Ich hoffe, dass Emma bald wieder da ist", meinte sie, während sie mit dem Cursor fahrig über den Bildschirm fuhr. Ihre gemeinsame Assistenz war nun schon fast einen Monat lang krank, und die beiden Ärztinnen halfen sich selbst durch die Organisation des Praxisbetriebs.

„Ah", meinte Matilda dann und tippte mit einem Kugelschreiber auf den Bildschirm, „für dich kommt als Erstes ein neuer Patient, ein Dackel."

„Dann soll er mal kommen", gab Gloria fröhlich zurück und zog sich ebenfalls zur Vorbereitung ihres Behandlungsraumes zurück.

Der Rauhaardackel kam, wie angekündigt, um kurz nach neun. Sein Herrchen, ein älterer, untersetzter Herr, hatte Mühe, dem gleichermaßen schwerfälligen Dackel zu folgen. Gloria nahm es ihm ab, das Tier auf den Behandlungstisch zu heben, und streichelte dem Hund beruhigend über das Fell. „Was hat er denn? Es ist ein Rüde, richtig?"

Der Mann antwortete nicht gleich, und Gloria glaubte schon, er sei schwerhörig, als sie bemerkte, dass er sie geradewegs anstarrte. Erst da erkannte sie es auch. Sie sah das kantige, aber faltige Gesicht, die nach unten gezogenen Mundwinkel, die tiefe Denkfalte, die auf seiner Stirn eine gerade, vertikal verlaufende Furche zeichnete, das wettergegerbte Gesicht und die groben Hände. Sie beobachteten sich einen Moment gegenseitig wie zwei Boxer, die im Ring auf den Gong warten.

Er machte den Anfang. „Maxls Tierarzt ist letzten Monat in Rente gegangen. Da musste ich nach einem neuen suchen. Ich habe auf der Beerdigung Ihres Vaters erfahren, dass Sie Tierärztin geworden sind und in gewisser Weise kennen wir uns ja schon. Da dachte ich, dass sich der weite Weg wohl lohnen sollte. Wollen wir mal sehen." Knurrig wie eh und je kam der frühere Nachbar der Familie Brix gleich zur Sache. Instinktiv gingen Gloria Beschreibungen wie Kinderschreck, Kauz und Sonderling durch den Sinn, als sie sich an ihre Kindheit, mit diesem Mann jenseits des Gartenzauns, erinnerte.

Sie ließ sich auf den ungewöhnlichen Gesprächseinstieg ein: „Dann waren Sie es also doch, den ich auf der Beerdigung gesehen habe. Wohnen Sie immer noch in Bellingroth?"

Er nickte grimmig. „Wo soll ich auch hin? Lebe da schon seit sechsundsiebzig Jahren. Das Haus hat schon meinen Eltern gehört. Und davor meinen Großeltern. Ich geh da nicht weg."

Gloria nickte. „Es kann sie ja auch niemand zwingen."

Er nickte ebenfalls. „Obwohl es ja einige über die Zeit versucht haben." Dabei sah er Gloria eindringlich an. Nach einer kurzen Pause meinte er nachdenklich: „Das war keine gute Zeit für Ihre Familie damals." Er wirkte ernsthaft betroffen. „Ich erinnere mich an diesen Tag, als wäre es gestern gewesen. Damit geht es Ihnen sicher genauso", beinahe mitfühlend suchte er in Glorias Gesicht nach einer Regung.

Sonderbarer Weise empfand Gloria dem alten Mann gegenüber nicht die Notwendigkeit, sich hinter Ausflüchten zu verstecken. „Ja, diesen Tag kann ich leider auch nicht aus meinem Gedächtnis streichen."

„Wissen Sie", begann der Alte, dessen Name Gloria partout nicht einfallen wollte, „ich konnte Ihre ganze Sippe nie wirklich leiden. Und bevor Sie etwas erwidern, möchte ich Sie wissen lassen, dass ich bei Ihnen eine Ausnahme mache." Er schob dabei abwehrend eine Hand vor, um sie von einem Widerspruch abzuhalten.

Doch Gloria hatte das gar nicht vor. Vielmehr wunderte es sie, warum gerade sie die Gnade dieses komischen, alten Mannes erfahren durfte.

Er beantwortete die unausgesprochene Frage unmotiviert: „Sie hatten, im Vergleich zu den anderen,

Anstand und Respekt. Wenn ich Sie beobachtet habe", Gloria reagierte körperlich auf diese Bemerkung und richtete sich auf. „Nein, nein", kam er ihrem Protest zuvor, „ich weiß ja, dass alle von mir gedacht haben, ich würde kleine Kinder in meiner Gartenlaube gefangen halten. Aber ich meinte nur, dass ich feststellen konnte, dass Sie", er suchte nach den richtigen Worten und legte die Stirn kraus, „anders waren." Plötzlich wirkte der alte Mann auf Gloria nicht mehr grantig, unnahbar und gruselig. Er ließ einige Beispiele folgen: „Wenn ich am Zaun auftauchte, um meine Büsche zu schneiden, sind Sie nicht gleich schreiend davongelaufen. Sie waren frei von Vorurteilen. Ihre Familie leider nicht. Ich weiß noch, wie diese aufgetakelte Kuh an jenem Tag an meiner Tür Sturm schellte. Das alles nur, weil diese Zwillinge völlig hysterisch waren."

Gloria erinnerte sich noch gut daran, wie Sofia aus dem Garten rauschte, um diesem Kerl von nebenan die Leviten zu lesen.

„Rumgetobt hat diese Wahnsinnige und auf mich eingeschrien, ich sei ein Perverser."

„Das tut mir wirklich sehr leid. Meine Schwester ist speziell."

„Pah, ‚speziell‘ trifft es tatsächlich! Aber der Apfel ist da auch nicht weit vom Stamm gefallen. Ihre Mädchen haben damals die anderen Kinder schikaniert. Ich war da nur ein weiteres Ventil.“ Nachdenklich sah er auf seinen Hund nieder und kraulte ihn hinter dem Ohr. Nach einigen Sekunden des Schweigens fügte er hinzu: „Es musste ja so kommen.“

„Was meinen Sie?“, fragte Gloria erstaunt.

„Der Tod dieses Mädchens.“

Gloria schluckte. „Sie meinen“, begann sie zögerlich, aber er führte seinen Redeschwall ungehindert fort.

„Alle waren an diesem Tag sehr aggressiv. Erst das schlimme Gezeter dieser Zwillingsschwestern, die ständig Druck auf die anderen beiden Kinder ausübten. Sie provozierten die anderen, die waghalsigsten Dinge zu tun. Dann kam dieser arrogante Wichtigtuer und warf mir einen Zwanzig-Euro-Schein vor die Füße. Er würde noch mal zwanzig nachlegen, wenn ich endlich vom Zaun verschwände und die Kinder nicht mehr angaffen würde. Irgendwie lag es in der Luft, dass etwas passieren würde.“ Der alte Mann war einen Moment in die Erinnerung abgetaucht. Dann schien er sie abzuschütteln.

„Nun ja, es war trotz allem ein Jammer, als Ihre Eltern das Haus aufgegeben haben. Danach haben es einige Besitzer damit versucht, aber irgendwie haftete die Geschichte dem Gemäuer an, und keiner hat es lange darin ausgehalten. Jetzt steht das Anwesen schon seit zwei Jahren komplett leer." Seine Traurigkeit darüber erschien Gloria aufrichtig.

Tatsächlich benötigte Maxls Untersuchung weniger Zeit als ihre Unterhaltung zuvor. Der Hund hatte sich eine Infektion im Ohr zugezogen, welche mit einer Spülung und einem Antibiotikum schon bald der Vergangenheit angehören würde. Als guten Rat gab Gloria dem Zweibeiner noch mit, dem Hund weniger Leckerbissen zwischendurch anzubieten. Das Übergewicht mache das Tier träge und anfällig. Sein Herrchen gelobte augenzwinkernd Besserung. Eine Mimik, die Gloria niemals mit diesem Menschen in Verbindung gebracht hätte.

Sie bedankte sich zum Abschied für seine Offenheit und erklärte ihm, dass sie das Wiedersehen gefreut habe. Nachdem sie das drollige Paar an der Tür verabschiedet hatte, konnte sie noch einen Moment beobachten, wie es sich die Straße entlangschleppte.

Dabei stellte sie fest, dass sie mit ihrer Beteuerung keineswegs übertrieben hatte.

* * *

Es war eine Wohltat, als sie am Abend nach Hause kam und sich Dirks Kochkünsten hingeben konnte. Ihr Freund hatte ihr den Gefallen getan, in der Küche eine duftende Komposition aus frisch-gemachten Farfalle in einer fruchtigen Tomaten-Kräuter-Sauce zu zaubern. Gloria hatte währenddessen geduscht und saß nun, in einen Bademantel gekuschelt, auf der Couch. Schläfrig kraulte sie Pauls Köpfchen, der sich auf ihrem Schoß eingerollt hatte.

Gloria erzählte Dirk von ihrer Begegnung in der Praxis, und er berichtete davon, wie er es über den Tag kaum geschafft hatte, die Simulanten von den wahren Notfällen zu trennen. In der Klinik sei Hochkonjunktur gewesen. Doch schon kurz darauf stoppte er seinen Bericht.

„Mal etwas ganz anderes", er stellte seinen mittlerweile leeren Teller vor sich ab. „Flipp jetzt nicht aus", warnte er vor, „aber ich habe gesehen, dass da ein Schaden an deinem Auto ist."

Gloria konnte Dirks Wunsch nicht nachkommen und schrie entsetzt auf: „Was? Das kann doch wohl nicht wahr sein! Wo?“

„Gleich vorne rechts, am Kotflügel. Sieht aus, als wärst du mit etwas kollidiert. Hast du was gemerkt?“

„Gemerkt?“, auch Gloria stellte ihren Nudelteller geräuschvoll auf dem Tisch ab. „Wenn ich es gemerkt hätte, wäre ich bestimmt nicht so cool geblieben. Ist es schlimm?“, wollte sie wissen.

„Nun ja, da ist schon eine ordentliche Beule. Und stark zerkratzt ist die Stelle auch. Wie gesagt, als hätte dich jemand touchiert.“

Gloria sah ihn entsetzt an. „Das hätte ich doch merken müssen. Das muss irgendwo vor der Praxis passiert sein. Oder auf dem Parkplatz vor dem Einkaufszentrum.“ Gloria durchforstete ihre Erinnerungen.

„Wir können es uns morgen früh gemeinsam ansehen. Und dann mache ich sofort einen Termin in dieser Werkstatt. Die, wo wir zuletzt in der Inspektion waren. Weißt du noch, das war die mit dem Angebotsflyer? Und günstig waren die auch“, versuchte Dirk beruhigend auf Gloria einzuwirken.

„Verdammt!“, stieß sie genervt aus, „gerade läuft aber auch wirklich gar nichts rund.“

Dirk holte ihnen ein Glas Rotwein – zur Beruhigung, wie er meinte. Paul maunzte dazu, als wollte er aktiven Anteil am Ärger seiner neuen Familie nehmen.

* * *

Der nächste Tag begann, wie der letzte aufgehört hatte. Nichts wollte wirklich gelingen. Nachdem Gloria und Dirk den Schaden an ihrem Fiat 500 bei Tageslicht gemeinsam begutachtet hatten, wollte Dirk einen Termin in der Werkstatt machen. Dort wurde ihm gesagt, dass der zuständige Gutachter im Urlaub sei. Nach einigem Gezeter willigte Dirk letztlich ein zu warten, bis der Spezialist wieder zurück sei.

Kurz darauf, Gloria hatte ihre Praxis noch nicht ganz erreicht, erhielt sie einen Anruf von Doktor Blums Assistentin. Die Ärztin liege mit Magen-Darm-Beschwerden im Bett und müsse leider ihren gemeinsamen Termin für den Nachmittag absagen.

Gloria ärgerte sich darüber, denn in der Nacht hatte sie kaum geschlafen, und ihre Visionen waren dieser Tage wieder verstärkt geprägt von Tod und Verderben. Auf der anderen Seite würde ihre Psychiaterin

132

wohl kaum nur wegen Glorias Wehwehchen das Krankenbett verlassen.

Der Tag in der Praxis schleppte sich mühsam dahin, doch immerhin ohne besondere Vorkommnisse. Auf der Heimfahrt nach Praxisschluss entschied Gloria, bei Anni vorbeizufahren und ihrer Mutter einen Besuch abzustatten. Ihre Mutter erwartete sie bereits, als sie die Treppe hinaufkam. Die beiden umarmten einander, dann zog Inge ihre Tochter sanft ins Wohnzimmer.

Gloria setzte sich zu ihrer Mutter und besah sie sich einen Moment im Profil. Sie war um Jahre gealtert. Nicht nur in der Zeit, in der sie sich nicht hatten sehen können, sondern auch in den letzten Tagen. Ihre Augen waren weit in die Höhlen zurückgetreten, und es fehlte ihnen an Strahlkraft. Fern schien die Zeit, in der dieses besondere Lächeln ihre Mutter so einzigartig gemacht hatte. Ihre Wangen waren faltig und eingefallen, als hätte sie seit Tagen nichts gegessen oder getrunken. Es gab keinen Tag in Glorias Kindheit, an dem ihre Mutter das Haar nicht onduliert getragen hatte.

Inge sah schweigend vor sich hin, und Gloria wusste nicht mehr, was sie sagen sollte. Als ihre Mutter schließlich wortlos nach ihrer Hand griff, legte sich ein Kloß in Glorias Hals, der ihr augenblicklich die Tränen in die Augen trieb.

„Er hat dich sehr liebgehabt, Gloria."

Gloria verkrampfte und hatte Angst, die Hand ihrer Mutter mit ihrem festen Griff zu zerbrechen. Doch erstaunlicherweise hielt Inge der Kraft ihrer Tochter stand.

„Er war es, der dich zurückholen wollte. Ich habe ihn davon abgehalten. Mehr als einmal. Ich wollte nicht, dass du zurückmusst, in diese marode, unbarmherzige Familie, die dich zum Sündenbock gemacht hatte. Dein Vater", sie atmete tief ein, „dein Vater wollte es dich auskämpfen lassen. So hat er es genannt. Er meinte, du wärst stark genug, dich frei zu strampeln." Sie drehte den Kopf zu Gloria und kniff gequält die Augen zusammen. „Heute denke ich, dass er recht hatte. Du bist eine starke Persönlichkeit. Das warst du schon immer."

Gloria grübelte über diese Beschreibung ihrer Mutter. Im Kontrast zu ihrem starken Willen hatte auch immer die unkontrollierte Gewalt in ihrem Kopf gestanden.

".. Fehler gemacht haben."

„Was?" Gloria war so sehr in Gedanken, dass sie den letzten Satz ihrer Mutter nicht gehört hatte.

Inge sah ihre Tochter entgeistert an. „Dein Vater meinte kurz vor seinem Tod zu mir, dass er das Gefühl habe, dass wir einen schrecklichen Fehler gemacht hätten."

„Weil ich fortmusste?"

„Ja, nicht? Das wird er gemeint haben. Und doch war er anders, als er das sagte."

„Wie, anders?"

„Sehr nachdenklich und in sich gekehrt. Ach, wer weiß", meinte Inge dann, „möglicherweise bemesse ich dem auch einfach zu viel Bedeutung bei, jetzt, wo er nicht mehr da ist." Sie drückte erneut die Hand ihrer Tochter und besah sie sich einen Moment.

Gloria war hundeelend zumute, und sie versuchte es mit einer Ablenkung. „Brauchst du irgendwas? Kann ich dir etwas besorgen?"

Ihre Mutter wischte verstohlen die Tränen fort und besah sich Gloria aufrichtig dankbar. „Ja, das kannst du wirklich." Sie nannte ihre einige persönliche Gegenstände aus ihrer Wohnung, die sie gerne bei sich hätte, und erklärte Gloria genau, wo sie sie finden könnte. Dann holte sie ihre Handtasche herbei, kramte nach dem Wohnungsschlüssel und übergab ihn Gloria. „Willst du das wirklich für mich tun?"

„Kein Problem, Mama." Doch insgeheim fragte sich Gloria, ob das nicht ihre bisher größte Lüge gewesen sei.

Als sie wenig später die elterliche Wohnungstür aufschloss, schlug ihr Herz so laut, dass sie Angst hatte, die Nachbarn würden jeden Augenblick nach dem Eindringling sehen kommen. Beim Aufschieben der Tür schlug ihr ein schwerer, leicht abgestandener Geruch entgegen, der sie an die Momente erinnerte, wenn sie selbst nach langen Urlauben in ihr eigenes zu Hause gekommen war. Auch diese Wohnung war nun seit gut einer Woche nicht mehr gelüftet worden. Sie schob die Tür leise ins Schloss und stellte fest, dass sie den Atem anhielt, seit sie eingetreten war. Im Inneren der Wohnung war es dunkel. Nur von der Straße her fiel ein letztes, diffuses Licht des Tages durch die Vorhänge. Gloria empfand die Stille um sich herum erdrückend. Langsam setzte sie einen Schritt vor den anderen, als wäre sie eine Einbrecherin auf großem Beutezug mit der Angst im Nacken, entdeckt zu werden.

Ihre Mutter hatte ihr genaue Instruktionen gegeben. Gloria solle ein bestimmtes, gerahmtes Bild, Vaters Ehering, den sie in ihrem Nachttisch aufbewahrte, eine Strickjacke, da sie abends neuerdings schnell fror, und ein bisschen frische Wäsche einsammeln. Alles andere könne warten, hatte sie gemeint.

Gloria lenkte ihre Schritte geradewegs durch das Wohnzimmer hindurch, bis in den kleinen Flur, aus dem eine schmale Wendeltreppe nach oben führte. Oben angekommen, betrat sie das Arbeitszimmer, in welches ihr Vater Alex an jenem Tag zur Aussprache gebeten hatte. Ihre Augen versuchten sich auf das trübe Licht einzustellen. Alle Jalousien waren beinahe vollständig heruntergelassen worden. Der Raum wirkte klein, geradezu beengend. Mit jedem Moment, den ihre Sehkraft der Dunkelheit stärker trotzen konnte, enthüllten sich ihr die Türme aus Papier, die ihr Vater neben seinem Rechner angehäuft hatte. An was hatte er da gearbeitet? Womit hatte er sich während seiner Rente beschäftigt? Sie ging zum Schreibtisch und besah sich die Aktenhaufen genauer.

Einige beschäftigten sich mit Prognosen zu Aktienkursen, andere befassten sich mit seinem Hobby, Tennis, das er anscheinend bis kurz vor seinen Tod ausgeübt hatte. Ein weiterer Stapel wurde gekrönt von Urlaubsprospekten, die augenscheinlich nichts weiter als Briefkastenwerbung waren.

Gerade als Gloria die oberste Zeitschrift – es ging dort um eine Flusskreuzfahrt auf der Donau – wieder auf den Haufen legte, bekam der Stapel Schieflage und glitt, bevor sie einschreiten konnte, schwungvoll zur Seite. Blätter und Hefte fegten nur so über den Arbeitstisch. Einige schafften es sogar bis auf den Boden. Schnell sammelte Gloria die Unterlagen wieder ein und wollte sie gerade wieder säuberlich zu einem Dokumententurm zusammenlegen, als sie auf einen gedruckten Zeitungsausschnitt aufmerksam wurde.

Der Artikel wurde mit den reißerischen Worten *Tötete Mädchen (14) Nichte? – Eltern lehnen Obduktion aus Pietätsgründen ab* übertitelt.

Sie legte die Urlaubsmagazine auf dem Schreibtischstuhl ab und besah sich den Artikel genauer. Gloria stellte fest, dass es in dem Ausschnitt zweifelsfrei um sie ging. Doch der Ausdruck war frisch. Der Drucker hatte Datum und Uhrzeit hinterlassen. Ihr Vater hatte den Beitrag erst kurz vor seinem Tod recherchiert. Und was war das?

Gloria zog eine weitere Seite aus dem Turm. *Definition des Vorsatzes."* Ein anderer Artikel behandelte die *Frage der Schuldfähigkeit."* An einigen Stellen hatte er Textstellen mit einem gelben Marker hervorgehoben. Andere hatte er energisch mit einem breiten Filzschreiber umkreist. War ihr Vater unter die Hobbyjuristen gegangen? Wonach hatte er gesucht? Ihre Mutter hatte ihr erzählt, dass er insgeheim immer noch an sie geglaubt habe. Wollte er die Geschichte aufrollen, um Gewissheit für sich und seine Familie zu schaffen? Erst als Gloria sich zum Gehen wandte, roch sie es. Eine Glocke abgestandenen Rauchs hing in der Luft. War es ihrem Vater nicht immer zuwider gewesen, wenn in seinem Arbeitszimmer geraucht wurde?

Doch Glorias Pensum an Absurditäten war an diesem Tag mehr als ausreichend gedeckt und so raffte sie die Habseligkeiten ihrer Mutter zusammen und verschwand. Sie lieferte noch alles am gleichen Abend bei ihr ab und freute sich während der Heimfahrt auf Dirk, Paul und ihre Couch.

VII. Kapitel

Ich stehe wieder in diesem viel zu engen und abgedunkelten Raum. Wieso kann ein Mensch so etwas Arbeitszimmer nennen? Es ist ein Verlies. Ein dunkles, dreckiges Loch. Es riecht nach Feuchtigkeit und Moder. Die Blätter liegen jetzt überall verstreut. Verdammt, sie kleben sogar an meinen Schuhen. Schuld. Verbrechen. Mord.

Warum ist es hier drinnen so kalt? Ein Fenster in der Schräge über dem Schreibtisch ist offen. Ich stelle mich auf die Zehenspitzen. Jetzt kann ich raussehen. Regen peitscht mir ins Gesicht, und der Wind ist schneidend kalt. Ich höre ihn. Er ruft nach mir. Papa, ich komme gleich!

Ich will zur Tür laufen, aber etwas hält mich zurück. Es greift nach mir und drückt mich auf den Boden. Mein Gesicht liegt fest gepresst auf den muffigen Seiten, die meine Vergangenheit beschreiben. Es tut weh, als stellte jemand seinen Stiefel in meinem Nacken.

Er ruft mich von unten. Ich kann ihn hören. Ich komme!

Ich wehre mich gegen die Schimmelsporen, die mir die Luft zum Atmen nehmen. Ich bin stärker als das. Das hat er gesagt. Aus meiner Brust schreit ein Laut, der nicht von mir zu sein scheint. Die Tür wird vom Wind aufgestoßen, und mein Blick sieht ein Licht, das aus dem unteren Treppenhaus aufsteigt. Jetzt höre ich ihn noch deutlicher. Er ruft meinen Namen.

„Gloria! Gloria, hilf mir!"

Ich weiß, ich muss hier weg! Nur schwer löse ich mich aus der ermüdenden Kälte. Meine Knochen schmerzen. Ich kriege keine Luft.

„Warte!", versuche ich zu schreien, doch es klingt wie eine Winterkrähe. „Ich bin fast da!"

„Hilf mir!", gellt es von unten. Aber es klingt schon lange nicht mehr wie mein Vater. Es ist mehr wie ein Windzug. Ein Hauch aus Nichts. Aber es beflügelt mich dennoch. Ich lehne mich gegen die Kräfte auf, die mich nach unten drücken. Es kostet mich alles an Mühe. Vielleicht mein Leben. Ich weiß es nicht. Aber ich schaffe es.

Ich klammere mich an die Türklinke und ziehe mich daran hoch. Dann stolpere ich auf den Treppenabsatz und krieche rücklinks über die Wendeltreppe nach unten. Wie ein Kind, auf allen Vieren. Ängstlich nach unten blickend. Verdammt! Warum geht das nur in Zeitlupe?

„Papa, ich komme! Warte auf mich!"

Doch jetzt kann ich ihn nicht mehr hören. Unten angekommen folge ich dem Licht. Ein einzelner Lichtkegel fällt aus der Küche in den Korridor. Alles andere um mich herum ist *schwarz. Wie ausgeblendet. Wie in einem nicht fertig programmierten Videospiel. Aber die Küche selbst ist hell erleuchtet. Eine Wohltat. Diese Wärme, die das Licht verteilt, beruhigt mich, umfängt mich.*

Aber was ist das? Warum steht die Kühlschranktür offen? Sie muss geschlossen werden! Sonst nimmt es dem Raum die angenehme Wärme. Ich mache wenige, schnelle Schritte auf das Gerät zu und erstarre. Der Eisschrank ist leer. Leer, bis auf einen einzelnen Teller auf Augenhöhe. Ich erkenne genau, was da auf dem Teller liegt. Weil es mich immer begleitet hat. Weil es nie aufgehört hat, für mich zu schlagen, auch jetzt nicht. Vor mir im Kühlschrank pulsiert das Herz meines Vaters auf einem Teller aus Mamas Lieblingsservice.

Nachdem Gloria ihren Bericht geendet hatte, rückte Cornelia Blum ihre Brille zurecht und rutschte dabei unruhig auf ihrem Stuhl umher. Es war ihr anzusehen, dass der Magen-Darm-Infekt sie nicht nur Pfunde, sondern auch einiges an Kraft gekostet hatte. Gloria dachte, dass möglicherweise während ihrer Genesung dieses Gespräch sogar zu viel für sie wäre.

„Das ist also letzte Nacht passiert?", fragte Blum nun vorsichtig, da sie bei Gloria zum Zeitpunkt ihrer Visionen und Träume nie sicher sein konnte.

„Ja, das war letzte Nacht."

Blum nickte bedächtig. „Gut, dass Sie gleich zu mir gekommen sind."

„Gut, dass Sie wieder fit sind", gab Gloria zurück, doch genau das Gegenteil schien der Fall zu sein.

Die Ärztin drückte eine Hand in ihre Seite und verzog schmerzverzerrt das Gesicht. „Es ist nicht vollends auskuriert, aber ich bin nicht infektiös, falls Sie sich Sorgen machen. Ich hatte nur etwas Falsches gegessen."

„Oh", meinte Gloria, als ihr bewusst wurde, wie sie ihre Erzählung zuvor geendet hatte. „Tut mir leid."

„Kein Problem", winkte Blum ab. „Kommen wir lieber wieder zu Ihnen." Sie besah sich ihre Notizen, die sie, wie immer, während Glorias Bericht angefertigt hatte. „Wenn ich es richtig sehe, hat sich in Ihren Visionen etwas verändert."

„Hat es?", Gloria zog die Stirn kraus. „Ja, für mich ist das eindeutig. Bisher waren Sie in Ihren Träumen aktiv. Sie waren der Mittelpunkt. In dem letzten war das anders."

„Wieso?", Gloria fiel selbst auf, dass sie diese Frage wenig intelligent betont hatte.

Blum zögerte nicht mit einer Erklärung: „Nun, erinnern wir uns an Ihre Schilderungen der letzten Wochen." Der Aussage trotzend blätterte sie in ihren Notizen zurück und zitierte einige Mitschriften: ."*.. legte meine Hand um ihren Hals und drückte zu, bis ihr die Augen hervorquollen* ... oder hier: *das Blut sprudelte aus ihrem Mund und ihrem Hals, während ich den Bleistift in ihrer Hauptschlagader drehte:* Hier geht es ebenso um Sie: *Ich schlug einfach zu, ich glaube es waren dreißig Mal, vielleicht auch mehr. Ich konnte nicht aufhören* ... Mir zeigt das, dass Sie immer sich selbst in der Rolle einer Täterin gesehen haben. In der letzten Nacht versuchte Ihr Unterbewusstsein jedoch zu helfen. Dennoch kamen Sie zu spät. Anscheinend hat jemand an Ihrer Stelle etwas Schreckliches getan und Sie konnten es nicht verhindern. Was meinen Sie, womit das zusammenhängt?" Blum legte erwartungsvoll den Kopf schräg.

„Ich war noch mal dort", schoss es aus Gloria hervor.

„Wo?", hakte Blum nach. „In der Wohnung meiner Eltern."

„Was war diesmal anders?"

„Ich habe Dinge gefunden.“

„Dinge?“

„Mein Vater hat scheinbar die alten Berichte zu Sandras Tod aufgearbeitet.“

„Und wenn wir uns jetzt noch mal mit Ihrem Traum befassen, wie verknüpfen Sie dann Ihren Fund damit?“

„Ich glaube, dass ich mir wohl doch die Schuld an seinem Tod gebe. Offensichtlich habe ich ihm sprichwörtlich das Herz aus dem Leib gerissen. Das ist scheinbar die bittere Wahrheit.“ Gloria endete ihre Analyse mit einem resignierten Schnaufen.

„Nein, ich sehe das anders“, meinte Blum und unterdrückte unauffällig ein saures Aufstoßen. „In Ihrem Traum war Ihr Vater bereits tot. Als Sie in der Küche eintrafen, fanden Sie keine Leiche, richtig? Mir zeigt das, dass Sie wissen, dass Ihr Vater unwiderruflich gegangen ist. Aber sein Herz lebt fort. Sie wollen, dass es so ist. Und das ist gut für Sie. Ich glaube sogar deuten zu können, dass Sie in Ihrem Inneren wissen, dass das, was Ihr Vater recherchiert hat, nur aus einem Grund geschah. Er hat sie geliebt. Das entnehme ich aus der Symbolik des schlagenden Herzens.“

„Also ein guter Traum?", Gloria starrte Blum mit offenem Mund an.

Diese rückte noch mal an ihrer Brille und nickte ihr bestärkend zu: „Ja, ich werte das als die erste positive Entwicklung seit Langem."

Auch wenn sie es gerne glauben wollte, zweifelte Gloria sehr an der Interpretation ihrer Ärztin.

* * *

Als Gloria am nächsten Morgen, es war noch nicht richtig hell draußen, wach wurde, lag ihr Freund in ein dickes Plumeau eingekuschelt neben ihr. Sie schmunzelte, hatte sie es doch noch nie verstehen können, wie man im Sommer unter einer Daunendecke Luft bekommen konnte. Dirk hatte ihr einmal lachend erklärt, dass etwas, das im Winter Schutz bot, im Sommer doch unmöglich schädlich sein könne. Dirks Logik.

Lächelnd zog sie seine Decke hoch, um seine Schultern zu bedecken. Dirk quittierte das mit einem zufriedenen Seufzer. Dann hörte sie wieder sein gleichmäßiges, tiefes Atmen.

Gloria konnte nicht mehr einschlafen. Ihre Gedanken drehten sich um das klopfende Herz ihres Vaters in einem Kühlschrank, die Dinge, die sie im Haus ihrer Eltern gefunden hatte, darum, dass sie noch immer keinen Werkstatttermin hatten und dass ihre Mutter nun allein bei Anni in einem winzigen Gästezimmer lag, wahrscheinlich wach, wie sie selbst. Allmählich begann sie zu glauben, dass ein Fluch über ihrer Familie lag.

Nach einer halben Stunde des Gedanken-Karussells hielt sie es nicht mehr aus und schob sich leise aus dem Bett. Auf Zehenspitzen schlich sie zur Schlafzimmertür hinaus und zog sie leise hinter sich zu. Sie schlurfte in die Küche und setzte Teewasser auf.

Während sie darauf wartete, dass das Wasser kochen würde, arbeitete ihr Gehirn in unverminderter Geschwindigkeit weiter. Sie schrak auf, als ihr das Gespräch mit ihrer Ex-Schwägerin Katrin auf dem Friedhof einfiel. Sie hoffte, dass sie den Zettel mit ihrer Nachricht nicht verloren oder gar weggeschmissen hatte.

Mit schnellen Schritten, aber immer noch auf Zehenspitzen, tastete sie sich durch die Wohnung bis in den Flur. Dort suchte sie im Dunkeln nach ihrer Tasche, nahm sie mit in die Küche und leerte sie dort im Licht der Nachtbeleuchtung komplett aus. Zwischen einer Vielzahl von Accessoires fand sie Katrins Nachricht, zerknittert, auf dem Grund der Handtasche. Sie faltete das verklebte Papier auf und besah sich die Telefonnummer, als könnte sie eine Antwort daraus ablesen.

Ihr war klar, dass der einzige Weg, mehr zu erfahren, nur über ein Telefonat mit Katrin führen würde. Wie hatte Katrin es noch formuliert?

Wenn du die Dinge klarer sehen willst …

VIII. Kapitel

Die Operation an einem Golden Retriever stellte sich komplizierter dar, als Gloria erwartet hatte. Auch wenn sie diesen Eingriff gegen die sogenannte Magendrehung schon unzählige Male durchgeführt hatte, platzten gleich mehrere Gefäße im Bauch des Hundes parallel. Sie hatte alle Hände voll zu tun, diese so schnell wie möglich zu verschließen, bevor das Tier langfristigen Schaden nehmen würde. Rufus, der sediert unter ihren Händen lag, ahnte natürlich nicht, wie knapp es am Ende für ihn ausgegangen war.

Sein Frauchen hatte es vorgezogen, vom Warteraum aus mitzufiebern, weil es kein Blut sehen konnte. Nun hörte die Frau erleichtert, dass es ihrem treuen Begleiter gutgehe und er nur noch eine Weile ruhen müsse, bevor sie ihn wieder mitnehmen konnte.

Es war schon Mittag, als Gloria endlich dazu kam, bei Katrin anzurufen. Dafür hatte sie sich eine Auszeit genommen und war in ihrer Pause in den nahegelegenen Beethovenpark spaziert. Sie nahm auf einer Bank Platz und zog den Zettel aus ihrer Jeans. Sie zählte sechs Freizeichen und wollte gerade auflegen, als sie doch noch Katrins Stimme am anderen Ende hörte.

„Ja?"

„Katrin, bist du das?"

„Gloria?", wollte die andere bestätigt wissen.

„Ja."

„Okay."

„Also, was willst du mir sagen?", Gloria wollte gleich zum Wesentlichen kommen, doch Katrin wies das unmissverständlich zurück.

„Nicht am Telefon, Gloria!"

„Ich dachte ...", begann Gloria, doch Katrin ließ sie nicht ausreden. „Wir müssen uns treffen!"

Aha, dachte Gloria, daher wehte also der Wind. Vielleicht wollte Katrin sie sehen, um ihr doch noch ein Messer in die Rippen jagen zu können.

„Ich würde es bevorzugen, wenn du mir jetzt am Telefon sagst, was du zu sagen hast."

Katrin tat, als wären Glorias Wünsche unerheblich. „Du kennst das *Bastian's*?" Ohne eine Antwort abzuwarten, fuhr sie fort. „Da treffen wir uns am Samstagmorgen um zehn." Noch bevor Gloria auch nur ansatzweise widersprechen konnte, klickte es in der Leitung.

Thank-god-it's-Friday, dachte sich Gloria, als sie am Freitagnachmittag die Türen zur Praxis verschloss und sich auf den Weg ins Wochenende machte. Wie es sich für zwei waschechte Kölner gehörte, auch wenn in Glorias Fall nur vom Lande zugereist, verabredeten sich Dirk und Gloria in einer traditionsreichen, Kölner Kneipe, mit deftiger Hausmannskost und frischgezapftem Kölsch. Nachdem Gloria noch einige Einkäufe für das Wochenende erledigt hatte, traf sie gegen neunzehn Uhr im Lokal *Em Hähnche* an der Christophstraße ein. Dirk winkte ihr aus einer Nische am hinteren Ende des kleinen Lokals zu.

„Da bist du ja", sie küssten sich zur Begrüßung, wobei sie feststellte, dass er schon ein Bier getrunken haben musste. Sein Atem roch herb nach dem Obergärigen. Rasch war die Gastwirtin bei ihnen und stellte unaufgefordert zwei Kölsch auf die Bierdeckel, die gleich einem Memory-Spiel, verteilt auf dem Tisch auslagen.

„*Och wat zom Esse?*", fragte sie schroff nach dem Hunger der beiden. Für Stadt-Fremde hätte es unhöflich klingen können.

„Habt ihr heute *Himmel und Äd?*", wollte Gloria wissen und schleckte sich mit der Zunge über die Lippen.

„*Jo, secher dat*", meinte die Wirtin und notierte die Bestellung. Dirk war sich noch nicht sicher. „Was haben Sie denn sonst noch?"

Der strenge Blick der Hausherrin huschte über ihre randlose Lesebrille. Dann konterte sie: „*Wonach es dir dann?*" Als Dirk immer noch keine Idee hatte, zählte sie genervt auf. „*Halven Hahn, Hämmchen, Soorbrode. Isch han och noch frische Ähzezupp met Woosch op däm Hääd.*"

„*Joot, dat krijje isch.*"

Gloria liebte es, wenn ihr Freund ins Kölsche verfiel. Überhaupt war sie der Ansicht, dass viel zu wenige Kölner der etwas ruppigen aber immer urigen Heimatsprache mächtig waren.

Es dauerte nicht lange und Gloria vertiefte sich in ihr Püree mit Blutwurst und Äpfeln, während Dirk sich über eine Erbsensuppe mit Wursteinlage hermachte. Dazu gab es das klassische Röggelchen, ein Doppelbrötchen mit hohem Roggen-Anteil. Auch an Bier mangelte es ihnen nicht. Ihre Gläser ruhten nie länger als fünf Minuten leer auf den Deckeln, bevor ein gefüllter Kranz vorübergetragen und sie von ihrem Durst erlöst wurden. Wohl dem, der wusste, dass dieser unendliche Fluss goldener Glückseligkeit erst stoppen würde, wenn der unwillige Gast sein Glas mit einem Bierdeckel versiegelte.

Nach einer Weile genüsslichen Schlemmens meinte Dirk: „Ist es nicht wundervoll, wenn man seinem Alltag entfliehen kann, so wie wir beide jetzt gerade? Einfach loslassen und sich von Zwängen befreien." Er trank gerade einen letzten Schluck, stellte das Glas ab und wurde umgehend mit einem frisch gezapften belohnt. Gloria schob den letzten Bissen Püree mit dem Messer auf die Gabel, hob an und ließ das Gedicht rheinischen Hochgenusses im Mund verschwinden. Sie kaute ein, zwei Mal und spülte mit einem Schluck Kölsch nach.

„Hallöchen, Herr Doktor", meinte Gloria beeindruckt von Dirks Tiefgang und hob ihr Glas, um mit ihrem Freund anzustoßen, „du klingst ja schon fast wie meine..."

Dann erstarb ihr fröhlicher Ausbruch genauso schnell, wie er leichtsinniger Weise begonnen hatte. Eine kurze Sekunde des Schweigens folgte, in der die beiden sich nur ansahen. Ihre Gläser schwebten immer noch in der Position über dem Tisch, in der sie sich zum Anstoßen hätten finden sollen. Dann schob

Dirk seinen Glasboden vor und stieß damit an Glorias Kölsch-Glas.

„Wie deine Psychiaterin", beendete er dabei Glorias Satz und schob ein gelassenes „Prost!" hinterher.

Gloria drehte sich der Magen um. Die nächste Frage lag auf der Hand. „Woher weißt du, dass ich zu einer gehe?"

Dirk konterte mit einer Gegenfrage. „Warum ist das so schlimm? Du hast mir offen von deinen Problemen erzählt, willst aber nicht, dass ich weiß, dass du zu Doktor Blum gehst?"

„Du kennst sogar ihren Namen?"

Dirk sah seine Freundin eindringlich an. „Gloria, es ist doch wohl klar, dass jemand mit deiner Vergangenheit professionelle Hilfe benötigt."

„Nett, dass du das so siehst."

„Was heißt denn hier nett? Das ist selbstverständlich."

„Aber ich wollte nicht, dass du es weißt, weil ..."

„Weil sie dir Antidepressiva verschreibt?"

Gloria war vielmehr verblüfft als wütend. „Du weißt aber wirklich alles von mir, oder?"

„Nein, ich denke nicht", bemerkte Dirk ernst. „Und dass du Tabletten nimmst, macht mich als Arzt nicht gerade nervös. Umgekehrt hätte ich schon eher Sorge um dein Wohl."

Gloria überlegte einen Augenblick. Dann, als sie einsehen musste, dass die Katze ohnehin aus dem Sack war, erklärte sie sich: „Ich hatte Angst, dass du mich verlässt, wenn du siehst, dass ich diese Medikamente regelmäßig nehmen muss, um nicht außer Kontrolle zu geraten."

„Du meinst wie Bruce Banner?", versuchte Dirk die Situation zu entspannen, die Gloria offensichtlich peinlich war. „Wenn du jetzt grün anläufst und aus der Bluse platzt, hätte ich aber doch noch genug Zeit zu wegzulaufen, oder?"

„Du bist unmöglich", meinte Gloria und stellte fest, dass er es wieder geschafft hatte, sie zum Lächeln zu bringen.

„Nein", meinte Dirk daraufhin, „ich bin nicht unmöglich, Gloria. Ich denke nur, dass wir ehrlich zueinander sein sollten, wenn wir das hier richtig machen wollen." Er ließ das Glas in seiner Hand zwischen ihnen beiden hin- und herpendeln.

„Du meinst unsere Beziehung?"

„Aha", rief Dirk zufrieden aus, „sie hat das B-Wort gesagt!"

Gloria lachte laut los. „Ja, habe ich", im nächsten Moment bahnten sich allerdings wieder die vertrauten Zweifel einen Weg in ihr Sprachzentrum, „aber nur, wenn du das auch willst."

Dirk sah sie ernst an. „Versprich mir nur eins: Sei ehrlich zu mir. Mehr brauche ich nicht."

Sie nickte, prostete ihm zu und unterließ es zu fragen, was ihr immer noch auf der Seele brannte: Wie hatte er es herausgefunden?

* * *

Schon am darauffolgenden Morgen brach sie das Versprechen, das sie Dirk am Abend gegeben hatte und radelte durch den chaotischen Einbahnstraßen-Dschungel der Innenstadt in Richtung Treffpunkt. Köln galt als eine der Radfahrer-unfreundlichsten Städte Deutschlands und lieferte seinem Ruf an diesem Morgen in mehr als ausreichendem Maß Beweise. Mehr als einmal wäre sie um Haaresbreite von Autofahrern touchiert worden. Ein Taxifahrer riss sogar, auf einem Radweg parkend, plötzlich die Autotür so weit auf, dass es Gloria nur knapp gelang auszuweichen.

Doch auch wenn diese kurze Fahrt zum Café so gar nicht Glorias Vorstellung von einem relaxten Samstagmorgen entsprach, war sie Dirk unendlich dankbar, dass er währenddessen ihren Wagen in die Werkstatt brachte. Vielleicht war es das schlechte Gewissen des Werkstattleiters, der ihn so oft vertröstet hatte, welches ihm den kurzfristigen Termin letztlich doch noch gesichert hatte. Dirk hatte ihr eine Nachricht gesendet, dass man in der Werkstatt gemeint habe, dass es einige Tage benötige, den Schaden zu beheben. Gloria sehnte sich dem Augenblick schon jetzt entgegen, wenn sie ihren Wagen wieder in Empfang nehmen konnte, während sie in die Straße Auf dem Berlich einbog.

Nur wenige Meter später ließ sie das Rad in der Fußgängerzone zur Breitestraße ausrollen. Hier hob sie den Drahtesel in einen Fahrradständer und machte sich zögerlich auf den Weg zum gegenübergelegenen Café. Sie tadelte sich selbst, als sie sich fragte, warum sie Dirk nichts von ihrem Treffen mit Katrin erzählt hatte.

Als Gloria das *Bastian's* betrat schlug ihr nicht nur der köstliche Geruch frisch gebackenen Brotes entgegen, sondern auch eine unglaublich laute Geräuschkulisse.

Während zur Rechten ein kleiner Verkaufstresen duftende Brötchen, Plunderteilchen und sonstiges Gebäck anpries, lockte die dahinter liegende Kühltheke mit gut ausgeleuchteten Torten jeder Couleur. Viele Kölner kamen nur wegen der unfassbar großen Kuchenstücke in das Café. Rhabarber-Sahne, Käse-Johannisbeere, Apfel-Mandel, es ließ einem Nicht-Diabetiker das Wasser im Munde zusammenlaufen. Das Café selbst verlief L-förmig und setzte sich im hinteren Teil zu einer Terrasse fort. Sowohl hier drinnen als auch, an sonnigen Tagen, im Hof, wimmelte es von Menschen.

Und wie so oft, beklagte Gloria die Lautstärke, die jeden belebten Bahnhof übertroffen hätte. Alle Gespräche schienen sich unter den Oberlicht-ähnlichen Decken zu sammeln und mindestens zweifach verstärkt zurückgeworfen zu werden. Das Ganze wurde nur noch von der ultramodernen Kaffee-Maschine übertroffen, die der Barista schier alle dreißig Sekunden betätigte und deren Schnaufen und Zischen alles andere übertönte. Und dennoch: Man traf sich dort, um dort zu sein.

Eine Menschenschlange hatte sich am Tresen des Baristas aufgereiht, um auf eine Tischzuweisung zu warten. Gloria stellte sich auf die Zehenspitzen, um nach Katrin Ausschau zu halten. Sie suchte das Café mit ihren Augen ab und fand Katrin letztlich an einem Tisch beim Fenster zum Innenhof.

Gloria entschuldigte sich bei den Wartenden und schob sich durch das dichte Treiben zum Tisch vor. Katrin hatte sie nicht herankommen hören und schrak hoch, als Gloria neben ihr zum Stehen kam.

„Darf ich?", fragte Gloria kurz und zeigte auf den Platz gegenüber.

„Natürlich", Katrin nickte. Vor ihr stand eine leere Kaffeetasse, an deren Innenwandung noch Schaumreste klebten. Den Keks auf dem Tellerrand hatte sie nicht angerührt.

„War das ein Cappuccino?", fragte Gloria.

„Ja", meinte Katrin mit einem Blick auf die leere Tasse, „der war gut."

„Ja, Kaffee können die hier wirklich", dabei sah sich Gloria nach der Bedienung um, die gerade am Tisch hinter ihnen eine Bestellung aufnahm. Als sie sich den beiden zuwendete, bestellte sich Gloria einen Milchkaffee und Katrin einen weiteren Cappuccino.

„Kommst du oft hierher?", wollte Gloria wissen.

„Nein, nicht so oft", meinte Katrin nachdenklich, „eigentlich nur, wenn ich über etwas nachdenken muss, was keiner hören soll."

„Wie?", Gloria verstand nur Bahnhof.

Katrin sah einen Augenblick zur Glasscheibe hinüber, welche die Backstube vom Gastraum trennte. Dahinter jonglierten gleich mehrere Bäcker vor den Augen der Gäste mit verschiedenen Teigsorten. „Hier ist es immer so laut, dass ich das Gefühl habe, mich mit meinen Gedanken hinter der Kakofonie verstecken zu können. Es ist eine Art Deckung, denke ich."

„In dieser Lautstärke könnte ich keinen klaren Gedanken fassen", gab Gloria zu und sah sich ebenfalls kurz im Raum um.

Eine Großgruppe, wahrscheinlich eine Hochzeitsgesellschaft, hatte an dem langen Holztisch in der Mitte des Raumes Platz genommen. Über dem Zentrum der Gesellschaft schwebte ein riesiger, herzförmiger Ballon, und auf dem Tisch darunter fand sich ein monströser Strauß pinkfarbener Gladiolen.

„Ich spreche auch nicht von *klaren* Gedanken", kommentierte Katrin Glorias Bemerkung.

Eine hübsche, schwarzhäutige Kellnerin mit Medusa-gleichen Rasta-Zöpfen brachte die Getränke und verschwand gleich zum nächsten Gast.

„Dann lass mal hören", meinte Gloria, bevor sie sich ihrem Kaffee widmete.

„Ich bin erleichtert, dass du da bist", meinte Katrin zur Einleitung und sah sich nervös zu allen Seiten um. Da sie nichts fand, was ihren Blick länger binden konnte, richtete sie ihre Waldsee-grünen Augen wieder direkt auf Gloria. „Seit Jahren lebe ich in einer Art Starre. Seit das mit Sandra passiert ist, hat sich mein Leben vollkommen verändert."

Gloria beruhigte es keinesfalls, dass Katrin das Gespräch so bereitwillig eröffnete. Vielleicht war dies die Ruhe vor dem Sturm. Plante Katrin am Ende doch noch einen Angriff? Doch sicher nicht hier, vor allen Leuten! Gloria beschloss, die Situation wachsam zu beobachten und auf eine Attacke gefasst zu bleiben.

„Es bringt wohl nichts, wenn ich dir sage, dass es mir wirklich leidtut, was du durchgemacht hast?", wollte Gloria wissen.

„Nein, eigentlich nicht. Ich glaube auch nicht, dass es dir tatsächlich leidtut. Ich meine, um Sandra. Sie ging dir auf die Nerven. Das ist die traurige Wahrheit. Und wahrscheinlich nicht nur dir."

Gloria traute sich nicht, Katrins Bericht ein weiteres Mal zu unterbrechen. Auch wenn es mehr eine Feststellung als ein Vorwurf war. Deshalb wartete sie auf die Fortsetzung, die postwendend kam.

„Wie du sicher weißt, haben Alex und ich uns nur ein Jahr danach scheiden lassen. Die ganze Sache hat unserer Ehe völlig das Genick gebrochen. Er hat noch mehr getrunken als sonst. Und das will schon was heißen. Und ich habe mich verkrochen. Auch Sven habe ich seitdem nur sehr selten gesehen. Meinen eigenen Sohn! Er war nur noch auf seinen Vater fixiert und konnte mit seiner eigenen Mutter nichts Rechtes anfangen. Geredet haben wir alle nie darüber. Am Anfang habe ich sogar noch geglaubt, wir schweigen deinetwegen." Sie verzog den Mundwinkel zum Anflug eines Lächelns, das sich jedoch augenblicklich in eine Grimasse zersetzte.

„Meinetwegen?", fragte Gloria ungläubig.

„Tja, dumm nicht? Ich glaubte, dass es ihn belastete, dass seine kleine Schwester seine Tochter getötet haben könnte. So wie alle das damals geglaubt haben."

„Du doch auch", konterte Gloria verbittert.

„Ja, ich auch."

So viel Wahrheit und Offenheit konnte doch nicht gesund sein. Nicht nach all den Jahren des Vergessens. Warum heute? Warum hier? Gloria suchte das Café mit ihren Augen unauffällig nach Fluchtmöglichkeiten ab.

„Du wunderst dich wahrscheinlich, warum ich trotz allem mit dir reden will."

„Es kommt mir", Gloria suchte nach dem richtigen Wort, „ungewöhnlich vor."

„Ja, das kann ich verstehen. Bis vor wenigen Wochen hätte ich auch nicht gedacht, dass ich diesen Weg gehen müsste."

Katrin drehte die Tasse auf ihrem Unterteller und betrachtete die braune Flüssigkeit nachdenklich. Noch war es nicht zu spät zu gehen. Doch beide blieben sitzen.

Als Katrin weiter schwieg, wagte Gloria einen neuen Vorstoß. „Etwas muss geschehen sein. So viel ist mir klar. Ich weiß nur nicht, was das sein kann und welche Rolle ich dabei spiele."

Ihre Ex-Schwägerin musterte sie nachdenklich. Hielt sie Gloria nur für zu naiv oder taxierte sie eine gefährliche Frau, die ihr Kind auf dem Gewissen hatte? Es war unmöglich für Gloria auszumachen, wohin sich das Gespräch entwickeln würde.

„Ich will dir eine Frage stellen", begann Katrin erneut.

„Dafür bin ich hier", gab Gloria vor, doch korrigierte sich schnell, „glaube ich zumindest."

Katrin ignorierte diesen Anflug von Unsicherheit. Oder nahm sie es mit Genugtuung zur Kenntnis?

„Ist dir damals bewusst aufgefallen, dass Sandra anders war?"

Gloria kramte in ihrer Erinnerung. „Anders? Nein, wieso? Meinst du an diesem Tag damals? Oder generell?"

„Generell."

„Tja", Gloria dachte einen Moment nach, „sie hatte lediglich eine dunklere Hautfarbe als die anderen Kinder, aber das war ja wegen ihrer Herkunft klar."

„Du wusstest es also damals schon?"

„Dass sie nicht von Alex war? Na sicher! Das war doch mehr als deutlich. Und schließlich kanntet ihr euch ja auch erst vier oder fünf Jahre. Sandra war damals aber schon acht."

Katrin nickte nachdenklich. „Sie haben sie nicht leiden können", murmelte Katrin und starrte vor sich hin.

„Bitte, was?“, Gloria glaubte sich verhört zu haben und hakte nach: „Wer?“

Katrin sah wieder auf. In ihren Augen standen Tränen. „Niemand. Niemand aus der Familie hat sie wirklich akzeptiert. Sie war ein Fremdkörper, und alle haben es sie wissen lassen. Deine Schwester Sofia allen voran.“

Das konnte Gloria nicht bestreiten. Ihre älteste Schwester schien die Fremdenfeindlichkeit, die sie offen zur Schau trug, wie durch den Stich einer Mücke übertragen bekommen zu haben. Plötzlich war sie da gewesen und niemand wusste warum. Gloria hielt Sofia nicht für besonders intelligent – eine verbreitete Eigenschaft radikal Gesonnener.

Und doch gab es, nach Glorias Dafürhalten, keinen Grund für Sofias Ansichten. Sie wurde in einem behüteten Elternhaus großgezogen, heiratete einen wohlhabenden Mann und führte seitdem einen opulenten Lebensstil. Nur der Herr, an den Sofia nicht glaubte, wusste, warum sie ihrem Göttinnen-gleichen Körper eine Schwangerschaft aufgezwungen und letztlich gesunde Zwillinge zur Welt gebracht hatte. Es hatte ihr nie an etwas im Leben gefehlt. Außer an Toleranz.

„Ihre abfälligen Bemerkungen und ihre Blicke haben mir immer gezeigt, dass meine Tochter ungewollt in eurer Gesellschaft war."

Gloria versuchte die aufgewühlte Katrin zu besänftigen. „Schau, das ist doch schon so lange her. Ist es wirklich noch wichtig, was Sofia damals dachte?"

Katrin reagierte mit zusammengekniffenen Augen. „Was, wenn ich dir sage, dass sie nicht die Einzige war, die so empfand?"

„Dann würde ich mich sehr wundern. Ausländerhass war nie ein Thema in unserer Familie. Katrin." Es war Gloria bewusst, dass sie nun womöglich einen wunden Punkt traf. „Kann es sein, dass du in deiner Verzweiflung nach Erklärungen suchst, die du nie finden wirst?"

Katrin konterte kühl. „Bist du denn gar nicht überrascht, dass ich den Vorhang in diesem Theater weiter aufziehe? Somit stehst du nicht mehr allein im Rampenlicht. Ich bringe neue Akteure auf die Bühne. Ist das etwas, das dir vielleicht missfällt?"

„Sag einfach, was du zu sagen hast", gab Gloria schroff zurück.

„Fünfzehn lange Jahre habe ich dich gehasst, dir alle Schuld gegeben. In meinen Träumen wollte ich dich umbringen. Zweimal stand ich nachts sogar vor deiner Wohnung und war überzeugt, dass ich es tun würde, wenn du nur hervorkämst." Sie machte eine Pause, schluckte trocken und fuhr mit krächzender Stimme fort. „Aber da war auch immer ein Restzweifel. Etwas, das tiefer saß und mich mahnte, wachsam zu bleiben und auf mein Bauchgefühl zu hören. Ich wusste nur nicht, was das war."

„Und jetzt weißt du es?", wollte Gloria bissig wissen.

„Sagen wir mal so, ich habe Fragen gestellt. Und Antworten bekommen. Antworten, die mir nicht gefallen. Und die mir große Furcht einjagen."

„Welche Antworten? Von wem?", Gloria verstand dieses Versteckspiel nicht. Wenn es etwas zu sagen gab, warum sprach Katrin es dann nicht einfach aus? Katrin holte mit einer Gegenfrage aus. „Kennst du das Gefühl, wenn du glaubst, etwas ganz sicher zu wissen und ein anderer dir, nur durch seine Reaktion, zeigt, dass es wahr ist?"

„Du meinst, etwas wie ein geheimes Zeichen? Ein Augenzwinkern?"

„Ja, etwas in dieser Richtung. Eine Art Bestätigung ohne wirklichen Beweis."

„Katrin", Gloria wurde die Situation zu undurchsichtig, „was willst du mir sagen?"

Katrin griff in Windeseile über den Tisch und packte Glorias Arm. Ihr war klar, dass sie Gloria nicht gehen lassen durfte, ohne ihr den wahren Grund ihres Treffens zu übermitteln. Ihre Botschaft war so direkt wie verwirrend.

„In dieser Familie gibt es für meinen Geschmack zu viele plötzliche Todesfälle."

Gloria besah sich Katrins völlig entrückten Blick, der sich plötzlich auf irgendeinen Punkt im vorderen Teil des Lokals zu richten schien. Nur Sekunden später versteinerte Katrins Miene, als hätte sie etwas entdeckt. Gleich darauf griff sie hektisch nach ihrer Tasche, suchte einen Geldschein heraus, warf ihn auf den Tisch zwischen ihnen und sprang auf.

„Wo willst du denn jetzt auf einmal hin?", rief Gloria aus.

„Ich hätte nicht herkommen sollen. Letztlich habe ich noch gar keine richtigen Beweise für meine Behauptung. Ich muss erst Sicherheit haben, bevor ich dir mehr sagen kann."

Mit diesen Worten machte Katrin kehrt und stürmte mit ausladenden Schritten zum Ausgang.

IX. Kapitel

Die folgenden Tage lösten sich vollständig in Tagesroutine auf. Beide, Dirk und Gloria, hatten beruflich eine Menge um die Ohren, und die Werkstatt, die sich um ihren Wagen kümmern sollte, ließ verkünden, dass sie noch Zeit bräuchten, da ihr Lackierer noch auf einem Seminar sei.

Am Mittwoch brach Dirk zu einem zweitägigen Forum der Chirurgie nach Berlin auf. Da er erst am Donnerstagabend wieder zurück sein wollte, lud Gloria ihre Schwester Tanja zu sich ein. Sie versprach ihr, Fischstäbchen mit Püree zu machen, Tanjas Leibspeise seit Kindertagen.

Da die Vorbereitungen nicht gerade einem Festschmaus entsprachen, war Gloria schon früh mit den Einkäufen zu Hause. Sie befreite die Wohnung von herumliegenden Kleidungsstücken, verstreuten Schuhen und Zeitschriften und saugte alle Räume gründlich durch. Noch zwei, drei Handgriffe im Bad, dann war die Wohnung bereit für ihren Gast.

Als Tanja schließlich an der Tür klingelte, schmorten die Fischstäbchen schon im Ofen. Die Schwestern umarmten sich herzlich und begannen gleich wie zwei Teenager zu schnattern. Doch irgendwann schlug Tanjas Stimmung um, als sie Gloria ihre Sorge um Lydia mitteilte.

„Lydia ist neuerdings sehr verschlossen. Ich habe das Gefühl, dass irgendetwas nicht mit ihr stimmt." Tanjas Gesicht sprach Bände.

„Wieso meinst du das?", wunderte sich Gloria.

„Seit ihrem Unfall zieht sie sich in ihr Schneckenhaus zurück. Sie redet nicht mehr so viel mit mir wie sonst. Und was mir auch Sorge macht", ihre Erzählung stoppte hier abrupt, als hätte sie erst jetzt bemerkt, dass ihre Schwester nicht der richtige Ansprechpartner sei. Doch sie hätte auch wissen müssen, dass Gloria nicht lockerlassen würde.

„Was genau ist es, das dich umtreibt?", beruhigend legte Gloria Tanja eine Hand auf den Arm.

Ihre Schwester quittierte das mit einem unsicheren Lächeln. „Seit der Beerdigung ist es noch schlimmer geworden. Ich habe sie darauf angesprochen, aber sie gibt mir keine Details. Das Einzige, was ich mit Sicherheit weiß, ist, dass sie sich seit diesem Tag häufiger mit Sven trifft."

Gloria riss überrascht die Augen auf: „Alex' Sohn?"

Tanja nickte. „Irgendwie ist mir das nicht geheuer."

„Wenn er so ist wie sein Vater, verstehe ich dein Gefühl."

Für einen kurzen Augenblick tauchte Tanja in Gedanken ab, dann sah sie Gloria prüfend an. Ihrer kleinen Schwester entging das nicht. „Was ist da noch?"

„Du bist scharfsinnig, wie immer", doch Tanjas Lächeln war freudlos. „Er hat es ihr erzählt", meinte sie dann kurz.

Gloria verstand nicht gleich. „Was hat er ihr erzählt?"

„Das von damals", Tanja begann verlegen ihre Hände zu kneten.

„Du meinst", Gloria wusste, dass es um Sandras Tod ging oder vielmehr um die Umstände, die dieses Unglück begleitet hatten. Als Tanja nun wieder zu ihr aufsah, hatte sie Tränen in den Augen.

„So wie Lydia es wiedergegeben hat, bist du in Svens Augen eine …", wieder unterbrach Tanja ihren eigenen Redefluss. Dann schüttelte sie heftig mit dem Kopf. „Nein, nein. Ich habe schon genug gesagt."

Doch Gloria wollte das so nicht stehen lassen. „Er hat ihr erzählt, ich sei eine eiskalte Killerin, die die Familie zerstört habe. Habe ich ins Schwarze getroffen?"

Tanja nickte. Dann sah sie Gloria eindringlich an: „Wir beide wissen, dass das nicht stimmt. Aber ich fürchte mich vor dem, wie Lydia es aufgefasst haben könnte. Sie ist so anders, seit sie es weiß. Ich will nicht, dass sie Angst hat und sich weiter von mir entfernt."

„Deine Tochter ist viel erwachsener und vernünftiger, als du denkst", meinte Gloria mit ruhiger Stimme, ohne das eigentliche Thema erneut zu bemühen.

Tanja legte den Kopf schräg und musterte Gloria aus schmalen Sehschlitzen. „Manchmal ist es, als ob du meine Gedanken lesen könntest. Aber genau das macht mir Angst."

„Dass ich Gedanken lesen kann?", flachste Gloria.

„Nein, dass Lydia schon so erwachsen wirkt", meinte Tanja nachdenklich und fügte an, „und so ernst."

Gloria konnte darauf nichts erwidern. Sie selbst wusste nur allzu gut, wie es war, allein gegen einen Berg von widersprüchlichen Gefühlen anzukämpfen. Doch am Ende blieb auch Ärger: Warum musste sich alles immerzu um sie selbst drehen?

Den Donnerstag arbeitete Gloria engagierter als an allen anderen Tagen der Woche, weil sie sich schon so sehr auf Dirk freute, der am Abend von seiner Weiterbildung heimkommen sollte. Deshalb wollte sie ihr Tagessoll so schnell wie möglich hinter sich bringen. Nach der Arbeit kaufte sie eine Flasche Champagner und stellte sie im Kühlschrank kalt. Dazu hatte sie einige Käsesorten, einen Brie, ein Stück Trüffelcamembert und einen Brillat Savarin mit geriebenen Cranberries sowie ein Pfund grüner, kernloser Trauben erworben und richtete in der Küche alles auf einem Holzbrett an.

Ihre Stimmung wurde gedämpft, als eine WhatsApp von Dirk einging, dass sein Flug verspätet und noch nicht klar sei, wann er aus Berlin wegkomme.

Die zweite Kurznachricht kam von Katrin. Die Mitteilung begann mit den Worten *Muss dich noch mal sehen. Ich weiß jetzt ...* Gloria öffnete den Chat, um die gesamte Botschaft lesen zu können, *... genau, was passiert ist. Triff mich noch heute Abend.* Dann folgten Angaben zum Treffpunkt.

Glorias siebter Sinn meldete sich. Katrin hatte das *Bastian's* mit einem Hinweis verlassen, der sie seitdem nicht mehr losließ. Die Andeutung war so vage wie klar. Sie hatte damit nur das eine meinen können: dass der Tod ihres Vaters auf etwas zurückzuführen sein musste, was an seinem Geburtstag mit ihm geschehen war.

„Im Kreise seiner Lieben", entfuhr es Gloria angewidert in der Stille ihrer Wohnung, sodass sie vom Klang ihrer eigenen Stimme erschrak.

Kurzerhand schnappte sie sich ihr Handy, stopfte es in ihre Handtasche, zog sich eine Jeans an und einen leichten Pullover über und schlüpfte in ihre Sneakers. Sie gab die Adresse, die Katrin ihr gesendet hatte, in das Handy ein und schwang sich auf ihr Fahrrad.

Der Abend war unerwartet kühl und obwohl es noch hell war, schien eine Art Filter über dem Licht zu liegen. Die Sonne versteckte sich hinter einem feinen Film aus Feuchtigkeit, wie es eigentlich nur in Asien zur Regenzeit vorkam. Gloria trat in die Pedale und blickte zaghaft nach oben. Sie fragte sich, ob es Regen geben würde.

Ihr Weg leitete sie aus dem Agnesviertel geradewegs auf die Zoobrücke, die ihr, egal ob mit dem Rad oder zu Fuß, schon immer unheimlich erschienen war. Neben ihr die sechsspurige Stadtautobahn, unter ihr der Rhein, und über ihr schaukelten die Kabinen der Rheinseilbahn. Die Fahrt über dieses marode und überaus beängstigende Bauwerk konnte nur durch den beeindruckenden Blick über den Fluss, bis hin zur Altstadt und dem majestätischen Kölner Dom entschärft werden.

Auf der anderen Seite angekommen, nahm sie den Weg hinunter in den Rheinpark und steuerte ihr Fahrrad im Schatten der Zoobrücke in Richtung Osten, bis sie nach nur kurzer Strecke auf dem Auenweg auskam, der als Schleichweg die Veedel Deutz und Mülheim verband und sich durch das Messe-, Rheinpark- und Werftgebiet schlängelte.

Ein unangenehmer Wind kam auf und erschwerte es ihr, dagegen anzutreten. Erst als sie in die lange Gerade einbog wunderte sie sich, warum Katrin gerade die Kölner Schiffswerft Deutz für ein Treffen gewählt hatte. Nach einem Schlenker nach links passierte sie die alten Bootshäuser und steuerte ihr Fahrrad dann nach rechts auf die Landzunge des Mülheimer Hafens.

Katrin hatte ihr die Koordinaten zu der Stelle gesendet, an der ein in die Jahre gekommener Dock-Kran träge über einer Stapellauf-Rampe schwebte. Unter seinem Stahlgerüst brachte Gloria das Rad zum Stillstand und sah sich um.

Niemand war weit und breit zu sehen. Der Wind war mittlerweile so stark geworden, dass er körnigen Sand umherwirbelte, der sich in Glorias Augen festsetzte. Von der Reizung begann sich ein feiner Film in ihren Tränenkanälen zu bilden. Sie zwinkerte einige Male gegen die aufkeimende Sichtbehinderung an und hoffte, dass Katrin allmählich auftauchen würde. Irgendwie gefiel ihr das alles nicht. Sie hatte ihr vor mehr als einer halben Stunde geschrieben, dass sie Gloria hier treffen wolle – und jetzt war von ihr nichts zu sehen.

Hatten sie sich verpasst? Oder hatte sie die falschen Koordinaten eingegeben? Sie überprüfte die Angaben gerade, als ihr Handy eine neue Nachricht von Dirk auswarf. *Sitze in einem Ersatzflieger. Bin gegen 10 zu Hause.*

Jetzt war es kurz nach acht. Gloria sah sich erneut um und erspähte nichts. Weder hier, wo sie hinbestellt worden war, noch im Umland. Sie tippte eine kurze Mitteilung in ihr Handy. *Wo steckst du?* Mit einem glucksenden Laut verschwand die Nachricht nach dem Senden im Äther des Mobilfunknetzes. Doch sie erhielt keine Antwort.

Als ihre Ex-Schwägerin nach weiteren zehn Minuten nicht auftauchte, sattelte Gloria unverrichteter Dinge wieder auf. Sie ärgerte sich und war in Gedanken versunken, als sie durch das Werft-Gelände den Heimweg antrat.

Es traf sie wie ein Schlag. Nein, es war ein Schlag. Ein heftiger und plötzlicher Aufprall. Etwas riss sie so schnell von ihrem Fahrrad, dass es ihr unmöglich war auszumachen, was es war oder woher dieser gewaltige Schmerz auf ihrer Brust kam. Bevor sie sich versah, schlug sie auf dem harten Betonboden auf. Alles um sie herum färbte sich dunkelblau, und in ihrem Kopf surrten Bienen. Oder Hummeln? Sie dachte noch, dass es sich auf jeden Fall größer anhöre als eine Biene, bevor sie endgültig das Bewusstsein verlor.

Das Nächste, das sie wahrnahm, war die Stimme eines Mannes, der laut auf sie einsprach. Er tätschelte hektisch ihre Wangen, wobei ein Atemgemisch aus Nikotin und Zwiebeln über ihrer Nase hing, wesentlich näher als sie sich das wünschen mochte.

Wo war sie? Was war geschehen? Als sie wieder zu sich kam, erwachte auch die Erkenntnis, dass sie immer noch in der Werft war und auf dem Boden lag. Ihr Puls jagte hoch. Panisch schlug sie den Arm des Mannes fort, während er sie nur besorgt anstarrte. Dann richtete sie ihren Oberkörper ruckartig auf und spürte einen stechenden Schmerz in der Brustregion. Eine Welle der Übelkeit stieg in ihr auf.

Der Mann, der neben ihr hockte, legte bedächtig eine Hand auf ihre Schulter. „Bitte haben Sie keine Angst! Ich will Ihnen nur helfen!"

Gloria besah sich den Mann mittleren Alters genauer. Er trug eine Schlägerkappe, Jeans und einen roten Windblouson. Sein Gesicht war von einem grau-gescheckten Bart gerahmt, faltig und gezeichnet vom Schrecken, den Gloria ihm augenscheinlich eingejagt hatte.

„Was ist passiert?", fragte Gloria, immer noch orientierungslos. Als sie sich an den Kopf fasste, spürte sie etwas Klebriges an ihrer Schläfe und musste feststellen, dass es ihr eigenes Blut war.

„Ich weiß es nicht", meinte der Mann kurzatmig und deutete zu einem der Gebäude in der Nähe, „ich kam gerade aus der Kneipe da vorne und sah Sie hier liegen."

„Wie lange ...?", setzte Gloria an und versuchte noch mal, sich aufzurichten.

„Ich weiß es nicht. Wirklich. Ich habe Sie erst vor ein, zwei Minuten gefunden." Bereitwillig half der Mann ihr, nach Antworten zu suchen.

„Wie spät ist es?", wollte Gloria wissen.

„Halb neun", gab er kurz zurück und fügte an: „Jetzt rufe ich erst einmal einen Krankenwagen."

Gloria ließ sich von ihm aufhelfen, blieb jedoch eisern.

„Ich brauche keinen Arzt", der unsichere Tritt, mit dem sie sich aufrappelte, strafte sie Lügen. Skeptisch besah sich der Helfer die störrische, junge Frau an seiner Seite. Dann stellte er ihr Fahrrad auf.

Im nächsten Moment griff sich Gloria erschrocken an den Hals. „Wo ist meine Tasche?", rief sie laut und spürte das Echo ihrer Worte in ihrem Schädel nachhallen. Ein heftiger Schwindel setzte ein und ließ sie wanken.

„Ihre Tasche?", fragte der Fremde. „Ich habe keine Tasche bei Ihnen liegen sehen."

Panisch torkelte Gloria umher.

Der Mann entschied sich, ihr zu helfen. Dabei ließ er die junge Frau nicht aus den Augen, weil er befürchtete, sie könne erneut in Ohnmacht fallen. Es dauerte nicht lange und er glaubte gefunden zu haben, was sie suchte: „Ist sie das?", rief er Gloria zu und streckte dabei eine Schulterasche in die Luft. Gloria schwankte ihm entgegen. Nach einem flüchtigen Blick in die Tasche entdeckte Gloria ihre Geldbörse und ihr Handy. Beruhigt stellte sie fest, dass augenscheinlich noch alles da war.

Sie beschloss, dass es höchste Zeit war, nach Hause zu fahren. In nicht vielmehr als einer Stunde wäre Dirk wieder in der Blumenthalstraße, und sie hatte noch einen ordentlichen Weg zu radeln.

Der Mann sah sie zweifelnd an, als sie ihm ihren Plan eröffnete. „Soll ich Ihnen nicht lieber ein Taxi rufen?", meinte er besorgt. „Nein, wirklich alles okay. Frischluft wird mir guttun." Gloria bedankte sich noch einmal bei ihrem Retter, stieg auf ihr Fahrrad und radelte vorsichtig davon. Der Mann sah ihr irritiert hinterher.

Sie war erst wenige Meter weit gekommen, als sie feststellte, dass ihr doch die Kraft fehlte, in die Pedale zu treten. Der Druck von dem Schlag lag noch auf ihrer Brust und machte sie kurzatmig. Sie hoffte, dass sie sich zu allem Überfluss nicht noch eine Rippe gebrochen habe. Daher stieg sie schon an der Claudius Therme, unterhalb der Zoobrücke, vom Rad und schob es in den Rheinpark.

Mittlerweile wurde es dunkel, und aus dem Park stieg hier und da Rauch auf. Es war verboten und dennoch trafen sich Familien, Studenten oder andere Grüppchen im Sommer auf den Wiesen zwischen Tanzbrunnen und Zoobrücke, um kleine Grill-Partys zu veranstalten. Jetzt untermischte sich der Geruch von Grillfleisch und Holzkohle und legte sich wie eine Glocke über das Gebiet. Der Wind hatte zwar nachgelassen, aber seine Kraft reichte aus, den Duft geradewegs in Glorias Nase zu wehen. Das ließ sie wieder an das Essen denken, das sie zu Hause vorbereitet hatte, und sie freute sich schon darauf, Dirk bald wiederzusehen.

Sie schwitzte unter der Anstrengung, ihr Fahrrad die steile, gewundene Rampe zur Brücke hochzuschieben. Die Strecke würde zu Fuß dreimal so lange dauern und sie hoffte, dass sie noch vor Dirk daheim sein würde, um sich frisch machen zu können. Ihre Kleidung war völlig verdreckt, ihr Haar zerzaust, nicht zu schweigen von der blutigen Wunde oberhalb ihrer rechten Schläfe. Sie würde während ihres Spaziergangs genug Zeit haben, sich eine Ausrede zu überlegen. Der Weg über die Brücke zog sich, und Gloria hielt den Blick starr vor sich gerichtet. Sie wollte nicht wissen, was über oder unter ihr geschah und auch das Dom-Panorama konnte sie nicht locken.

Es dauerte über eine halbe Stunde, bis sie zu Hause eintraf. Kurz vor zehn. Ein Blick auf ihr Handy zeigte ihr, dass Dirk schon im Taxi saß und bald da sein würde. Deshalb sprang sie unter die Dusche, zog sich ein Sweatshirt der *New York Yankees* und eine passende, blaue Jogginghose an. Sie holte gerade die Käseplatte aus dem Kühlschrank, als Dirk die Tür aufschloss.

„Was ein Scheiß!", stöhnte er, als er seine Reisetasche geräuschvoll im Flur abwarf. Gloria eilte ihm entgegen und nahm ihn zur Begrüßung in die Arme. Wie schön es sich anfühlte, sich von ihm drücken zu lassen. Gloria kämpfte gegen die aufsteigenden Tränen an.

„Schön, dass du endlich da bist", murmelte sie stattdessen in sein Hemd.

„Ich bin auch wirklich froh, dass ich wieder hier bin. Es war eine richtige Tortur. Ständig diese Verspätungen und Flugausfälle. Ich sollte wirklich dazu übergehen, Linie zu buchen und nicht mehr diese Billigflieger. Manchmal habe ich das Gefühl, wir werden von den Fluggesellschaften verarscht."

Gloria schob ihren Freund etwas von sich und besah ihn sich kritisch.

„Na, aber die Linien streiken gerne. Erst die Piloten, dann das Bodenpersonal, dann die Flugbegleiter und dann fangen sie wieder von vorne an."

„Mm", brummte Dirk, „da hast du auch wieder recht. Aber selbst auf die Deutsche Bahn ist kein Verlass mehr. Also, was sollen wir machen?"

„Zu Hause bleiben", kokettierte Gloria und zwinkerte ihm zu.

„Ich mach mich rasch fertig. Sag mal, was riecht hier eigentlich so intensiv?", wollte Dirk wissen.

„Ich habe Käse geholt und dachte, wir trinken auf deine Rückkehr."

„Super Idee", lachte Dirk, „dann beeile ich mich mal lieber im Bad."

Als ihr Freund im hinteren Bereich der Wohnung verschwunden war, stellte Gloria fest, wie angestrengt sie sich fühlte. Ob das Schwächegefühl seine Ursache in dem Angriff in der Werft oder in den Lügen fand, die sie Dirk noch würde auftischen müssen, war ihr dabei nicht klar. Womöglich eine Mischung aus beidem. Ihr Kopf dröhnte, und sie fühlte wieder eine Panik in sich aufsteigen. All die Ereignisse der letzten Tage, das Kartenhaus aus Täuschungen, ihr schlechtes Gewissen und der pulsierende Schmerz in ihrem Kopf ließen sie ahnen, was als Nächstes geschehen würde.

Noch während sie diesen Gedanken fasste, suchten ihre Hände im Seitenfach ihrer Handtasche nach ihrem Medikamentendöschen. Schnell warf sie sich eine Tablette in den Mund und spülte mit einem Glas Wasser nach.

Als Dirk zu ihr in die Küche trat, war von den Psychopharmaka schon nichts mehr zu sehen. „Was ist mit deinem Kopf passiert?", besorgt besah sich Dirk die Wunde an Glorias Schläfe.

„Ach das", winkte sie ab. „Ich war nur zu blöde heute in der Praxis die Augen aufzumachen und bin mit einer offenen Schranktür aneinandergeraten", log sie und erschrak darüber, wie leicht ihr das fiel.

„Das sieht ja schrecklich aus", meinte Dirk. „Wieso ist die Verletzung denn offen? Was habt ihr denn da für Türen auf der Arbeit? Hängt da Neptuns Dreizack dran?", Dirk drehte Gloria ins Licht der Deckenlampe und begutachtete den Riss.

„Ich bin aufgeplatzt wie eine reife Tomate", witzelte Gloria, doch Dirk wirkte alles andere als entspannt.

„Ich werde dir da jetzt erst mal etwas Betaisodona auftragen, damit sich nichts entzündet."

Dirk kam kurz darauf mit der Wundlösung zurück und beendete die Behandlung mit einem Kuss auf Glorias Nasenspitze. Dann schnappte er sich das Holzbrett, auf dem bereits der Brie zu zerlaufen begann, atmete die lukullischen Düfte tief ein und trug die Platte wie eine Trophäe ins Wohnzimmer. Gloria folgte mit einer Flasche Bricout und zwei Gläsern.

Sie war dankbar, dass Dirk während des Abends nicht tiefer bohrte, was ihren Unfall in der Praxis betraf. Stattdessen wollte sie von ihm alles über sein Forum in Berlin wissen und war beeindruckt davon, wie gut Dirk die Inhalte der beiden Tage zusammenfassen konnte. Seine Begeisterung für das Thema, überhaupt für seine Arbeit, übertrug sich so positiv auf ihre Laune, dass sie kurz vor dem Zubettgehen der festen

Überzeugung war, trotz der Unruhe des Tages, einen hervorragenden und ausgeglichenen Schlaf finden zu können.

Wie sehr sie sich doch irrte.

X. Kapitel

Warum sieht sie mich so komisch an? Irgendwie glotzt sie nur leer. Und was ist mit ihren Augen? Wieso blutet sie aus ihren Augen? Nein, Sekunde. Da wo die Augen sein sollten klaffen tiefe, schwarze Löcher, aus denen Blut fließt. So viel, dass es beinahe surreal wirkt. Wie kann ein kleines Mädchen nur so viel Blut verlieren? Aber irgendwie ist es schon ein wirklich erfreulicher Anblick. Geradezu schön. Na ja, nicht eigentlich schön, denn in Wahrheit sieht es hässlich und etwas eklig aus, aber... Aber es ist gut, dass diese langweiligen, ständig verheulten Augen, mich endlich nicht mehr ansehen können.

Sonderbar. Ich kann meine Hände nicht fühlen. Irgendwie sind sie ganz schwer. Und ... klebrig. Und es ist so schrecklich warm.

Neben der blutenden Göre liegt sie. Clara, meine Lieblingspuppe. Sie trägt dieses niedliche Häkelkleidchen, das Oma für sie gemacht hat, als ich noch sehr klein war. Die Farbe ihrer Zöpfe hat mich immer an Mama erinnert. Warum liegt die Puppe eigentlich allein auf diesem kalten Asphalt? An ihrer Schläfe ist ein tiefer Riss. Oh, verdammt! Jetzt tropft dieses rotzige Monster von einem Kind Claras blütenreines Kleidchen voll. Selbst ohne Augen richtet sie Schaden an. Es ist besser, ich beende das sofort!

Oh nein, jetzt fängt es auch noch an zu regnen. Das wäscht doch das ganze Blut weg. Und wieso regnet es nur über ihr? Nicht über Clara. Und auch nicht über mir. Ich kann dabei zusehen, wie Sandra nach Luft schnappt. Das Wasser ist jetzt überall. Es durchtränkt ihr Haar, läuft ihr aus Nase, Mund und aus den dunklen Höhlen, die einst ihre Augäpfel schützten. Sie ringt nach Atem und windet sich auf der Stelle. Doch sie läuft nicht fort und sie schreit auch nicht. Der Regen ist überall. Unmengen von Regen. Sie ertrinkt im Stehen.

Und ich warte darauf. Ich bleibe unbeschadet wie unter einer Glasglocke. Mir ist immer noch so schrecklich warm, und ich habe auch immer noch kein Gefühl in meinen Händen. Was ist das? Meine Hände sind zu Fäusten geballt, doch ich spüre sie nicht. Ich halte etwas in meinen Fäusten verborgen. Ich kann sie nicht öffnen. Ich kann sie einfach nicht öffnen! Warum geht das nicht? Was ist in meinen Händen? Was ist darin verborgen? Ich muss Sie aufmachen! Ich muss sie öffnen! Warum geht das nicht?

Ich muss ...!

Dirk fuhr hoch und sah intuitiv neben sich. Das Bett an seiner Seite war leer. Er lauschte in die Nacht. Irgendetwas hatte ihn geweckt, und jetzt war er sich sicher. Es war Gloria. Mit einem Satz sprang er aus dem Bett, rutschte auf dem Bettvorleger aus und fing sich kurz vor einem Sturz ab. Ein weiterer Schrei gellte irgendwo in der Wohnung.

Auf seinem Weg in Richtung des Murmelns, das auf den letzten Aufschrei folgte, rannte ihm ein verschreckter Paul entgegen. Nur wenige Schritte später fand er seine Freundin in der Küche. Sie stand inmitten des Raumes, den Körper vornübergebeugt, wobei ihr das glatte Haar vor das Gesicht fiel. Es war nass, als hätte sie gerade frisch geduscht. Auf der Küchenablage verstreut lag der Inhalt aus Glorias Handtasche. Diese hatte sie achtlos in die Küchenspüle geworfen.

Auf dem Boden vor Gloria sah Dirk eine kleine Pfütze und dachte es sei Wasser, das ihr aus den Haaren tropfte. Doch als er vorsichtig näherkam, wurde ihm bewusst, was hier geschah. Gloria hielt ihre Arme angewinkelt vor sich, als müsste sie eine Hantel vor die Brust heben. Ihre Hände waren zu Fäusten geballt, aus ihnen tropfte Blut hinab auf die Küchenfliesen.

„Gloria." Dirk flüsterte und näherte sich ihr langsam wie einem scheuen Tier. Beinahe stoisch wiederholte er leise ihren Namen und streckte vorsichtig eine Hand nach ihr aus. Er musste den Wahnsinn stoppen. Als er näherkam, hörte er sie etwas von Wasser und ihren Händen reden. Sie wolle sehen, was darin verborgen sei.

„Ich zeig es dir", sprach er ruhig auf sie ein. Doch sie reagierte nicht. Dirk nahm an, dass sie schlafwandele, doch die Szene wirkte beängstigend, und es war auch nicht deutlich, wie groß ihre Verletzung war. Würde die Klinge abgleiten, könnte sie ihre Pulsadern treffen.

„Gloria ..." Dirk hob seine Stimme nur ein wenig und erntete eine Reaktion. Gloria ließ die Arme sinken. Das Messer hielt sie jedoch weiterhin fest umschlossen. „Gloria, öffne jetzt deine Hände und lass das Messer fallen." Der Körper seiner Freundin blieb reglos. Ihr Gemurmel hatte jedoch aufgehört. Er näherte sich einen weiteren Schritt und war nun knapp hinter ihr. „Gloria", sagte er nun eindringlicher.

Mit einem Mal schwang sie zu ihm herum, wobei ihn kleine Schweißspritzer aus ihren Haaren trafen. „Lass das Messer fallen", wiederholte er so gebieterisch wie es ihm in dem Moment sinnvoll schien. Glorias leerer Blick zeigte ihm, dass sie nicht ansprechbar war. Er überlegte hektisch, was zu tun sei. Dann kam ihm ein rettender Gedanke.

Mit wenigen Schritten war er beim Spülbecken, zog die Gemüsebrause so weit wie möglich aus der Halterung, richtete sie auf Gloria und stellte den Mischhebel auf kalt.

Binnen Bruchteilen von Sekunden traf ein eiskalter Strahl auf Gloria. Dirk hörte, wie sie nach Luft rang. Als Nächstes hörte er das Messer zu Boden fallen. Rasch griff er einige Handtücher, ließ kaltes Wasser darüber laufen und eilte dann damit zu Gloria.

Sie hatte sich auf den Boden gekauert und starrte zitternd auf ihre Handinnenflächen. Die Schnitte hatten tiefe Furchen hinterlassen, aus denen unaufhörlich tiefrotes Blut quoll.

„Was ist...?", fing sie stockend an und besah ihre roten Hände, doch Dirk blieb eisern: „Nicht reden und nicht aufregen! Hier nimm die Handtücher und press sie zwischen deinen Handflächen zusammen! Feste! Und nicht aufhören, hörst du! Ich rufe jetzt den Notarzt."

„Also wirklich, Glory! Ich weiß ja zu schätzen, dass du mich auf Trab halten möchtest, aber hätte es ein einfacher Spaziergang nicht auch getan?"

Gloria saß aufrecht in einem Krankenbett, von einer Armee aus Kissen gestützt, die Dirk alle persönlich aufgeschüttelt hatte, und besah sich das geplagte Gesicht ihrer Schwester. Sie wusste, dass Tanja versuchte, sie aufzumuntern.

Dirk hatte Tanja noch vor dem Krankenzimmer ein Update der letzten Nacht gegeben. Er erzählte ihr, dass die Ärzte viel damit zu tun gehabt hätten, die Blutungen zu stillen und die Wunden zu nähen. Wirklich tief seien die Schnitte nach Aussagen der Ärzte glücklicherweise nicht. Tanjas sich immer wiederholende Fragen nach dem Warum konnte ihr Dirk allerdings nicht beantworten. Beide schwiegen darüber, was die Ereignisse über Glorias psychischen Zustand aussagten.

Jetzt sah Tanja auf ihre kleine Schwester nieder, die Hände in dicke Mullverbände gewickelt und von sich gestreckt wie Fremdkörper. Sie nahm neben ihrem Bett Platz und musterte sie traurig. Dirk erkannte, dass es besser wäre, die beiden allein zu lassen, und gab vor, sich einen Kaffee zu holen.

„Glory, was war los?"

„Ich weiß es nicht."

„Du bist doch noch nie schlafgewandelt, oder?"

Gloria zuckte mit den Schultern. „Ich glaube nicht."

Mit gesenktem Blick strich Tanja mit der flachen Hand über das Betttuch, während sie nach den richtigen Worten suchte. „Gehst du eigentlich noch regelmäßig zu Doktor Blum?"

„Das weißt du doch."

Tanja nickte, ohne das Leinentuch aus den Augen zu lassen. Als sie dann wieder aufsah, hatte sie Tränen in den Augen. „Glory, mach keinen Scheiß. Ich brauche dich."

„Aber ich mache das doch nicht absichtlich!", rief Gloria entsetzt aus.

„Nein, das habe ich auch nicht gemeint." Tanja spürte, dass sie eine Grenze überschritten hatte, und ruderte schnell zurück. „Ich habe einfach nur schreckliche Angst um dich."

„Ich weiß", Gloria schob versöhnlich die verbundene Hand neben Tanjas und stupste sie leicht an.

Das zauberte zumindest ein gequältes Lächeln auf Tanjas Gesicht. Gleich bemühte sie sich, wieder die große, starke Schwester zu sein. Verschwörerisch lehnte sie sich zu Gloria vor und raunte: „Ich glaube ich werde dich noch heute für das Casting zur Verfilmung des nächsten Teils der *Mumie* anmelden."

„Mann, Tanja ...", Gloria rollte mit den Augen. Dann lachten sie gelöst, als hätte nicht eine der beiden sich um Haaresbreite das Leben genommen. Absicht oder nicht.

Dirk kam gerade mit dem Kaffee zurück und betrachtete die beiden Schwestern einen Augenblick lang nachdenklich. Er fragte sich, womit Gloria das alles verdient hatte. Er liebte seine Freundin aufrichtig, und ihren zarten Körper, demoliert und wehrlos, in diesem Krankenbett zu sehen, zerriss ihm das Herz. Es kam ihm vor, als ob die Wände des Kranken-zimmers eng zueinander rückten, je länger er sie betrachtete. Ihre Lebensgeschichte wirkte selbst auf ihn, der als Arzt schon vieles gesehen und erlebt hatte, erdrückend und bedrohlich. Irgendwie musste er ihr helfen.

Und doch hatte er den Eindruck, dass er wahrscheinlich gar nicht helfen konnte, solange sie ihm nicht ihr volles Vertrauen schenkte. Denn irgendetwas, und das spürte er seit Tagen, verheimlichte sie ihm. Ihm war bewusst, dass die Wunde an ihrer Schläfe mit großer Sicherheit nicht von einer Schranktür stammen konnte. Diese Verletzungen waren meist stumpfer und gingen nicht so tief. Also was in Dreiteufelsnamen ging hier vor?

* * *

Nicht mehr lange und ihre Mutter würde aus dem Krankenhaus zurückkommen. Tanja hatte ihr gesagt, dass es noch zu früh für ihre Tante sei, zu viel Besuch zu empfangen, daher war sie allein gefahren. Lydia wusste, dass ihr nicht viel Zeit blieb, um das zu überprüfen, was schon eine ganze Weile an ihr nagte. Sie hatte es gesehen, als sie zuletzt mit ihrer Mutter bei Gloria gewesen war, aber niemandem von ihrer Beobachtung erzählt.

Sie holte eine Taschenlampe aus der Küchenschublade, riss den Schlüssel vom Schlüsselbrett, huschte im Treppenhaus nach unten und überquerte nur Sekunden später den Hinterhof des Hauses. Dort öffnete sie den Schuppen, der den Hausbewohnern als

Abstellraum diente, und verschwand im Inneren. Sie betätigte den Lichtschalter und besah sich das Chaos. Sechs Wohnparteien stapelten hier ihre Campingstühle, Bücherkisten, Gartengeräte und sonstiges Zeug, das sie in ihren Wohnungen nicht täglich sehen wollten.

Lydia drückte sich an den gestapelten Kisten vorbei und steuerte in die hintere Ecke, wo die verkrümmten Überreste ihres Fahrrads an der Laubenwand lehnten. Sie zog die Taschenlampe aus der Hosentasche, hockte sich neben den Drahtesel und leuchtete auf den Rahmen des Rades, der vom Unfall stark verbeult und verzogen war. Sie fühlte mit ihren Fingern über das Blech, als wäre sie blind und müsste das Objekt ertasten. Dann hielt sie inne.

Da war die Stelle, die sie gesucht hatte. Unterhalb des Lenkradgestänges hatte der Wagen, der sie bei dem Unfall erfasst hatte, eine Delle hinterlassen. Und nicht nur das. Das Gelb ihres heißgeliebten Untersatzes wurde durchfurcht von einem leuchtend-roten Lackstreifen. Eine Farbkombination, die sie erst kürzlich gesehen hatte. Für Lydia bestätigte sich damit die Befürchtung, die sie seit Tagen umtrieb: Der Wagen, der sie erfasst und beinahe getötet hatte, gehörte ihrer Tante Gloria.

* * *

Er war müde und ausgelaugt, als er am späten Abend die Wohnungstür aufschloss. Dirk kickte seine Schuhe von den Füßen und schlurfte erschöpft in den Wohnraum. Er war seit der letzten Nacht nicht von Glorias Seite gewichen und besah sich nun das Chaos in ihrer gemeinsamen Wohnung. Er fasste sich in sein dichtes Haar und raufte sich die Locken.

Handtücher, mit tiefroten Blutflecken getränkt, lagen überall auf dem Fußboden verstreut und boten einen makabren Wegweiser bis in die Küche. Die Sanitäter hatten bei ihrem Eintreffen hektisch alle Sessel und Teppiche zur Seite geschoben, um vorsorglich Platz für den Abtransport der Verletzten zu sichern und entsprechendes Gerät heranzuschaffen.

Als Dirk in die Küche vortrat, traf ihn das blanke Entsetzen wieder, das ihn schon in der letzten Nacht überkommen hatte. Die Angst, die erneut in ihm aufkam, ließ brennende Magensäure in seiner Speiseröhre aufsteigen. Er schluckte zweimal trocken und besah sich die Küche, in der er und Gloria so oft zusammen gekocht oder mitten in der Nacht Tee getrunken hatten, wenn sie nicht schlafen konnten.

Jetzt war da auf den hellen Fliesen, im Zentrum des Raumes, eine blutrote, gerinnende Lache zu sehen. Um sie herum unzählige Küchentücher, die Zeugen seines kläglichen Versuches gewesen waren, die Blutungen zu stoppen. Neben diesem traurigen Bild lagen noch die Plastikverpackungen der Kanülen, die die Ersthelfer benutzt hatten. Ihre Fußabdrücke zeichneten sich in dem Rot von Glorias Blut ab. Ein Bild wie aus einem Schlachthaus. Auch Pauls Pfoten hatten eine klebrige Spur bis zur Couch gezeichnet. Darunter hielt sich der Kater versteckt und sah verängstigt zu Dirk herüber.

Das Messer, mit dem sich seine Freundin fast das Leben genommen hatte, lag noch da, wo er es hingetreten hatte. Die breite Blutspur beschrieb den Weg zu seiner Lage unter dem Küchentisch. Vorsichtig navigierte Dirk durch die Küche und beugte sich unter den Tisch. Er nahm das Messer auf und besah sich die blutverschmierte Klinge und den ebenso blutverklebten Schaft. Dann wendete er es und runzelte die Stirn.

Langsam wand er sich zur Küchenzeile und besah sich den hauseigenen Messerblock.

„Vollzählig", murmelte Dirk. Alle Messer waren an Ort und Stelle. Dann fiel sein Blick wieder auf die scharfe Klinge in seiner Hand. Ein gewöhnliches Fleischmesser, noch nicht einmal sonderlich geschärft. Aber scharf genug, um einem Menschen zu schaden. Dirk konnte mit Recht behaupten, dass er Glorias Küche besser kannte als jeden anderen Raum der Wohnung.

Er wendete das Messer erneut und besah es sich im Licht der Küchenlampe.

Ein gewöhnlicher Holzgriff, keine Gravur. Dirk war sich nun absolut sicher, dass das Messer nicht in diese Wohnung gehörte. Woher kam es aber dann? Er zog eine Küchenschublade auf, entnahm ihr einen wiederverschließbaren Gefrierbeutel und ließ das Messer hineingleiten. Dann zog er den Beutel zu und legte ihn bedächtig auf der Arbeitsplatte ab. Daraufhin besah er sich noch einmal das Durcheinander um ihn herum, atmete tief ein und machte sich dann auf den Weg, einen Putzeimer und Wischtücher zu holen. Er würde alles wieder für Glorias Rückkehr so herrichten, wie sie es kannte. Auch sonst, das schwor er sich, würde er alles wieder für sie in Ordnung bringen.

* * *

Das Klappern ihrer hohen Schuhe war schon lange zu hören, bevor sie die Tür zum Krankenzimmer aufstieß. Cornelia Blum ließ keinen Zweifel daran, in welcher Rolle sie die Frau in Zimmer dreihundertsechs besuchte. Kurzerhand bat sie eine irritierte Krankenschwester, den Raum zu verlassen und zu verhindern, dass sie und ihre Patientin – sie legte eine Betonung auf *ihre Patientin* – in der nächsten Stunde gestört würden. Als die Schwester insistieren und den behandelnden Arzt rufen wollte, erklärte Blum, dass sie bereits alles Notwendige mit ihm besprochen habe. Das Einzige, das der jungen Frau somit blieb, war, mit den Achseln zu zucken, Fiebermesser und Blutdruckmessgerät einzustecken und zu gehen. Nachdem sie die Tür hinter sich zugezogen hatte, sahen sich Gloria und Blum einige Sekunden schweigend an.

Dann durchbrach Glorias Stimme die Stille: „War es Dirk?"

„Ja", erwiderte ihre Ärztin kurz, stellte ihre Handtasche auf Glorias Beistelltisch ab und zog einen Hocker heran. Als sie darauf Platz genommen hatte, richtete sie ihren ruhigen Blick auf Gloria.

„Sie wären ja wahrscheinlich nicht auf die Idee gekommen, mich herzubitten, oder?"

Gloria sah sie schuldbewusst an, wie ein ertapptes Kind. „Wollen Sie mir jetzt den Kopf waschen?", fragte sie dann und wartete auf Blums Zurechtweisung.

„Nein, eigentlich hatte ich das nicht vor."

„Was hat Dirk noch erzählt?"

„Oh", begann Blum und der sarkastische Unterton in ihrer Stimme brachte ihre Worte in Formation, „eigentlich nicht viel. Er sprach nur davon, dass Sie mitten in der Nacht in Ihrer Küche standen, Dinge über Tod und Teufel gemurmelt und sich dabei mit einer breiten Messerklinge die Handinnenflächen bearbeitet haben. Mehr eigentlich nicht." Dann hob sie den Zeigefinger. „Ach doch, da ist noch was. Er meinte noch, dass es vielleicht eine gute Idee wäre, wenn ich mal bei Ihnen vorbeischaue." Nach einer kleinen Pause fragte sie: „Und?"

„Und was?", meinte Gloria und reizte ihre Ärztin damit aufs Blut.

„Liebe Frau Doktor Brix. Wenn mich Ihr Freund, dessen Fürsorge für Sie im Übrigen bewundernswert ist, nicht informiert hätte, dass das Messer nur Ihre Hände malträtiert hat, würde ich glauben, Sie hätten eine Kopfverletzung."

Gloria hätte gerne eine körperliche Reaktion auf diese Attacke gezeigt, doch die schweren Verbände, nicht zu vergessen, die Schmerzen, machten es ihr schier unmöglich.

„Wollen Sie mich zum Lachen bringen?", meinte Gloria knurrig.

„Funktioniert es denn?", meinte Blum und zwinkerte ihr zu. Dann schlug sie die Beine übereinander und begann wohlwollend: „Dann will ich mal nicht so sein. Mein Und bezog sich auf die Frage, ob es eine gute Idee war, bei Ihnen vorbeigekommen?"

„Bis vor ein paar Minuten hatte ich das noch geglaubt", jetzt war es an Gloria, ihrer Ärztin ein Zwinkern zu schenken.

Damit hatte Blum genau das erreicht, was sie wollte. Gloria sollte sich entspannen. Nach ihrem letzten Gespräch hatte sie Gloria zum ersten Mal als nicht gefährdet eingestuft. Und jetzt das.

„Ich bin wirklich froh, dass Sie da sind."

„Gut", meinte Blum, „wollen Sie anfangen oder soll ich?", fragte sie dann motivierend.

„Nein, ist okay. Ich versuche es mal", antwortete Gloria schwerfällig.

Dann erzählte sie von Dirks Dienstreise und den Vorbereitungen für ihr Abendessen. Blum wartete geduldig ab, bis Gloria endete: „Dann sehe ich plötzlich Dirk vor mir und höre wie er was von einem Notarzt und Blut sagt. Und ich sah das Messer über den Küchenboden schlittern. Überall war mein Blut. Dann bin ich wohl weggetreten."

Blum stellte fest, dass Gloria ihren Bericht beendet hatte und fasste nach: „Was haben Sie während der Vision gesehen, als sie sich selbst verletzt haben?"

„Ich habe Sandra gesehen. Sie stand da, blutüberströmt, und dann ertrank sie vor meinen Augen im Regen. Es war wie ...", Gloria suchte in ihrer Erinnerung nach einem Vergleich, fand aber nichts Adäquates.

„Wie fühlen Sie sich jetzt gerade?"

„Sicher."

„Und wie haben Sie sich an dem Abend vor dem Anfall gefühlt?"

„Gut."

„Sicher?"

„Ja."

Blum fühlte, dass da etwas sein musste. Irgendwas
verheimlichte Gloria. „Haben Sie Ihre Medikamente
an diesem Tag eingenommen?"

„Ja." Gloria zögerte. „Ich habe kurz vor dem Anfall
noch mal eine Tablette genommen", meinte sie dann
nach einer Weile leise.

Blum versuchte es mit einem Frontalangriff. „Dann
hatten Sie im Gefühl, dass es zu einer Vision kommen
würde. Dann wissen Sie vermutlich auch, was der
Auslöser war."

„Nein, das weiß ich nicht!"

Blum ignorierte diese heftige Trotzreaktion, ver-
schränkte die Arme und wartete. Nach einem kurzen
Moment rückte Gloria allerdings doch noch mit der
Sprache heraus: „Meine Schwägerin hat mich kontak-
tiert."

Blum hob überrascht die Augenbrauen. „Sandras Mutter?"

„Ja."

„Was wollte sie?"

„Sie wollte mich treffen, um mir etwas Wichtiges zu sagen. Aber sie tauchte nicht am Treffpunkt auf."

Blum zweifelte am Wahrheitsgehalt der Erzählung, doch ihr blieb nichts als die Kröte zu schlucken. „Und das hat Sie also so aufgewühlt, dass sie entschieden haben, eine zusätzliche Dosis zu nehmen?"

„Ja, ich habe eine Tablette vor dem Essen genommen, so wie ich es tun soll, und weil mir klar war, dass ich nach einem solchen Tag besonders gefährdet bin."

„Und trotz dieser Vorkehrung passierte es."

„Ja, komisch, nicht wahr?" Gloria besah sich nachdenklich die Verbände an ihren Händen und Blum folgte ihrem Blick.

Wie konnte das sein? Natürlich war es nicht ausgeschlossen? Aber Gloria hatte ihr versichert, dass sie keine Panik empfunden habe. Die Einnahme war völlig nach Indikation erfolgt und hätte Gloria Gelassenheit verschaffen müssen. Stattdessen war die Situation vollkommen eskaliert. Das konnte eigentlich nur eines bedeuten. Und wenn sich bewahrheiten würde,

was Blum vermutete, ging von der kommenden
Nacht keine Gefahr für Gloria aus.

XI. Kapitel

Dirks gute Vorsätze waren zerplatzt wie eine Seifenblase, als seine Erschöpfung ihn übermannte. Er hatte zwar alle Putzutensilien hervorgeholt, war jedoch nur wenig später wie ein Baum auf die Couch gefallen und erst am späten Abend genau in dieser Haltung und seinen Kleidern wieder aufgewacht.

Sein Gewissen meldete sich, und so begann er augenblicklich mit dem Aufräumen. Gerade als die letzte, blutige Erinnerung in Form eines Eimers voller Putzwasser mit der Toilettenspülung dahinfloss, klingelte das Telefon. Dirk konnte die Stimme am anderen Ende nicht gleich zuordnen und musste sich anhand des Kontextes zu einem Gesicht durcharbeiten.

„Ich vermute, sie hat etwas eingenommen, das den Schub ausgelöst hat", begann Blum ohne Begrüßung.

„Was?", fragte er kopflos.

„Dirk, sind Sie es?", fragte nun Cornelia Blum ebenso irritiert.

„Ja, ich bin's."

„Was verstehen sie denn dann an meiner Aussage nicht, Herr Kollege?" Blum wusste von Gloria, dass

Dirk ebenfalls Arzt war, und erlaubte sich daher einen rauen Umgangston.

„Entschuldigen Sie, ich war gerade dabei, die Wirren der letzten Nacht zu beseitigen. Ich stehe ein bisschen neben mir."

„Oh", Blum bereute ihr bissiges Verhalten sofort, „es tut mir leid. Ich wollte nicht schroff sein ..."

„Nein, das sind Sie ganz und gar nicht. Ich bin nur derzeit etwas langsam im Kopf. Also, was sagten sie da über die Medikamente, die Gloria genommen hat?"

„Nun, ich habe den Eindruck, dass sie etwas eingenommen hat, das nicht", sie suchte nach einer vorsichtigen Formulierung, „ihrer regulären Medikation entspricht."

Dirk reagierte schockiert: „Sie meinen also, dass sie sich vergiften wollte? Bewusst?"

„Nein, Stopp! Das habe ich nicht behaupten wollen. Natürlich wäre es grundsätzlich nicht abwegig. Immerhin zeigen vergleichbare Krankengeschichten auch solche Reaktionen, aber Gloria machte in den letzten Wochen eine positive Entwicklung durch. Deshalb glaube ich, dass sie unter Umständen nicht wusste, was sie tat."

Dirk raufte sich einmal mehr den dichten Schopf. „Wie soll das gegangen sein? Hat sie zu den falschen Tabletten gegriffen oder etwas gemischt?"

Blum suchte nach den richtigen Worten. „Deshalb rufe ich an. Ich möchte Sie gerne bitten, das mit mir herauszufinden. Sozusagen unter Kollegen. Ich muss allerdings darauf hinweisen, dass ich Ihnen aufgrund meiner Schweigepflicht zu keinem Zeitpunkt Details zu Glorias Behandlung wiedergeben werde. Das verstehen Sie sicher."

„Klar", meinte Dirk eifrig, „was soll ich tun?"

„Gloria trägt die Tabletten meines Wissens immer bei sich. Zumindest haben wir das so vereinbart. Könnten Sie mal in ihrer Tasche nachsehen?"

„Moment", meinte Dirk und nahm das Handy mit ins Wohnzimmer, wo er Glorias Tasche nach dem Aufräumen abgelegt hatte.

Mit einer Hand wühlte er im Inneren und zog nur wenig später eine kleine Medikamentendose mit einem Sicherheitsverschluss hervor.

„Ich habe sie gefunden", meinte er schließlich.

„Gut", lobte Blum seinen Erfolg. „Was steht drauf?"

„Seroquel 100 mg", las Dirk von dem Etikett vor.

„Das sind ihre", bestätigte Blum.

Dirk besah sich die Dose und schüttelte sie, als könnte ihm das Rasseln der Tabletten etwas verraten.

„Hat sie noch andere Medikamente in der Tasche?", wollte Blum wissen.

Dirk bat sie, einen Moment zu warten, und legte das Handy weg. Kurzerhand schüttete er den gesamten Inhalt der Tasche auf dem Sessel aus. Glorias Portemonnaie, ein Notizbuch, ihr Handy, ein angebrochenes Päckchen Kaugummi, Taschentücher, ihr Haustürschlüssel, ein zerknüllter Zettel, ihr Praxisschlüssel, ein Haarband und zwei Lippenstifte purzelten daraus hervor. „Nein", sagte Dirk, als er das Telefon wieder an sein Ohr presste.

Blum antwortete nicht sofort.

Dirk deutete Blums Fragen: „Verstehe ich Sie richtig, wir suchen nach etwas, das den Schub provoziert hat? Eine Art Stimulanz, richtig?"

„Ja, genau, das ist meine Befürchtung."

„Warum sollte sie das tun?", fragte Dirk irritiert.

„Das ist es, was wir herausfinden sollten", meinte Blum beschwörend.

Nachdem Dirk aufgelegt hatte, tat er, was er mit Blum abgesprochen hatte. Er durchsuchte alle Schubladen, Schränke, Hosen- und Jackentaschen, einfach alles, das ihm in die Finger kam. Dabei beschlich ihn das schreckliche Gefühl, seine Freundin zu hintergehen. Er fühlte sich wie ein Eindringling in ihrer Wohnung oder schlimmer noch, wie ein Dieb ihrer Privatsphäre. Er würde es ihr erklären, auch wenn sie ihn niemals danach fragen sollte.

Nach Stunden der Suche, es war schon Mitternacht, ließ er sich auf die Couch fallen und legte den Kopf in den Nacken. Er hatte nichts gefunden.

Glorias nächtliche Attacke war also offenbar das, was alle befürchtet hatten aber nicht laut aussprechen wollten: ein Rückfall. Aber würde Gloria nicht bemerkt haben, wenn es ihr schlechter ginge? Würde sie dann nicht zu den richtigen Tabletten gegriffen haben?

Und da er, Dirk, nun ihr gegenüber offengelegt hatte, dass er wusste, dass sie Psychopharmaka nahm, hätte sie sich nicht einmal dafür schämen müssen. Sie hätte das Medikament vor seinen Augen nehmen können. Oder war der Alkohol am Ende der Auslöser? Dirks Gedanken wirbelten umher wie Blätter in einem Tornado. Dann plötzlich befand er sich im Auge dieses Geistessturms und sah völlig klar. Die Erkenntnis traf ihn wie ein Blitz. Sie hatte die Tabletten wahrscheinlich sogar eingenommen. Aber was, wenn ...?

Er sprang auf und war mit einem Satz wieder bei Glorias Handtasche. Er griff nach dem Tabletten-Döschen, drückte den Sicherheitsverschluss gegen den Uhrzeigersinn herunter und schraubte den Deckel auf. Mit dem Rand der Dose klopfte er in seine Handinnenfläche worauf einige der Tabletten hervorrollten. Er stellte das Behältnis fort. Mit zittriger Hand hielt er die Filmtabletten fest umklammert, während er mit der anderen Blums Nummer wählte.

Nur kurz darauf meldete sich eine schläfrige Stimme: „Haben Sie doch noch etwas gefunden?" Dirk vergaß, sich für die späte Störung zu entschuldigen, und fiel mit der Tür ins Haus.

„Wie sehen diese Tabletten aus?"

„Seroquel?", meinte Blum müde.

„Ja."

Blum dachte einen Augenblick nach. Dann zitierte sie murmelnd aus dem Gedächtnis: „Die 100mg-Filmtablette, die ich Ihrer Freundin verschrieben habe, ist gelb, rund und wölbt sich ein bisschen nach außen. Der Produktname ist auch auf die Oberseite der Tablette geprägt. Das soll Verwechslungen verhindern. Wieso?", schob sie dann noch nach.

Dirk starrte auf das Medikament in seinem Handteller. Es war weiß, rund und in der Mitte hatte es eine Bruchkerbe. Die Gravur auf der Tablette zeigte *CG*, auf der anderen Seite stand deutlich *A/B*.

* * *

Gloria war am Samstagmorgen schon früh wach und beobachtete durch das Fenster ihres Krankenzimmers, wie die Sonne aufging. Durch die nur mäßige Isolierung der Scheiben hörte sie dabei zu, wie nach und nach die Vogelwelt erwachte, um einen neuen Tag zu begrüßen. Auch wenn sie das muntere Zwitschern üblicherweise beflügelte, lag sie einfach nur da und starrte nach draußen. Sie stellte fest, dass die Medikamente, die man ihr vor dem Schlafen gegen die Schmerzen gegeben hatte, ihr zumindest ausreichend Schlaf verschafft hatten. Dennoch fühlte sie sich nicht ausgeruht. Ganz im Gegenteil.

Sie gab sich ihren Gedanken bis zum Frühstück hin, aß nur lustlos und döste danach wieder ein. Geweckt wurde sie erst wieder, als die Tür vorsichtig aufgeschoben wurde und Lydias drahtiger Körper durch den Türschlitz schlüpfte. Mit wenigen, lautlosen Schritten rückte das Mädchen zu ihrem Bett vor und starrte auf ihre Tante herab.

„Was ist?", stammelte Gloria unsicher und bemerkte, wie hilflos sie sich in diesem Moment fühlte. Es fiel ihr schwer, sich klarzumachen, dass es nur ihre Nichte sei, die da vor ihr stand. Die Tochter ihrer Lieblingsschwester. Sie fragte sich, warum sie das Gefühl einer Anspannung beschlich.

„Ich musste dich sehen", meinte Lydia, und Gloria spürte das dringliche Gefühl, sich aufzurichten, nur um einen psychologischen Vorteil durch körperliche Größe zu zeigen, doch ihre Unbeweglichkeit ließ sie resignieren.

„Willst du dir nicht einen Hocker holen und dich setzen?", versuchte sie es daher anders.

„Nein, danke", antwortete Lydia kurz angebunden, „ich bleibe nicht lange."

„Also", meinte Gloria, „was ist los?"

Lydia kniff die Augen zusammen, als müsste sie eine schwerwiegende Entscheidung treffen. Gloria hatte Angst, dass Lydia ihren Herzschlag durch das dünne

Betttuch sehen könne. Doch Lydia konzentrierte sich nur auf Glorias Gesicht.

„Ich habe etwas herausgefunden. Etwas, das mit dir zu tun hat."

Was konnte Lydia meinen? Gloria wartete geduldig auf die Fortsetzung. Als diese nicht kam, fasste sie nach: „Wenn du über etwas mit mir reden willst, warum tust du es dann nicht einfach?"

Lydia dachte einen Moment nach, besah sich Glorias körperliche Lage und traf eine Entscheidung.

„Ich bin nicht sicher, ob ich gerade mit dir darüber reden sollte."

„Aber du bist hier", konterte Gloria schnell.

„Ja, das ist wohl ein gutes Zeichen, oder?"

„Sag du es mir", meinte Gloria, „ich weiß ja nicht einmal, worum es geht."

„Okay", Lydia nahm sich ein Herz, „es ist so. Ich habe dir immer vertraut. Du warst für mich immer vielmehr eine große Schwester als eine Tante. Also nicht so eine Tante wie die, die zu Kaffee und Kuchen kommt, über Seifenopern quasselt und sich dann auf ihr Hollandrad schwingt und wieder abdampft. Du bist vielmehr eine Freundin."

Gloria nickte. Bis hier war ihr alles vertraut. Dennoch wusste sie, dass das nur die Einleitung war. Sie gab Lydia ein aufmunterndes Zeichen fortzufahren.

„Die Beule und die Kratzer an deinem Auto…“, begann ihre Nichte nun zaghaft und unterbrach sich selbst.

„Ja?“, forderte Gloria sie auf weiterzusprechen.

„Die sind von meinem Fahrrad.“

Es war raus. Lydia schien erleichtert, doch Gloria brachte keinen Ton mehr hervor. Mit offenem Mund starrte sie Lydia an. Als sich der Zustand fortsetzte, fühlte Lydia sich verpflichtet, ihrer Tante eine Erklärung zu geben.

„Ich will ja nicht sagen, dass du es absichtlich gemacht hast. Das glaube ich nämlich nicht.“

Gloria schluckte trocken und stellte dann fest, dass sich ein Rauschen in ihren Ohren bemerkbar machte, welches einer Waschmaschine alle Ehre hätte machen können.

„Wieso sagst du, dass ich dir etwas angetan haben soll? Warum sollte ich das tun?“

Lydia zuckte mit den Achseln. „Die Spuren von deinem Auto sind auf meinem Rad und umgekehrt. Ich habe das gecheckt.“

„Spuren?", fragte Gloria ungläubig.

„Ja, rote Lackkratzer. Aber wie gesagt", fügte Lydia hastig hinzu, „ich glaube nicht, dass du es absichtlich getan hast."

„Sondern?", fragte Gloria mit aufgerissenen Augen.

„Vielleicht in einer Art Wahn", meinte Lydia sauber zu kontern und stieß damit den Dolch des Misstrauens geradewegs in Glorias Herz.

„Du denkst also, weil deine Tante eine Verrückte ist, kann man ihr den ein oder anderen Mordanschlag verzeihen?" Gloria bereute augenblicklich, was sie gesagt hatte. Sie hörte selbst wie schroff sie ihre Nichte angegangen war, doch das Mädchen blieb gelassen.

„Es ist doch so. Das Ganze ist schon einmal passiert. Warum sollte es in meinem Fall anders gewesen sein?"

Gloria starrte sie um Fassung ringend an. Meinte Lydia das im Ernst oder wollte sie sie nur reizen? War Tanjas Kind am Ende nicht besser als der Rest der Verwandtschaft? Wollte es die Wahrheit herauskitzeln zu dem, was damals geschah? Das Geräusch in Glorias Kopf wuchs zu einem Wasserfall-ähnlichen Donnern. Oder wäre es am Ende doch nur ein weiterer Hinweis darauf, dass sie selbst die Kontrolle über ihr bewusstes Handeln verloren hatte? Sie nahm alle Kraft zusammen, die nächsten Worte ruhig, aber dennoch bestimmt hervorzubringen: „Ich habe dich ganz sicher nicht angefahren! Weder bewusst noch unbewusst. Du weißt, dass ich dir nie etwas antun würde."

„Okay", meinte Lydia gleichgültig, „das wollte ich auch nur wissen. Ich muss jetzt los."

„Wie bitte?", Gloria konnte nicht fassen, was sich da an ihrem Krankenbett abspielte. „Wollen wir nicht darüber reden?", fragte sie daher irritiert.

„Nein, worüber denn?", meinte Lydia. „Du hast mir gesagt, dass du es nicht warst. Das reicht mir. Ich muss los, Mama wartet auf mich." Lydia hob zum Abschied kurz die Hand, dann fiel ihr noch was ein: „Ach, übrigens, das bleibt unser Geheimnis."

* * *

Doch Lydia stand ihrer Tante im Verdrehen von Wahrheiten in nichts nach. Ihr Weg aus dem Krankenhaus führte sie weder zu ihrer Mutter, noch behielt sie das versprochene Geheimnis für sich.

„Das alles ergibt einen Sinn, findest du nicht auch?“ Sven hatte Lydias Bericht gelauscht und dabei grimmig aus dem Fenster gestarrt.

Die beiden hatten sich im *Extrablatt* verabredet, nachdem Lydia ihrem Cousin von ihrer Entdeckung erzählt hatte. Lydia nippte an ihrer Limonade, während Svens Kaffee bereits unangerührt kalt wurde.

„Ich weiß nicht“, meinte Lydia nachdenklich. „Sie wirkt ja nicht wirklich wie eine Killerin.“

Svens Kopf flog zu ihr herum. Mit einem bösen Funkeln in den Augen zischte er: „Ach, ja? Und wie muss eine Killerin deiner Meinung nach aussehen?“

„Reg' dich doch nicht gleich wieder so auf. Ich will ja nur sagen, dass ich es nicht recht glauben kann.“

Sven schnaubte und sah wieder aus dem Fenster: „Was braucht es für dich, um endlich zu begreifen, was so offensichtlich ist?“

Lydia dachte einen Moment lang ernsthaft über diese Frage nach. Nach dem, was Sven ihr von dem damaligen Geburtstagsdrama und den Jahren danach berichtet hatte, sollte sie tatsächlich besorgter sein. „Was macht dich so sicher, dass eine Gefahr von Gloria ausgeht?“, meinte sie dann.

Sven wandte sich ihr langsam zu und sah sie mit eindringlichem Blick an: „Ich war damals zu klein, um wirklich zu verstehen, was sie unserer Familie angetan hatte. Aber wenn ich heute die Puzzleteile zusammensetze, steht für mich fest, dass sie die Einzige ist, die schon damals verstört und gefährlich war. Selbst mein Vater hat mir erzählt, dass die Familie phasenweise Angst vor ihr hatte. Sie war schon als Mädchen berechnend und gefühlskalt. Stell dir vor, sie hat noch nicht einmal reagiert, nachdem es damals passiert war."

„Um ehrlich zu sein, wirkst du auf mich auch sehr sachlich und unterkühlt", meinte Lydia zögerlich, „aber deshalb halte ich dich nicht gleich für einen Mörder."

Sie fröstelte, trotz der Strickjacke, die sie trug, als Sven kühl lächelnd erwiderte: „Ich finde, du solltest wesentlich wachsamer sein, liebe Cousine. Irgendwie scheint den Frauen unserer Familie ein gesundes Maß an Vorsicht zu fehlen."

XII. Kapitel

Am Montagmorgen durfte Gloria endlich das Krankenhaus verlassen. Dirk hatte sie abgeholt und fasste die jüngsten Nachrichten aufgeregt im Zeitraffer zusammen: „Ich habe für dein Leibgericht eingekauft und dein Wagen ist auch wieder aus der Werkstatt zurück. Deine Mutter will übrigens heute Abend vorbeischauen, und Tanja hat dir noch eine ganze Batterie *After Eight* vorbeigebracht. Die magst du doch so gerne. Sie und Lydia hatten übrigens auch Paul für ein paar Tage zu sich geholt, damit ich mich um dich kümmern konnte. Lydia hat sich super um ihn gekümmert. Sie ist ein sehr verantwortungsbewusstes Mädchen. Sobald du bereit bist, bringen sie ihn wieder her. Ach ja, Blum möchte dich morgen unbedingt sehen. Sie hat noch eine neue Packung deines Medikaments vorbeigebracht. Das andere", kurz geriet er bei dieser Notlüge ins Straucheln, „hatten die Notärzte wohl einfach mitgenommen. Wenn du sie früher sehen magst, steht sie dir auch heute Abend schon zur Verfügung, hat sie gemeint. Und Matilda wünscht dir weiter gute Besserung und hat mich gezwungen, dich so lange von der Arbeit fernzuhalten, bis du wieder vollkommen genesen bist. Ich zitiere: ‚Dieser Workaholic soll es wagen, sich hier blicken zu lassen, bevor er nicht wieder ein Sektglas aufrecht halten kann.‘ Klingt ganz nach ihr, oder?“, Dirk sprudelte nur so vor Aufregung und Freude darüber, dass Gloria endlich wieder zu Hause war.

Ihm war jedoch auch klar, dass ein Teil seiner Erleichterung nur aufgesetzt war und die Sorge um das, was Gloria als Nächstes zustoßen könnte, überwog. Er war sich sicher, dass Gloria diese Schwingungen auch fühlte. Unsicher wie ein kleines Kind stand sie neben ihm und besah sich zögerlich ihre eigene Wohnung, als sähe sie sie zum allerersten Mal.

Ihre linke Hand war am Morgen noch von einer Schwester mit einem frischen, leichten Verband versorgt worden, die rechte umzog ein breites Pflaster, ummantelt mit einem elastischen Tape. Der Arzt hatte Dirk erklärt, dass die linke Hand deutlich stärker in Mitleidenschaft gezogen worden sei, da Gloria Rechtshänderin war. Sie hatte ihre Kraft also hauptsächlich gegen ihre linke Hand gerichtet. Die rechte Hand war mit weniger tiefen Schnitten relativ unversehrt geblieben. Dirk musste ihm versprechen, gut auf Gloria Acht zu geben und sie regelmäßig zu den ärztlichen Kontrollen zu fahren.

Erschöpft sank Gloria auf die Couch, ließ den Kopf in den Nacken fallen und schloss die Augen. „Danke", murmelte sie dann.

„Du musst dich nicht dafür bedanken, dass ich dich abgeholt habe."

„Nein, das meine ich auch nicht. Ich meine, für das hier." Sie hob den Kopf und schloss mit einer Geste die gesamte Wohnung ein. „Du hast alle Spuren beseitigt. Ich kann mir nur vorstellen, wie schlimm es hier ausgesehen haben muss."

„Ehm, ja", nuschelte Dirk, „das ist keiner Rede wert. War nur ein bisschen Hausarbeit."

Sie wusste, dass es mehr war. Auch emotional. Dirk überspielte seine Unsicherheit, um sie nicht zu ängstigen, und sie war ihm dafür sehr dankbar.

Dirk schrak auf. Er musste im Sessel eingeschlafen sein. Das Erste was er spürte, war ein stechender Schmerz im Nacken. Scheinbar war sein Kopf im Schlaf zur Seite gerutscht. Noch bevor er sich fragen konnte, warum er eigentlich aufgeschreckt war, lieferte die Türklingel die Antwort. Auch Gloria war von dem dringlichen Läuten aufgewacht und sah Dirk aus müden Augen an.

„Ich gehe hin", meinte Dirk und stand schwerfällig auf.

Er hörte Stimmen vor der Tür, und als er sie einen Spalt weit öffnete, brauchte es keine weitere Erklärung.

„Können wir bitte mit Gloria Brix sprechen?", fragte einer der Kriminalbeamten, ein kleiner, untersetzter Mann mit Vollbart, der ihm seinen Dienstausweis entgegenstreckte. Ein jüngerer Mann stand stumm daneben und musterte Dirk eindringlich. Er überragte seinen älteren Kollegen um mindestens einen Kopf, war schlaksig und hatte die dünnen Arme in die Hüften gestemmt. Dirk entging nicht, dass seine Hand dabei nahe bei seiner Schusswaffe verblieb.

„Was möchten Sie von ihr?", fragte Dirk und bemühte sich entspannt zu wirken.

„Wir möchten mit ihr reden." Mehr wollte der ältere Beamte nicht preisgeben.

„Über was?", versuchte Dirk es erneut, doch seine Gegenwehr war nicht mehr als der schwache Versuch, für Gloria Zeit zu gewinnen, damit sie sich in Ruhe sammeln konnte.

„Wer sind *Sie*?", fragte nun der jüngere Beamte und drückte seinen Rücken durch, um die volle Staatsgewalt zu demonstrieren. Dabei gab seine Lederjacke ein knarzendes Geräusch von sich.

Dirk zeigte sich wenig beeindruckt. „Doktor Dirk Feldner. Ich wohne hier."

„Ist Frau Brix zu Hause?", drängte der untersetzte Beamte ein weiteres Mal, und Dirk hörte heraus, dass er die Geduld verlor.

Er warf einen Blick zurück in den Wohnraum und sah, dass Gloria eine einladende Geste vollführte. „Ja, sie ist hier. Möchten Sie reinkommen?"

„Danke", meinte der Ältere und schob sich schräg durch die Tür, als hätte er Angst, mit seinem fülligen Leib im Türrahmen stecken zu bleiben. Der schlanke, großgewachsene Mann folgte ihm in die Wohnung. Wachsam sah er sich dabei zu allen Seiten um. Dirk führte die Beamten in den Wohnraum.

„Mein Name ist Karsten Menke", sagte der Beleibte, „und das hier", er wies mit seiner Hand auf den hochgewachsenen Kollegen, „ist Tobias Herbst. Wir sind von der Kriminalpolizei. Sind Sie Gloria Brix?"

Gloria bestätigte das knapp und bot den Herren an, sich zu setzen. Während sie der Aufforderung nachkamen, musterte der Beamte namens Menke Glorias Verbände.

„Hatten Sie einen Unfall?"

„Ja, etwas in der Art. Was kann ich für Sie tun?", fragte Gloria. Insgeheim hatte sie eine Ahnung, was als Nächstes kommen würde. Sicherlich ging es um ihre Drohungen gegen Pauls Schänder. Wenn sie sich nicht täuschte, gab es eine Frist zur Beantwortung der Klageschrift, der sie offenbar nicht nachgekommen war. Sie würde sich erklären müssen, vielleicht stand darauf sogar eine Strafe. Dass dafür allerdings zwei Kriminalbeamte entsandt wurden, schien ihr überzogen.

Dirk bot den Beamten ein Glas Wasser an, was beide jedoch ablehnten. Der Jüngere, Herbst, zog einen Notizblock und einen Kugelschreiber hervor und hielt sich bereit.

Menke kam gleich zur Sache. „Frau Brix, sind Sie mit Frau Katrin Mayfeld, geschiedene Brix, bekannt oder verwandt?"

In Glorias Kopf vermischten sich die Gedanken sofort wie umherwirbelnde Klänge auf einer Kirmes. Das Karussell wurde schneller und schneller und leierte alle Optionen durch, die zur Frage des Beamten führen konnten. Katrin konnte ausgeplaudert haben, dass Gloria vor Jahren ihre Tochter umgebracht haben soll. Also ein später Rachefeldzug. Vielleicht ging es auch um einen perfiden Scherz, mit dem sie sie in die Enge treiben und zur Selbstbelastung zwingen wollte. Gloria bekam keinen klaren Gedanken zu fassen.

Auch Menke stellte fest, dass Gloria nicht bei der Sache war, und wiederholte nachdrücklich: „Ich würde gerne von Ihnen wissen, ob Sie eine Katrin Mayfeld kennen?"

Dirk räusperte sich laut und gab Gloria mit einem bedeutungsschwangeren Kopfnicken zu verstehen, dass es besser sei, zu antworten. „Ja. Ja, Katrin kenne ich. Wir waren verschwägert."

Der junge Beamte machte eine schnelle Notiz, dann konzentrierte er sich wieder auf Glorias Körpersprache.

Gloria wurde unruhig, und ihr Herzjagen wetteiferte mit dem Rauschen in ihren Ohren.

„Wann haben Sie Ihre Schwägerin zuletzt gesehen?"

„Ex-Schwägerin", korrigierte Gloria, hoffte sie doch, dadurch Zeit zu gewinnen. „Ex-Schwägerin",

wiederholte Menke ohne Groll über diese Maßregelung. „Also?", hakte er kühl nach.

Glorias Blick ging zu Dirk und dann zurück zu den
Beamten. Sie würde die Wahrheit sagen müssen. Sie
schämte sich für das, was sie vor Dirk geheim gehalten hatte, und sie wusste schon jetzt, dass ihn ihre
Antwort tief verletzen würde.

„Ich habe sie Samstag vor einer Woche getroffen." Mit
einem scheuen Blick zu ihrem Freund versuchte sie
dessen Stimmung zu prüfen. Sie sah, was sie erwartet
hatte. In seinen Augen spiegelten sich Unglaube und
Enttäuschung wider.

„Wo trafen Sie sie?"

„In einem Café in der Stadt. Das *Bastian's*." Aus dem
Augenwinkel sah sie, wie Dirks Körper versteifte.
Dennoch blieb er an ihrer Seite.

„Trafen Sie sich zufällig dort?"

„Nein, wir haben uns verabredet."

„Haben Sie das häufig gemacht?"

„Nein, es war das erste Mal nach langer Zeit, dass wir
uns gesehen haben."

Der Jüngere machte erneut Notizen. Menke hob die
Augenbrauen: „Was war der Anlass?"

Gloria wartete einen Augenblick und fragte dann: „Ist etwas passiert? Warum fragen Sie mich das alles?"

„Weil wir eine Sache überprüfen müssen."

„Welche Sache?"

„Eine Ermittlungssache."

„Worin ermitteln Sie denn?", Gloria hörte selbst, wie unsicher ihre Fragen klangen.

„Beantworten Sie bitte erst einmal *unsere* Fragen." Zum ersten Mal in der Befragung meldete sich der Kollege Herbst zu Wort und rief Gloria schroff zur Ordnung. Seine Stimme wirkte wesentlich tiefer und autoritärer, als sein Erscheinen vermuten ließ. In einer gewissen Weise machte dies Eindruck auf Gloria. Dennoch begehrte sie gegen die zur Schau getragene, staatliche Allmacht auf.

„Ich verstehe, dass ich Ihre Fragen beantworten muss, aber Sie verstehen doch sicher auch, dass ich wissen möchte, weshalb Sie mir diese Fragen stellen. Und ich möchte auch wissen, ob ich unter irgendeiner Anschuldigung oder einem Verdacht stehe. Ich weiß ehrlich gesagt überhaupt nicht, was Sie von mir wollen." Die beiden Beamten tauschten einen schnellen Blick aus und schienen dabei eine Entscheidung zu treffen. Menke richtete sich ein Stück weit auf, wurde jedoch gleich von seinem eigenen Bauch an die Gravitation erinnert. Schnell ließ er die Ellbogen auf seinen Knien landen. Schwerfällig beugte er sich vor.

„Frau Brix, Ihre", er machte eine Kunstpause, um sich der richtigen Bezeichnung zu bedienen, „Ex-Schwägerin wurde tot aufgefunden. Wir suchen Zeugen und überprüfen ihre letzten Kontakte."

Gloria entwich jedes rote Blutkörperchen aus dem Leib. Ihre Haut wurde so aschfahl, dass Dirk einen Satz nach vorne machte, sich neben sie setzte und ihr einen Arm um die Schulter legte. Vorwurfsvoll sah er die Polizeibeamten an.

„Meine Freundin hat einen mehrtägigen Klinikaufenthalt hinter sich. Sie ist noch sehr geschwächt."

Menke räusperte sich: „Das tut mir leid. Aber in einem solchen Fall ist es wichtig, dass wir den Spuren unmittelbar nachgehen, um keine Zeit zu verlieren. Ich hoffe, Sie verstehen das."

Gloria brauste auf: „Was meinen Sie mit ‚in einem solchen Fall'?"

Menke entschied sich, die Frage zu beantworten, hielt es jedoch vage: „Wir müssen aufgrund der Umstände davon ausgehen, dass Frau Mayfeld durch Fremdverschulden ums Leben kam."

Glorias Mund stand offen. Ihr Gehirn begann augenblicklich, das Gespräch mit Katrin und die Ereignisse in der Werft im Schnelldurchlauf abzuarbeiten. Es machte Gloria Angst, dass sie nach Anhaltspunkten suchte, die sie selbst aus Sicht der Beamten verdächtig machen konnten.

Menke gab seinem Kollegen einen Wink und ließ ihn die Befragung übernehmen. „Weshalb wollte Katrin Mayfeld Sie sehen?"

„Sie sprach von einer Information, die sie für mich hätte."

„Worum sollte es dabei gehen?", fasste der junge Mann sofort nach und hielt erneut etwas auf seinem Notizblock fest.

„Das weiß ich nicht."

Verdutzt sah der Polizist sie an. „Sie haben nicht gesprochen?"

„Doch, natürlich. Aber sie ist gegangen, bevor sie mir sagen konnte, um was es ging."

„Einfach so?", fragte der Beamte skeptisch.

„Einfach so."

„Ah, ja", meinte Herbst und notierte erneut einige Worte.

„Wann war denn Ihr letzter Kontakt?"

„Das war der letzte Kontakt“, antwortete Gloria resolut, doch ein weiterer, kurzer Blickwechsel der Beamten ließ sie ihre Antwort gleich bereuen.

Herbst zog ein Handy aus seiner Lederjacke, tippte
einige Befehle ein und las dann vor: „*Muss dich noch
mal sehen. Ich weiß jetzt genau, was passiert ist. Triff mich
noch heute Abend.*“ Herbst machte eine kurze Pause,
besah sich Gloria, die ihren Kopf hängen ließ, und
setzte nach. „Diese Nachricht wurde von Frau Mayfelds Handy am Donnerstagnachmittag an Ihre Mo-
bilnummer übermittelt. Möchten Sie Ihre Aussage än-
dern?“

Gloria nickte mit noch immer hängendem Kopf. „Ja,
sie hat sich noch mal per WhatsApp bei mir gemeldet.
Ich sollte zur Deutzer Werft kommen.“

„Sind Sie hingefahren?“, übernahm nun Menke wieder die Fragen. „Ja, ich bin hingefahren.“

Dirk zog neben ihr scharf die Luft ein, und sie wusste
nicht, was schlimmer war, die unangenehmen Fragen
der Beamten oder das Gespräch, das es im Nachgang
mit Dirk zu führen galt.

„Wie ist das Treffen abgelaufen?“

„Es gab kein Treffen. Katrin kam nicht. Ich habe doch
gesagt, im *Bastian's*, das war unser letztes Treffen.“

Der Jüngere legte zweifelnd den Kopf schräg und studierte Glorias Mimik genau. „Sie kam nicht?", fragte Menke.

„Nein, ich habe fast eine halbe Stunde gewartet. Dann bin ich wieder gefahren."

„Wann war das ungefähr?"

„Gegen kurz nach acht."

Menke sah zu seinem jüngeren Kollegen hinüber, der etwas in seinem Handy überprüfte und ihm dann ein stummes Nicken zuwarf.

„Gut", meinte Menke daraufhin. „Das ist, wie wir wissen, die ungefähre Zeit, zu der Sie Frau Mayfeld eine letzte Nachricht gesendet haben. Danach hat sie sich also nicht mehr bei Ihnen gemeldet?"

„Nein", antwortete Gloria knapp.

„Und Sie wissen wirklich nicht, worum es Frau Mayfeld ging?"

„Nein, wie gesagt. Sie schien etwas auf dem Herzen zu haben, aber es ist nicht dazu gekommen, dass sie es mir erzählen konnte."

„Gut", wiederholte sich Menke und erhob sich, „dann möchte ich mich für heute für Ihre Unterstützung bedanken. Wir werden sicher noch mal auf Sie zukommen müssen, wenn sich weitere Fragen ergeben. Ich denke, das wird der Fall sein, da Sie augenscheinlich die Einzige sind, die kurz vor Frau Mayfelds Tod noch Kontakt mit ihr hatte. Auch die Frage nach diesem vermeintlichen Geheimnis, das sie offenbaren wollte, werden wir uns noch ansehen müssen."

Auch Herbst erhob sich, klappte geräuschvoll den Notizblock zu und verstaute diesen sowie den Kugelschreiber wieder in der Innentasche seiner Jacke. Gloria rief die beiden nochmal zurück, als diese schon fast am Ausgang waren.

„Aber, Moment! Was ist denn überhaupt passiert? Wo haben Sie Katrin gefunden?" Beide drehten sich in der Wohnungstür, die Dirk ihnen bereits aufhielt, noch einmal um.

„In der Deutzer Werft", meinte Menke.

„Aber wie?", rief Gloria entsetzt aus und bremste sich nur knapp davor, ihre Hände gegen die Wangen zu schlagen.

„Eine Messerattacke. Ihr Angreifer muss sie frontal attackiert und ihr das Messer direkt ins Herz gestoßen haben."

In Glorias Hals stieg Säure auf, die sie verzweifelt herunterzuwürgen versuchte. Alles drehte sich um sie herum, und sie glaubte schon ohnmächtig zu werden, als sie die sonore Stimme des jungen Beamten hörte:

„Was ist da eigentlich mit Ihnen passiert?", fragte er und wies mit einer Kopfbewegung auf ihre verbundenen Hände.

„Das war ein heißer Backrost", sprang Dirk ein und ersparte es Gloria, weitere Fragen beantworten zu müssen.

Herbst nickte langsam und Zweifel sprachen aus seinen Stirnfalten. Dirk begleitete die Beamten zur Tür und stöhnte erleichtert auf, als er die Tür hinter ihnen schließen konnte.

Draußen hielten die Beamten einen Augenblick inne. Menke sah dem jüngeren Kollegen an, dass ihm etwas zu schaffen machte. „Was geht dir durch den Kopf?"

„Die Handynachricht, die sie dieser Katrin um kurz nach acht zugesendet hat", meinte Herbst nachdenklich.

„Was ist damit?", versuchte Menke zu verstehen. „So eine Nachricht lässt sich auch schreiben, wenn man weiß, dass man keine Antwort erwarten kann." Damit setzte sich Herbst in Bewegung und Menke folgte ihm grübelnd.

Gloria hatte sich auf dem Sofa ausgestreckt und sich einen Handrücken auf die Stirn gelegt. Die Augen hielt sie geschlossen. Dirk holte ihr ein Glas Leitungswasser aus der Küche und stellte es neben ihr auf dem Tisch ab. Dann nahm er im Sessel gegenüber Platz und wartete.

Noch mit geschlossenen Lidern begann Gloria zu sprechen. „Ich weiß, was du jetzt denkst."

„Nein, das glaube ich nicht!", meinte Dirk bestimmt.

„Es tut mir leid", nuschelte Gloria und traute sich immer noch nicht, ihn anzusehen, aus Angst vor dem Anblick, den Dirks Enttäuschung abgeben würde.

„Tja", war das Einzige, was Dirk hervorbrachte, dann fiel er erneut ins Schweigen. Gloria musste es wagen und sah ihn unvermittelt an. „Ich weiß, ich habe Scheiße gebaut. Ich hätte dir von dem Treffen erzählen sollen."

„Hast du doch", der Sarkasmus in Dirks Stimme war nicht zu überhören, „du hast nur Katrin mit Matilda verwechselt. Das kann passieren."

„Ich weiß", jammerte Gloria voller Selbstmitleid.

„Und dass du vor unserem schönen Abendessen noch in der Deutzer Werft auf der Suche nach alten Familienbanden herumgeradelt bist, ist dir auch entfallen.

Gibt es noch irgendeine Lücke in unserem Vertrauenspakt?"

„Das ist gemein, Dirk!"

„Nein, ist es nicht!" Zum ersten Mal, seit sie sich kannten, hob Dirk die Stimme. „Gemein ist, dass ich dir geglaubt habe, als du mir sagtest, dass wir ehrlich zueinander sein wollen. Meinen Part der Abmachung habe ich eingehalten. Was ist mit dir?"

„Nein, ich habe ihn nicht eingehalten!", schrie sie zurück. Dann stiegen ihr Tränen in die Augen. Dirk hatte allen Grund wütend auf sie zu sein, das wusste sie nur zu gut.

„Und warum nicht? Warum war dir diese Katrin oder das, was sie dir sagen wollte, so wichtig, dass du völlig vergessen hast, was dir diese Familie angetan hat? Wieso bist du so selbstzerstörerisch?"

Gloria winselte wie ein Kind: „Ich weiß es wirklich nicht."

Dirk sinnierte einen Moment, dann fuhr er ruhiger fort. „Aber was mich am meisten interessiert ist", jetzt hatte er seine Stimme wieder unter Kontrolle, „warum du mir nicht vertraust? Was muss ich tun, dass du wirklich an mich glaubst?"

„Damit ich an dich glaube?" Gloria setzte sich auf und sah ihn entgeistert an. „Es gibt neben meiner Schwester Tanja und dir niemanden, der mir überhaupt etwas bedeutet. Wieso kannst du das nicht sehen?"

„Weil du es mir nicht zeigst, Gloria." Dieser Satz hatte die Kraft eines tibetanischen Gongs. Er hallte in der Stille zwischen ihnen beiden nach und beinhaltete so viel Wahrheit, die keiner der beiden verarbeiten konnte. Nach einigen Minuten des Schweigens begann Gloria mit leiser Stimme.

„Es ging noch weiter, an dem Abend, als Katrin nicht auftauchte." Sie machte eine Pause und wartete auf Dirks Reaktion. Als diese ausblieb und sein Blick geduldig auf ihr ruhte, erzählte sie ihm die ganze Geschichte. Von dem Überfall in der Werft und den Andeutungen, die Katrin ihr gegenüber zuvor im *Bastian's* gemacht hatte.

„Du meinst also, sie spielte auf den Tod deines Vaters an?" Dirk traute seinen Ohren nicht.

„Erst dachte ich, sie spricht von Sandra. Ich hatte sogar richtig Schiss, dass sie auf späte Rache sinnt. Aber dann gingen ihre Andeutungen in eine andere Richtung", Gloria stoppte und versuchte, sich an den genauen Wortlaut der Unterhaltung zu erinnern. „Sie

hatte keine Beweise, aber sie meinte, dass ihr irgendetwas verdächtig sei."

Dirk stand auf und schlurfte in die Küche.

„Was machst du?", fragte Gloria besorgt. „Auf den
ganzen Schreck brauche ich erst mal einen Grappa.
Und dann besprechen wir, wie es weitergeht. Willst
du auch einen?" Er hörte Glorias Erschöpfung in ihrer
Stimmlage.

„Danke, ja. Aber nur einen Kleinen. Ich fühle mich
wirklich ausgelaugt."

Dirk verstand gut, was sie meinte. Auch er fühlte die
Schwere, die innerlich von ihm Besitz ergriff und die
zu überspielen mit jedem Tag schwieriger wurde. Das
Gedankenkarussell drehte sich unentwegt. Es war
mehr als sonderbar, dass sich in ihrer Küche ein Messer befunden hatte, das hier nicht hergehörte und mit
dem sich seine Freundin fast die Pulsadern aufge-
schnitten hatte. Zu allem Überfluss hatte sie dabei unter dem Einfluss einer Medikation gestanden, die ihre
Ärztin ihr augenscheinlich nicht verordnet hatte. Die
Tabletten, die Dirk in Glorias Handtasche gefunden
hatte, waren ihm bekannt. Es handelte sich um einen
Dopaminblocker auf Basis von Methylphenidat. Gerade bei einem anfälligen Menschen, der zudem noch

Psychopharmaka nahm, konnte dies zu erheblichen Nebenwirkungen wie Krämpfen, Delirium bis hin zum Koma führen. Dirk wusste, dass dieses Medikament die folgenschweren Reaktionen bei Gloria ausgelöst haben konnte. Blum hatte ihm bestätigt, dass dies durchaus denkbar sei.

Und dann dieses Messer. War es möglich, dass Katrin mit diesem Messer getötet worden war? War Gloria am Ende tatsächlich der letzte Mensch, der Kontakt zu ihr hatte?

Über alledem war Dirk eines sehr bewusst. Nicht nur Gloria hatte Geheimnisse vor ihm bewahrt. Auch er war ihr gegenüber nicht völlig ehrlich gewesen. Sicher, er hatte es zu unterdrücken versucht, aber am Ende brachte ihn jeder Gedanke immer wieder zu demselben Ausgangspunkt zurück.

Was, wenn das alles nicht aus Zufall geschah und Gloria tatsächlich der traurige Mittelpunkt aller Ereignisse war? So wie es damals alle in ihrer Familie geglaubt hatten. So wie Gloria dieser Gedanke selbst über die Jahre beherrscht hatte. Wer wusste schon, wo sie die ganzen Lügen und die fehlgeleitete Hoffnung noch hinführen würde.

XIII. Kapitel

„Ich bin so froh, dass du mich begleitest!" Inge Brix besah sich ihre Jüngste vom Beifahrersitz aus. Sie hatte sie zuvor angerufen und ihr eröffnet, dass sie Annis Gastfreundschaft lange genug in Anspruch genommen habe und wieder in ihre eigene Wohnung zurückkehren wolle. Gloria machte sich Sorgen, dass das zu früh sei, doch ihre Mutter blieb dabei. Daher versprach Gloria, sie bei Anni abzuholen und ihr beim Wiedereinleben zu helfen.

Gloria konzentrierte sich auf den Straßenverkehr und darauf, nicht ständig unabsichtlich das Fernlicht zu betätigen. Am Vormittag hatte ihr Arzt ihr einen leichten Verband um die linke und ein großes Pflaster auf die rechte Hand gelegt. Auch wenn Gloria damit schon beweglicher war, stieß sie so manches Mal an die falschen Hebel. Doch es war ihr wichtig, für ihre Mutter da zu sein.

„Das mache ich gerne, Mama", erwiderte sie aufrichtig.

„Danke", flüsterte ihre Mutter und fühlte sich zum ersten Mal, seit ihr Mann verstorben war, gut aufgehoben und beschützt. Und das von Gloria, dem einzigen ihrer Kinder, vor dem sie phasenweise sogar Angst gehabt hatte. Gloria war ein normales Kind, wie alle anderen auch. Doch sie war auch besonders. Analytisch. Berechnend. Manchmal wirkte sie kaltherzig. Aber jetzt war das anders.

„Alles okay mit dir? Warum bist du plötzlich so schweigsam?", sorgte sich Gloria, als ihre Mutter neben ihr in Stille versank.

„Es ist alles gut, mein Schatz." Wieder sendete sie einen prüfenden Blick zur Seite. Sie hoffte, das Gloria nicht auch noch Gedanken würde lesen können.

Bei der Wohnung angekommen stieg Inge die Stufen im Treppenhaus langsam hinter ihrer Tochter hinauf. Auf halber Höhe machte sie eine Pause.

„Geht es?", fragte Gloria.

„Ja, gib mir nur einen Moment."

Gloria sah, wie ihre Mutter sich unauffällig eine Träne aus dem Augenwinkel wischte. Dann setzte sie sich schwerfällig wieder in Bewegung und erklomm den Rest der Stufen tapfer bis zur Wohnungstür. Gloria vergewisserte sich noch einmal mit einem schnellen Blick zu ihrer Mutter, dass diese bereit war. Dann schloss sie die Tür zur Wohnung auf.

Ein muffiger Geruch stieg ihnen in die Nase als die Tür aufschwang, und Gloria wusste, was ihre Mutter dachte.

„Ich lüfte schnell mal durch", meinte sie daher und schlüpfte in die Wohnung, wo sie in jedem Raum ein Fenster kippte. Als sie damit fertig war, traf sie ihre Mutter im Wohnraum, die völlig verloren wirkte und sich ihre Umgebung besah, als erwartete sie, dass alles wieder so würde, wie es gewesen war.

Dann ließ sich Inge müde auf einen Sessel fallen. „Ich wusste, dass es nicht leicht wird, aber ..."

Gloria versuchte sie abzulenken: „Du, Mama, ich hätte echt Lust auf eine Tasse Tee, nur...", sie hielt ihre verbundenen Hände in die Luft und zuckte mit den Achseln.

„Ich weiß, was du versuchst, Gloria Brix", ihre Mutter lächelte und erhob sich müde.

„Und? Funktioniert es?"

„Das sage ich dir gleich", lachte Inge nun ihr berühmtes Lachen, das in Gloria ein Wärmegefühl erzeugte und sie sich wieder wie ein kleines Kind fühlen ließ.

Nach einer Weile kam Inge mit zwei Teetassen zurück ins Wohnzimmer und sah, dass ihre Tochter in Gedanken versunken vor sich hinstarrte. Sie vermied es,

Gloria anzusprechen, da sie sich vorstellen konnte, welchen Gedanken ihre Tochter nachhing. Schweigend tranken sie, bis sich Inge letztlich schwerfällig erhob.

„So, dann werde ich mal hochgehen und die Sachen wegräumen. Du kannst gerne", begann sie den Satz, doch Gloria beendete ihn nach ihren eigenen Wünschen „… noch bleiben." Ihre Mutter lachte: „Nein, das ist nicht das, was ich sagen wollte, aber ich freue mich, dass du mir noch etwas deiner Zeit schenkst. Ich weiß nicht, ob ich das hier schaffe." Dann stieg sie mit der Reisetasche mühsam die Treppen zum Schlafzimmer hoch.

Gloria blieb allein zurück und wartete, bis sie die Schlafzimmertür im oberen Bereich der Maisonette-Wohnung zufallen hörte. Im gleichen Moment sprang sie auf und schlich mit flinken Schritten zum Treppenabsatz. Gloria nahm immer zwei Stufen auf einmal und stand nur Sekunden später im Arbeitszimmer ihres Vaters.

Der Nikotingeruch, den sie beim letzten Mal wahrgenommen hatte, war nun nicht mehr zu riechen. Vielleicht hatte sie sich das bei ihrer ersten Erkundungstour auch nur eingebildet. Sie machte einen Satz zum

Schreibtisch und durchwühlte hastig die Ausdrucke. Sie musste wissen, ob ihr Vater noch weitere Recherchen angestellt hatte. Tatsächlich fand sich etwas tiefer in den Blättertürmen ein weiterer Ausdruck, den ihr Vater mit Markierungen versehen hatte. Die Überschrift lautete: *Nur ein schmaler Grat.*

Anscheinend handelte es sich bei diesem Text nicht um den Tod ihrer Nichte. Aber da ihr Vater auch hier viele Notizen hinterlegt hatte, fixierte sie das Blatt mit dem linken Ellbogen auf dem Tisch und faltete es mit der beweglichen rechten Hand zusammen. Das wiederholte sie mit einigen anderen Artikeln. Dann schob sie sie umständlich in die Hosentasche.

Aus dem Nachbarzimmer hörte sie das leise Weinen ihrer Mutter. Es zerriss ihr das Herz, und sie wäre nur zu gerne zu ihr gelaufen. Doch etwas hielt sie zurück. Gloria ließ den Blick hastig durch den Raum gleiten. In einer Ecke des Zimmers stand ein zweiter Stuhl, unauffällig unter die Dachschräge geschoben. Auf einer Truhe daneben, optisch verdeckt durch die zahlreichen Aktenstapel ihres Vaters, fand sie einen Aschenbecher. Darin lagen zwei angerauchte Zigarren. Die rot-weiße Banderole der Marke *Montecristo* hing ihnen noch an.

Ihr Vater hatte diese Art Zigarren schon immer gerne geraucht. Am liebsten im Garten auf der Bank unter dem Baum, an dem später auch ihre Schaukel hing. Aber Gloria erinnerte sich auch, dass dieser Genuss immer sehr lange gedauert hatte. Bis die Zigarren zu Stumpfen verraucht waren, verging manchmal mehr als eine Stunde. Diese hier im Aschenbecher waren nicht annähernd so lange geraucht worden. Gloria schätzte die Rauchdauer auf ungefähr dreißig Minuten, da die Hälfte der *Montecristo* noch zu sehen war. Sie konnte noch nicht einmal sagen, warum sie es tat, doch irgendwie glaubte sie, es sei wichtig. Umständlich zog sie mit der rechten Hand eine Reisebroschüre von einem Stapel, griff die beiden Zigarrenstummel und schlug sie einhändig in das Papier ein. Dann steckte sie das so entstandene Päckchen in den Bund ihrer Hose und ließ ihren Pullover darüber gleiten. Sie sah sich noch einmal um, entdeckte jedoch nichts weiter von Interesse.

Als sie im Nachbarzimmer Schritte hörte, war es an der Zeit zu verschwinden. Sie schlüpfte ins Treppenhaus zurück und versicherte sich, dass sie dort nicht mit ihrer Mutter zusammenträfe. Dann zog sie leise die Tür des Arbeitszimmers hinter sich zu. Nur

Sekunden später war sie wieder im Wohnraum und begann dort, die Teegedecke abzuräumen, just in dem Moment als ihre Mutter zurückkam.

Bei Inges Versuch, ihre Habseligkeiten zu verstauen, waren ihr die Kleidungsstücke ihres Mannes wie ein dunkler Magnet im Schrank erschienen. Sie schämte sich dafür, dass sie minutenlang in sein Lieblingshemd geweint hatte. Ihre Reisetasche hingegen stand noch unberührt auf dem Ehebett.

Gloria arbeitete sich unterdessen einhändig durch die Küche. Stellte die Tassen in die Spülmaschine und warf die Teebeutel in den Müll. Als sie das Pedal des Abfalleimers betätigte, trat ihr ein beißender Gestank verderbender Lebensmittel in die Nase. Sie schalt sich dafür, dass sie beim letzten Mal nicht daran gedacht hatte, den Müll rauszubringen.

Dann fand Gloria, dass es an der Zeit war, aufzubrechen. Sie versprach ihrer Mutter noch, den Müll mit nach draußen zu nehmen und verabschiedete sich rasch.

Gloria hantierte unbeholfen mit ihrer Handtasche und dem Müllbeutel an den Abfalltonnen herum. Sie wollte vermeiden, den Verband an den kantigen Deckeln einzureißen, und öffnete sie nur gerade so weit, dass sie glaubte, die Tüte durch den Spalt werfen zu können. Doch das misslang. Das Zugband des Müllbeutels gab dem Gewicht nach, als sie zum Wurf ausholte. Der säuerliche Geruch vermodernder Essensreste stieg ihr augenblicklich in die Nase. Sie fluchte laut und beugte sich über das Geschehen. Sie würde ihre Mutter nach Schaufel und Besen fragen müssen. Doch was war das? Aus dem Konglomerat aus Speiseresten, Papiertaschentüchern und alten Spültüchern blitzte ein dunkelblaues Plastikteil hervor. Gloria suchte im Müll nach etwas Geeignetem, um nach dem Teil zu fischen, und fand einen benutzten Schaschlik-Holzspieß. Kurzerhand schob sie diesen vorsichtig in den Abfall, um nach dem Gegenstand zu angeln. Schnell wurde ihr klar, was sie hier gefunden hatte.

Die blaue Kappe steckte in einer weiteren Plastikvorrichtung, die beinahe in einem Neunzig-Grad-Winkel nach oben verlief. Darin eingeschlossen befand sich eine kleine Aluminiumpatrone, nicht länger als acht oder neun Zentimeter. Gloria wendete den Holzspieß und besah sich die Rückseite des Inhalators. *Sultanol.* Ein Notfallspray für Asthmatiker. Sie erinnerte sich, dass ihr Bruder Alex früher ein solches benutzt hatte.

Mit raschen Bewegungen reinigte sie das Inhalationsgerät mit einem Taschentuch, hielt es ans Ohr und
schüttelte es. Sie wunderte sich, warum ihr Bruder ein
unbenutztes Spray weggeworfen haben sollte.

* * *

„Wie ist es gelaufen?", wollte Dirk am Abend wissen,
als er und Gloria sich auf dem Sofa aneinander gekuschelt hatten. Paul lag ausgebreitet über ihren Füßen
und schnurrte zufrieden.

„Es ist ihr schwergefallen. Das konnte ich sehen. Aber
sie hat sich tapfer geschlagen." Gloria rückte noch näher an Dirk heran und legte ihren Kopf in seine Ach-
selhöhle.

„Ist schon nicht leicht", meinte Dirk und seufzte.

„Ich versuche, mich in ihre Lage zu versetzen", murmelte Gloria, und Dirk hörte, dass ihr das zu leichtfiel.

„Das solltest du nicht", sagte Dirk. „Du hast schon genug mit dir selbst zu tun. Versuche nicht auch noch,
das Leid der anderen zu schultern. Das wird dich
sonst umbringen."

Gloria dachte einen Moment nach.

„Sonderbar", hörte sie Dirk aufrichtig erstaunt sagen, „üblicherweise wird meine Meinung in solchen Augenblicken lautstark überstimmt. Was ist los mit dir? Solltest du etwa zu einer Erkenntnis gelangt sein?"

Gloria knuffte mit ihrer Faust gegen seine Brust. „Nicht so frech, Herr Doktor! Ich habe deine salbungsvollen Worte lediglich wohlwollend in mich aufgesogen", kicherte sie.

„Daran tust du gut", betonte Dirk erhaben, als verkündete er das Wort der Weisen. Dann lachte auch er.

Gloria versank in Gedanken. Bisher war ihr das Gefühl von Verlustschmerz nicht bewusst geworden. Sie erinnerte sich zurück, dass selbst die Verzweiflung, die damals im Garten von ihrem Bruder ausgegangen war, sie nicht berührt hatte. Vielmehr hatte sie die Szene als bizarr empfunden. Sie selbst hatte sich gefühlt, als wäre sie in Watte gepackt und alles fände nur gedämpft statt. Sie hatte auch geglaubt, dass Katrin im *Bastian's* ebenfalls noch der Geruch des Verlustes angehangen habe, aber auch das konnte sie nicht berühren. Das Einzige, dass sie nicht ertragen würde, wäre, wenn Dirk sie verließe.

„... es kam heute im Fernsehen."

Gloria wurde durch seine Stimme aus ihren Gedanken gerissen. „Entschuldige, was?“

Dirk wiederholte: „In den Nachrichten wurde heute nach Zeugen wegen Katrins Ermordung gesucht.“

„Ach, tatsächlich?“, meinte Gloria immer noch in Gedanken.

„Das heißt ja dann wohl, dass sie noch keinen Verdächtigen haben“, folgerte Dirk.

Gloria ging es um etwas anderes. „Dann weiß es jetzt aber auch meine Familie.“

„Warum ist das wichtig?“, wollte Dirk wissen.

Gloria seufzte. „Na, weil für sie jetzt alles von vorne beginnt.“

„Aber sie wissen doch gar nicht, dass du in Kontakt zu Katrin standest, bevor es passiert ist.“

Gloria stützte ihre Hand gegen Dirks Brust und stemmte sich langsam hoch. Dann besah sie sich ihren Freund genauer. Er erkannte sofort, dass sie wütend war.

„Ist das dein Ernst?“

„Was?“

„Du formulierst es ja gerade so, als gäbe es da einen unmittelbaren Zusammenhang zwischen unserem Treffen und ihrem Tod.“

Dirk fand, dass es an der Zeit sei, die Tatsachen auszusprechen, auch wenn er wusste, dass dies Gloria vermutlich nur noch mehr provozieren würde. „Du musst aber doch zugeben, dass hier sehr viele Zufälle zusammenkommen, oder etwa nicht?“

Gloria setzte sich gerade auf und funkelte ihren Freund böse an. „Oh, du meinst, weil beide Ereignisse mit einem Messer endeten?“ Gloria wurde lauter. „Und als Nächstes hängst du mir noch an, dass ich die Vision nur gespielt habe und das Messer sogar die Tatwaffe ist? Nur weiter so! Lass es darauf ankommen!“ Gloria sprang auf und stürmte aus dem Zimmer. Im hinteren Teil der Wohnung wurde kurz darauf eine Tür lautstark zugeschlagen.

Dirk blieb mit einem verschreckten Kater zurück, der irritiert zwischen ihm und dem Flur hin- und hersah. Letztlich ließ er sich träge wieder an Dirks Seite nieder und nahm damit den noch warmen Platz seines Frauchens ein. Dirk kraulte den Kater hinter den Ohren und fragte sich, ob es eine gute Idee gewesen sei, Gloria mit seinen Schlussfolgerungen zu konfrontieren.

XIV. Kapitel

Matilda hatte erneut abgelehnt, dass Gloria wieder zur Arbeit antrat. Auch wenn Gloria ihrer Kollegin zu demonstrieren versucht hatte, wie gekonnt sie ihre bandagierten Hände in gummierte Schutzhandschuhe stecken konnte, war Matilda hart geblieben. Gloria solle sich ausruhen und vollkommen genesen. Erst dann könne sie auch wieder gute Arbeit abliefern. Auch wenn sie wusste, dass Matilda recht hatte, gefiel Gloria diese Zurückweisung überhaupt nicht. Von der Wut getrieben, wusste Gloria intuitiv, was zu tun war, nachdem sie die Praxis verlassen hatte. Entschlossen marschierte sie die Straße hinunter, wendete sich an der nächsten Ecke nach links, machte noch einige hastige Schritte und zog dann flink ihr Telefon aus der Tasche. Sie googelte die Nummer, und als sie schließlich ein Freizeichen in der Leitung hörte, atmete sie gleich mehrere Male tief ein und aus. Schließlich wurde am anderen Ende abgenommen.

„Sofia, ich bin's, Gloria." Sie bemühte sich, kühl zu klingen, doch ihr Puls raste.

Erst schien es, als hätte jemand am anderen Ende der Leitung aufgelegt, doch dann vernahm sie das schrille Zwitschern ihrer Schwester.

„Ah, Gloria", tönte es überrascht. „Wie schön, wieder mal von dir zu hören", log sie ungehemmt.

Gloria schluckte trocken und kam dann gleich zur Sache. „Du warst doch auch bei Papas Geburtstag dabei. Ich habe ein paar Fragen an dich." Wieder eine kurze Atempause, dann schlug ihr Sofias Bissigkeit ungefiltert entgegen.

„Du hast ein paar Fragen? Sollte nicht vielmehr *ich* die Fragen stellen?"

„Was soll das?", meinte Gloria gereizt.

„Ich habe dich im Fernsehen gesehen." Schnell schob ihre ältere Schwester eine Erklärung hinterher. „Also, nicht dich direkt, sondern vielmehr zu was du in der Lage bist. Als ich Katrins Konterfei in den Abendnachrichten sah, war mir gleich klar, wer dahintersteckt. Ich habe mich nur noch nicht entschieden, ob ich der Polizei einen anonymen Tipp geben soll."

Gloria konnte sich bildhaft vorstellen, wie Sofia in diesem Moment nachdenklich einen Finger an ihre Schläfe legte im Genuss, jederzeit über Gut oder Böse richten zu können. Gloria ignorierte das. „Also, noch mal", wiederholte sie gedehnt, „ich rufe dich nicht an, um mit dir über alte Zeiten zu plaudern. Ich wollte nur fragen, ob du mir mehr darüber sagen kannst, was genau auf der Geburtstagsfeier passiert ist. Ich will Mama nicht mit meinen Fragen belasten."

„Oh", Sofia zog den Vokal mit vorgespieltem Erstaunen in die Länge, „du nennst sie liebevoll Mama und willst nicht, dass sie sich sorgt. Meine Liebe, kommst du mit derlei Gefühlen nicht ein bisschen zu spät?"

„Was ist jetzt?", ignorierte Gloria auch diese Attacke. Aber Sofia zickte weiter. „Warum fragst du nicht Tanja? Ihr seid doch auch sonst das doppelte Lottchen?"

„Du weißt, dass sie die Feier zu dem Zeitpunkt, als es passierte, schon verlassen hatte. Also, was soll das?" Gloria verlor allmählich die Geduld.

„Tja, da weißt du ja doch schon einiges. Wahrscheinlich kann ich dir gar nichts Neues berichten. Aber lass mich mal überlegen", Sofia machte eine unnötig lange Pause. „Wo soll ich bloß anfangen? Das Essen schmeckte scheußlich. Sie hatten irgendeinen neuen Caterer aufgetan – grauenvoll. Tanjas Göre, diese Lydia, ist mir auf meine neuen Furla-Sneakers gestiegen. Ich hätte sie dafür töten mögen. Oh, entschuldige

Schwesterherz, das ist ja dein Metier", sie zog die Worte in die Länge und Gloria konnte sich ihr boshaftes Lächeln vorstellen. Doch Gloria beherrschte sich, den just begonnenen Redeschwall ihrer Schwester nicht zu unterbrechen.

„Mich hat es, ehrlich gesagt, ein wenig verwundert, wie bemüht Sven an diesem Tag um den lieben Großpapa war. Er hat ihn mit Fragen über seine frühere Tätigkeit als Bankdirektor geradezu bezirzt, bis der alte Herr ihn am Ende sogar in sein Arbeitsrefugium eingeladen hat. Das hat er früher noch nicht einmal für seine eigenen Kinder gemacht. Beeindruckend überzeugend, der junge Mann. Auf jeden Fall hatte er an dem Tag bessere Chancen auf ein Erbe als sein Vater." Sofia lachte rau.

„Wie meinst du das?", fasste Gloria schroff nach, weil ihr Sofias Bissigkeit auf die Nerven ging.

„Unser Vater und Alex haben sich mal wieder in die Haare bekommen, als Alex schon kräftig einen gebechert hatte. Das macht unser Brüderchen ja immer ein bisschen geschwätzig", Sofia kicherte abfällig. Gleichgültig fuhr ihre Schwester fort: „Irgendwann haben die beiden Streithähne dann aber das Kriegsbeil doch noch begraben, verschonten uns mit ihrem

Testosteron-Getue und alle lebten glücklich bis an das Ende ihrer ..." Sie unterbrach sich selbst mit einem Kichern: „Ups, das war dann wohl selbst für meine Verhältnisse unpassend."

Gloria glaubte zu hören, wie Sofia nun am anderen Ende eine Zigarette anzündete. Ein Klicken, dann ein tiefer Atemzug.

Dann setzte Sofia ihre Tirade fort: „Allerdings hat es dann auch nicht mehr lange gedauert, bis der Herr Papa röchelnd im Wohnzimmer stand und keine Luft mehr bekam. Ich dachte schon, er hätte eine neue Zigarren-Marke ausprobiert, die auf seine Lunge geschlagen war. Erst sah es sogar lustig aus, weißt du?"

Gloria war kurz davor zu platzen. Wie konnte ein Mensch derart boshaft sein?

Doch Sofia war leider noch nicht fertig. „Es ist, wie ich immer sage: Lass dir den Genuss was kosten, sonst kostet es dich das Leben." Triumphierend setzte sie nach: „Wie findest du den, Schwesterherz? Den Spruch habe ich selbst kreiert. Mein Lebenscredo, sozusagen."

In Gloria begann es zu arbeiten, doch sie wusste auch, dass außer bissigen Geplänkels nichts weiter von Sofia zu erfahren sein würde.

„Sag mal", begann Gloria scheinheilig, „ich habe gehört, dass deine Brut Großes wagt. Die beiden Blitzbirnen möchten ein Studium starten. Wie bereitest du sie eigentlich auf das sichere Scheitern vor, Schwesterherz?" Gloria äffte ihre Schwester nach, indem sie das letzte Wort überbetonte.

„Oh, ein Tiefschlag. Da hast du mich aber voll erwischt. Jetzt werde ich sicher sehr schlecht schlafen. Was ist eigentlich mit dir? Träumst du immer noch davon, deine Familie auszurotten? Bist du deshalb wieder da? Hat dich der Duft des Todes angezogen?" Sie hätte damit rechnen sollen, dass Sofia nicht kampflos auflegen würde, auch wenn ihre Zunge giftiger als der Biss einer Kobra war. Glorias Schläfen pulsierten spürbar und ihr Mund trocknete aus wie eine Pfütze in der Sahara. Sie hatte den ersten Stein geworfen, jetzt musste sie auch durch die Scherben gehen.

„An dem Tag, wo es dein Duft ist, Sofia, komme ich gerne, um einen tiefen Atemzug zu nehmen." Das hatte dann doch gereicht. Gloria hörte ein Klicken. Dann war die Leitung tot.

Es hatte zu regnen begonnen, als Gloria ihren Fiat in die Garage des Pullman-Hotels lenkte. Mit dem Aufzug fuhr sie hoch zur Lobby. Dort wand sie sich nach rechts und ging geradewegs hindurch zur Bar *E.L.F.* Gloria kam gerne her, da sie das Ambiente mochte und sicher sein konnte, dass sie hier niemanden fand. Wenn sie allein sein wollte, war dies der sicherste Ort. Wer schlenderte schon beiläufig durch eine Hotel-Bar in der eigenen Stadt? Das war die Idee hinter ihrem Besuch.

Und dann war da noch der Name der Bar, der ihr so gut gefiel, weil er für sie den Inbegriff der Verbundenheit zu ihrer Heimatstadt darstellte. E.L.F. Die Zahl Elf hatte in Köln seit jeher eine besondere Bedeutung. Elf schwarze Tropfen, die an die Heilige Ursula und ihre zehn jungfräulichen Gefährtinnen erinnern sollten, schmückten das Stadtwappen. Auf der Rückfahrt einer Pilgerreise nach Rom waren sie von Atillas Hunnen ermordet worden. Irgendwann hatte die Überlieferung daraus elftausend Jungfrauen gemacht – aber auch das passte zu Köln. Alles war bedeutungsvoll und groß. Der Kölner nährte sich aus der

Liebe zu seiner Stadt, und diese war groß und prächtig. Und nicht zuletzt erwacht die Hochburg des Karnevals jedes Jahr am Elften im Elften, also am elften November, zum Leben. Natürlich um elf Uhr elf.

Die Bar war noch recht leer, und so kümmerte sich sehr schnell eine junge Kellnerin um Glorias Bestellung. Ein auffälliges Schlangen-Tattoo wand sich geradewegs aus ihrem Dekolleté bis zum rechten Ohr empor.

„Ein Kölsch bitte."

„Wollen Sie auch die Karte sehen?"

Nein, das wollte Gloria nicht. Dirk und sie wollten am Abend zusammen etwas essen. Zumindest war das der Plan gewesen, bevor sie sich zerstritten hatten. Dirk hatte ihr jedoch mit einer WhatsApp angekündigt, dass es spät werden würde in der Klinik. Das, und die Tatsache, dass Matilda sie fortgeschickt hatte, brachte Gloria auf die Idee, in Ruhe die Zeitungsartikel durchzugehen, die sie im Arbeitszimmer ihres Vaters gefunden hatte.

Als die Kellnerin gelangweilt zum Zapfhahn zurückschlurfte, holte Gloria mit raschen Bewegungen alle Zeitungsauschnitte und Ausdrucke aus ihrer Tasche und breitete sie auf dem Tisch vor sich aus. Wie beim letzten Mal zog sich ihr Innerstes zusammen, als sie die Artikel rund um den Tod ihrer Nichte schwarz auf weiß vor sich sah.

Einer beschrieb die Ereignisse sehr sachlich mit dem Ergebnis, dass es sich um einen tragischen Unfall gehandelt haben müsse. Andere Beschreibungen waren marktschreierisch oder mysteriös aufgemacht. So wurde in einem Beitrag sogar von einer „Todesverschwörung" gesprochen, die Glorias gesamte Familie einbezog. In einem Text fand Gloria ein Interview mit dem alten Nachbarn. So berichtete er darin: *„… die Stimmung war sehr gereizt an diesem Tag. Ich schob es auf die Hitze. Die älteste Tochter meiner Nachbarn hat mich sogar angegriffen…."* Damit war klar Sofia gemeint. Gloria besah sich die Ausdrucke, in denen ihr Vater Textstellen rund um die Fragen nach Strafbarkeit und Strafmaß markiert hatte. Bis auf einige juristische Diskussionen zur Dehnbarkeit des Begriffs fand sich darunter allerdings nichts weiter.

Die Schlangen-Kellnerin brachte das Bier und besah sich das Chaos auf Glorias Tisch. „Sie haben sich aber ordentlich Arbeit mitgebracht. Da ist ein kühles Kölsch genau das Richtige." Sie stellte das Glas auf dem Tisch ab und verschwand wieder.

Gloria nippte an dem Bier und zog einen weiteren Zettel aus dem Wust. *Der schmale Grat*. In der oberen, rechten Ecke des Blattes stand in Handschrift geschrieben: *Lies das!*

Da Gloria viele Notizen ihres Vaters auf seinem Schreibtisch vorgefunden hatte, erkannte sie, dass dies definitiv nicht seine Handschrift war. Er hatte den Artikel also gar nicht selbst ausgedruckt, sondern von jemandem erhalten. Nach nur wenigen Absätzen zog sie erstaunt die Augenbrauen hoch. Obwohl sie damit gerechnet hatte, dass es erneut um die Schuldfrage der damaligen Ereignisse ging, spielte dieser Artikel in einer ganz anderen Liga. Der Autor hatte sich hier mit der ernsten Frage befasst, wann eine Abneigung in Hass umschlagen konnte. Dabei beschrieb er auch, was seiner Meinung nach nötig war, damit Menschen im Namen dieses Hasses Dinge taten, zu denen sie unter anderen Umständen niemals in der Lage gewesen wären. Als Beispiel hatte der Verfasser des Artikels die Fremdenfeindlichkeit ins Visier genommen und Straffällige interviewt, die auch vor Gewalt an Familienangehörigen nicht zurückgeschreckt waren. Weitere dramatische Fälle wurden beschrieben, in denen selbst Kinder aus Hass auf die

Andersartigkeit zu Mördern mutiert waren. Begierig las Gloria zu Ende und schob dann das Papier von sich.

Ihr Bier war zwischenzeitlich leer, und so brachte die Kellnerin unaufgefordert ein neues. „Sie sind ja voll abgetaucht", zwinkernd stellte sie das Glas ab und nahm das leere wieder mit hinter die Theke.

Gloria wunderte sich, was das alles zu bedeuten hatte. So fesselnd der Bericht auch war, wieso hatte jemand ihren Vater darauf hingewiesen? Gloria fiel die Unterhaltung mit Katrin wieder ein. Hatte diese nicht auch gemeint, dass ihre Familie sich an Sandras dunkler Hautfarbe gestört habe? Und dann war da der Nachbar mit seinem Dackel. Auch er sprach davon, dass alle Mitglieder des Brix-Clans wenig für die Andersartigkeit übrighatten. Hatte er es nicht genau so genannt?

Gloria grübelte noch einen Augenblick, dann kritzelte sie entschlossen *Katrin!* auf das Deckblatt.

* * *

Dirk war erst am späten Abend nach Hause gekommen, und weder er noch Gloria hatten Appetit. Somit fiel das Abendessen aus. Obwohl beide versuchten, gesittet miteinander zu sprechen, war die Spannung zwischen ihnen spürbar, und so verzog sich Gloria nach einer Weile ins Bett. Sie sei zu müde, er könne ja später nachkommen.

Dirk vergrub sich in seine dunklen Gedanken und Selbstvorwürfe und schlief nach einer ganzen Flasche Wein auf der Couch ein. Erst am frühen Morgen, als es draußen schon hell wurde, wechselte er in das gemeinsame Bett. Nicht mehr als eine Stunde danach ging sein Wecker und zwang ihn wieder aufzustehen. Gloria stellte sich schlafend und blieb liegen.

Erst als Dirk das Haus verlassen hatte, stand sie auf, zog sich einen Bademantel über und machte sich einen Kaffee. Sie erschrak, als sie nur kurz darauf vom Klang der Türglocke überrascht wurde. Als sie öffnete, strahlte sie ihre Nichte Lydia an und schwenkte eine Brötchentüte.

„Hast du Lust auf Frühstück?" Bevor Gloria antworten konnte, stürmte Lydia an ihr vorbei in die Wohnung und geradewegs bis zur Küche durch. Dort hantierte sie mit Bechern und Tellern und deckte mit wenigen Handgriffen den kleinen Bistrotisch gerade so, als wäre sie hier zu Hause. Sie wirkte aufgekratzt, und Gloria fragte sich, warum das Mädchen nicht in der Schule sei.

„Sag mal, hast du heute keinen Unterricht?"

Lydia antwortete: „Wir haben heute schulfrei. Wir hatten gestern einen großen Rohrbruch und heute sind die Handwerker in der Schule. Weil es überall total nach Scheiße riecht, brauchen wir nicht hin." Breit grinste sie ihre Tante an. Aber auch das wirkte irgendwie überzogen und unecht.

Erst jetzt bemerkte Gloria das sportliche Outfit ihrer Nichte. Sie trug eine weite Sporthose, glitzernde Turnschuhe und eine leichte, türkisfarbene Laufjacke. Ihre Haare hatte sie zu einem geflochtenen Zopf gebunden.

„Komm, stärke dich", meinte Lydia und schob zwei Teller mit belegten Brötchen auf den Tisch. Als fühlte sie sich völlig heimisch, ließ sie sich nieder und deutete auf den Stuhl ihr gegenüber. Irritiert nahm Gloria Platz und besah sich die spartanische Frühstücksplatte.

„Was verschafft mir die seltene Freude?", wollte sie wissen. „Jetzt iss doch erst mal etwas. Du musst dich stärken!"

„Das hast du schon einmal gesagt. Ich weiß aber nicht wofür." Immer noch misstrauisch besah sich Gloria ihre Nichte, griff schließlich jedoch nach ihrem Brötchen. Der Duft von frischem Schinken und Käse tanzte in ihrer Nase.

„Ja, sag mal, siehst du das denn nicht?", fragte Lydia mit vollem Mund.

„Du meinst dein Outfit?"

„Genau."

„Und was hat das mit mir zu tun?", Gloria schwante, wohin das führen sollte.

„Du schwingst dich gleich nach dem Frühstück in was Sportliches, dann fahren wir irgendwo hin, wo ein bisschen Natur steht, und laufen bis wir nicht mehr können."

„Joggen?", fragte Gloria entgeistert.

„Ja, Joggen. Ich finde, dass du nach der wieder in Schwung kommen musst."

„Sagt wer?", fragte Gloria und wünschte sich, sie hätte die Tür zuvor nicht aufgemacht.

„Sage ich!", konterte ihre Nichte selbstbewusst.

„Du, lass mal", meinte Gloria müde und raffte ihren Bademantel zusammen, als wollte sie sich verstecken. Paul schlurfte just in diesem Moment träge in den

Raum, besah sich die beiden Frauen kurz, zwinkerte müde und trottete zu seinem Fressnapf. Das leise Knacken seines Kiefers, das nun folgte, brachte Lydia zurück zum Thema.

„Also, lass uns mal fertig werden hier, damit es losgehen kann."

„Du gibst nicht auf, oder?", fragte Gloria resigniert.

„Nein, ganz sicher nicht."

Gloria dachte sich, dass ihre Nichte recht habe, auch wenn sie nicht verstehen konnte, warum es ihr so wichtig war. Immerhin war ihre letzte Begegnung im Krankenhaus sehr merkwürdig gewesen. Überhaupt wirkte Lydia lebendiger und selbstbewusster denn je. Eigenschaften, die sie bisher nicht gezeigt hatte.

Im Königsforst trafen sich Jogger, Wanderer und Radbegeisterte, um ihre Runden zu drehen. Gloria war sich bewusst, dass sie aus dem Rhythmus war, und wollte es nicht übertreiben. Mehr als fünf Kilometer würde sie heute aus dem Stand sicher nicht schaffen können. Immerhin ein Anfang.

Daher startete der Lauf der beiden in Brück und richtete sich über einen langen, breiten Waldweg in Richtung Bensberg. Schon nach einem Kilometer spürte

Gloria, wie sich ihre Lungen weiteten und ihre Füße willig Schritt für Schritt machten, rhythmisch und klar, wie sie es von früher gewohnt war. Sie erhöhte das Tempo und Lydia hielt problemlos mit. Sie hatte ohnehin das Gefühl, dass sich ihre Nichte absichtlich zurücknahm, um ihr kein Gefühl der Unterlegenheit zu geben.

Nach einem weiteren Kilometer verlief rechts des Weges ein Baumschulpfad, der sich ab hier tiefer in den Wald schlängelte. Die beiden bogen darauf ein und liefen den kurvenreichen Parcours über weichen Waldboden. Gloria spürte nun allmählich die Anstrengung. Offenbar hatte sie sich doch übernommen und war zu schnell angelaufen. Lydia jedoch war noch gut bei Atem und begann sogar eine lockere Unterhaltung.

„Hast du das mit Tante Katrin im Fernsehen gesehen?"

Statt einer Antwort entwich Gloria mehr ein Schnaufen: „Warum nennst du sie Tante?"

„Wie soll ich sie sonst nennen?"

„Ach, egal", stöhnte Gloria mühsam, die sich darauf konzentrierte nicht über eine Wurzel zu stolpern. Vor allem aber hoffte sie, dass Lydia das Thema wechseln würde. Sie entschied sich, einfach zu schweigen. Vielleicht gäbe Lydia dann von allein auf.

„Sie haben einen Zeugenaufruf gemacht."

„Aha", Gloria blieb kurz angebunden, allerdings nicht nur, weil ihr nicht gefiel, worauf das Gespräch hinauslief. Ihr Puls wurde hektischer, und sie bekam nach und nach weniger Luft.

Der Lehrpfad endete, und sie überquerten einen breiten Wanderweg, um gleich gegenüber wieder in einen Trampelpfad einzubiegen. Durch die Baumdichte war der Hauptweg hier schon nach wenigen Metern nicht mehr zu sehen. Gloria pumpte Luft in ihre Lungen und versuchte, nicht den Takt zu verlieren. Es machte sie zusehends nervöser, dass Lydia keine Ruhe gab.

„Hast du dich nicht auch schon gefragt, was da passiert ist?" Gloria versuchte ihre Hände zu Fäusten zu ballen, und spürte sofort den Schmerz aus den Handflächen aufsteigen. „Nein", stieß sie hervor und versuchte, schneller zu laufen. „Wahrscheinlich musste es so kommen", meinte Lydia altklug, streckte die Arme im Laufen empor und richtete sich ihren Zopf. Gloria hörte nur noch ihren eigenen Herzschlag und ihr eigenes, armseliges Schnaufen. Der Pfad, auf den

Lydia sie gelenkt hatte, wurde unwegsamer. Die Bäume standen nun näher beieinander, und manchmal reichten die Äste sogar in den Weg hinein, sodass sie sich häufiger ducken mussten. An anderen Stellen waren die Wurzeln der Baumreihen so miteinander verschlungen, dass sie beherzt darüber springen mussten.

„Willst du nicht wissen, was ich meine?", rief Lydia, die nun ein gutes Stück hinter Gloria zurückgefallen war, da der Weg zu eng wurde.

„Nein, eigentlich nicht", Gloria hörte selbst wie unhöflich sie klang, doch sie wusste, wenn Lydia jetzt nicht aufhören würde, müsste sie explodieren. Das Mädchen wirkte auf sie wie eine Schlange, die sich zischend ihrem erstarrten Opfer näherte.

Doch plötzlich war da kein Zischen mehr. Gloria wunderte sich über die abrupte Stille hinter ihr. Sollte Lydia tatsächlich nachgegeben haben? Doch es war nicht nur, dass ihre Nichte nichts mehr sagte. Gloria hörte auch das rhythmische Stampfen ihrer Joggingschuhe nicht mehr auf dem Pfad hinter sich. Als sie sich nach Lydia umsehen wollte, ging alles sehr schnell.

Das, was Gloria noch bewusst wahrnahm, war ein unterdrückter Schrei. Ihr eigener. Ein dumpfer Schlag hatte ihren Schädel von hinten getroffen. Das wurde ihr klar, als sich der Wald zu drehen begann und ihre Beine nachgaben. Das Letzte, was sie im Stürzen noch hörte, war ein tiefes Grunzen wie von einem Tier. Dann wurde alles schwarz.

XV. Kapitel

Dirk besah sich die Unordnung in der Küche. Es passte nicht zu Gloria, dass sie Dinge unaufgeräumt zurückließ. Auch wunderte ihn, dass er je zwei Teller und Tassen auf dem Küchentisch vorfand. Gloria musste Besuch gehabt haben. Aber er fand keinen Zettel, der ihm sagen konnte, wohin sie gegangen war. Natürlich setzte er eine *WhatsApp* an sie ab, doch als er nach einigen Stunden immer noch keine Antwort bekam, machte er sich ernsthafte Sorgen. Gerade als er sie anrufen wollte, klingelte das Festnetz-Telefon.

„Hey, da bist du ja!", rief er erleichtert in den Hörer. Doch er wurde enttäuscht.

„Ich bin's, Tanja." Auch sie war beunruhigt und fiel gleich mit der Tür ins Haus: „Ist Lydia bei euch?"

„Nein", meinte Dirk, „wollte sie vorbeikommen?"

„Ich weiß nicht", sagte Tanja aufgeregt, und es schien, als würde sich ihre Stimme jeden Augenblick überschlagen.

„Tanja, was ist los?", fragte Dirk besorgt und besah sich die eigene Küche mit wachsender Unruhe.

„Sie hat heute keinen Unterricht, sie hat sich am Morgen ihre Sportklamotten angezogen, bevor ich zur Arbeit gefahren bin. Lydia wollte Joggen gehen.“

„Und sie hat sich nicht gemeldet?“

„Nein, das ist es ja, was mich so nervös macht. Lydia lässt mich immer wissen, wo sie ist.“

„Vielleicht hat sie sich mit Freunden getroffen“, wollte Dirk sie beruhigen, „das machen die Kids doch, wenn sie nicht zur Schule müssen.“

„Ja, aber sie hätte etwas gesagt. Und außerdem geht sie doch nicht in ihrem Sport-Outfit in die Stadt. Du kennst doch die jungen Mädchen, die wollen immer hip sein.“

„Mach dich nicht verrückt.“

„Doch, mache ich aber. Bitte gib mir mal Glory, vielleicht hat sie eine Idee.“

Dirks Brustkorb zog sich zusammen. Er hatte keine Ahnung, wo seine Freundin war. „Sie ist nicht hier“, gelang es ihm schließlich zu antworten.

„Dann rufe ich sie auf ihrem Handy an“, meinte Tanja und wollte schon auflegen, als Dirk dazwischenfuhr.

„Ich erreiche sie nicht.“

„Was?“, meinte Tanja abwesend. „Gloria antwortet seit Stunden nicht auf meine Nachrichten.“

„Was?", wiederholte Tanja, dieses Mal aufgebracht.

„Ich weiß auch nicht", Dirk konnte sich tatsächlich keinen Reim darauf machen, und er spürte, wie Panik in ihm aufstieg. Dann ging ihm ein Licht auf und er bat: „Tanja, bleib mal bitte dran." Mit eiligen Schritten, das Telefon noch ans Ohr gedrückt, rannte er in das Schlafzimmer und zog den Schuhschrank auf. Wie er vermutet hatte, fehlten Glorias Laufschuhe. „Sie sind zusammen", ließ er Tanja wissen, „auch Glorias Laufsachen sind weg. Wie es scheint, haben sie hier zusammen gefrühstückt."

„Gott-sei-Dank", entwich es Tanja, doch Dirk konnte ihre Erleichterung nicht teilen. „Wir müssen die beiden suchen", meinte er deshalb knapp, „ich komme dich holen."

„Aber", begann Tanja, doch Dirk gab ihr nicht die Gelegenheit, eine weitere Sekunde zu vergeuden, und legte auf.

* * *

„Ein dringender Anruf für Sie", Blums Assistentin streckte den Kopf in das Sprechzimmer und erntete gleich zwei Blicke. Einen irritierten des Patienten, der auf dem Besprechungsstuhl inmitten des Raumes Platz genommen hatte, und den wütenden ihrer Chefin, die die Störung missbilligte. Deshalb schob sie kleinlaut nach: „Es ist wirklich dringend."

Es dauerte nur wenige Sekunden, bis Cornelia Blum im Empfangszimmer erschien. Eigentlich war sie fest entschlossen, ihre Assistentin zurechtzuweisen. Das erste Gebot ihrer Praxisregeln besagte, die Behandlungsgespräche auf keinen Fall zu unterbrechen. Doch als sie vor dem Empfangstresen zum Halten kam und ihr die junge Frau zitternd den Hörer entgegenstreckte, ahnte sie, dass etwas Außergewöhnliches vorgefallen sein musste. Sie streckte ihren Rücken durch und meldete sich knapp: „Blum." Es knackte und raschelte in der Leitung. Dann hörte sie ein gehetztes Atmen.

„Ich habe sie umgebracht."

Blum glaubte ihren Ohren nicht zu trauen. „Frau Brix, sind Sie das?"

„Sie ist tot. Ich habe es wieder getan."

„Bleiben Sie ruhig. Atmen Sie jetzt tief ein und aus. Sie wissen schon, in dem Rhythmus, den wir gelernt haben. 4-6-8."

Sie konnte die Anstrengung förmlich hören, die es ihrer Patientin abrang, sich zu entspannen. Doch nach einigen Atemzügen schien Gloria ruhiger zu werden.

„Wo sind Sie?", fragte Blum dann.

„Sie ist sicher tot", wiederholte Gloria, ohne auf die Frage zu antworten.

„Das klären wir noch", meinte Blum so gelassen, wie es ihr möglich war. Ihre Assistentin starrte sie währenddessen mit kreisrunden Augen an.

„Zunächst möchte ich, dass Sie sich einen Platz in ihrem Umfeld suchen, der für Sie sicher aussieht."

„Sicher?", fragte Gloria getrieben. „Gibt es eine Bank, auf die Sie sich setzen können? Oder ist da ein Baum, der Schatten spendet? Es kann auch eine ruhige Gasse sein."

„Eine Bank, ja, hier ist eine Bank."

„Setzen Sie sich!" Es raschelte erneut in der Leitung, dann hörte Blum die Stimme ihrer Patientin wieder.

„Ich sitze."

„Gut", Blum rieb sich den Nasenflügel und atmete tief ein. Sie musste wissen, wo Gloria war und was sie glaubte, getan zu haben. „Wie kann ich zu Ihnen kommen?", fragte sie daher mit ruhiger Stimme.

Doch Gloria reagierte hysterisch: „Ich will nicht, dass Sie kommen! Ich muss verschwinden! Oder noch besser, ich bringe mich gleich um."

Das war neu. Noch nie hatte Gloria in all den Jahren von Selbstmord gesprochen. „Von wem haben Sie eben gesprochen?", fragte Blum.

„Von meiner Nichte." Die Psychiaterin schloss auf einen Rückfall und ahnte nicht, wie falsch sie damit lag: „Was haben Sie in Ihrer Vision gesehen?"

„Vision?", schrie Gloria in den Hörer. „Ich hatte keine Vision! Ich hatte ganz klare Gedanken aus Wut und Angst. Sie ist tot! Sie lag vor mir. Im Wald. Erschlagen unter einem Busch. Und nur ich war da. Hören Sie? Nur ich."

Die Situation war vollständig unklar, Blums Instinkt schlug Alarm. Deshalb fragte sie so fordernd, wie es ihr möglich war: „Wo sind Sie, Gloria?"

„Es hat keinen Sinn. Sie können mir nicht mehr helfen, Doc. Es liegt nicht an Ihnen."

Blum spürte, dass ihr die Dinge entglitten. Wenn es ihr nicht gelang, Gloria ausfindig zu machen, würde sie sich womöglich etwas antun. Zudem stand Gloria kurz davor aufzulegen. „Dann muss ich wohl akzeptieren, versagt zu haben", drehte sie daher den Spieß um.

„Vielleicht ist das so", meinte Gloria teilnahmslos, doch sie blieb am Telefon. Deshalb setzte ihre Ärztin nach. „Ich dachte, wir würden das gemeinsam durchziehen, aber ich verstehe natürlich, wenn Sie meine Hilfe nun ablehnen. Das kann ich Ihnen nicht verübeln."

„Ich sagte schon, es liegt nicht an Ihnen. Ziehen Sie sich den Schuh nicht an, Doc. Das haben Sie nicht verdient."

„Sie aber auch nicht", erwiderte Blum gekonnt.

„Glauben Sie mir, ich habe den Tod verdient. Ich mache meinem Namen alle Ehre."

„Welchem Namen?"

„Den der Nichten-Mörderin."

„Sie sprechen von einer längst vergangenen Sache, glauben Sie mir. Das mit Sandra …", doch weiter kam Blum nicht.

Aufbrausend ging Gloria dazwischen: „Es geht aber nicht um Sandra. Ich habe Lydia getötet. Ich habe Tanjas Kind getötet."

Dann wurde es totenstill in der Leitung, und Blum befürchtete, sie verloren zu haben. „Gloria?", rief sie in die Stille. Als sie nichts weiter hörte rief sie erneut.

Kurz darauf, vernahm sie eine veränderte, sehr leise Stimme, die sich anhörte, als spräche sie durch Watte zu ihr. „Nein, hier ist nicht Gloria. Hier ist eine Mörderin, die ihren Irrsinn nicht in den Griff bekommen hat. Und schauen Sie, Doc, wir beide haben uns lange Zeit vorgemacht, es könnte anders sein. Wir lagen wohl beide falsch." Dann legte Gloria auf.

* * *

Tanja riss die Wohnungstür, auf als Dirk schellte. Ohne nachzudenken, warf sie sich ihm in die Arme und weinte hemmungslos. „Ich werde wahnsinnig, wenn Lydia etwas passiert ist."

„Wir finden heraus, was los ist. Vielleicht ist alles total harmlos", gab Dirk zurück, obwohl er selbst nicht zuversichtlich klang.

Tanja drückte sich ein Stück von ihm ab und sah ihn aus Mascara-verschmierten Augen an. „Das ist nicht dein Ernst, oder?"

„Darf ich reinkommen?", stellte Dirk die Gegenfrage und schob Tanja in die Wohnung zurück. „Komm, wir setzen uns jetzt hier hin und denken nach."

Er steuerte Tanja zu einer Sitzgruppe aus verschiedenfarbigen Cord-Sesseln, die an die sechziger Jahre erinnerten.

„Ich weiß einfach nicht, was ich tun soll!"

„Ja, ich weiß, was du meinst. Lass uns einfach noch einmal nachdenken. Vielleicht hat Lydia dir irgendwas erzählt, und du hast es in der Aufregung nur vergessen."

„Dirk, mal ehrlich, willst du mich verarschen?" Tanja sah ihn verständnislos an. „Ich sagte dir doch, dass Lydia mich über alle ihre Bewegungen informiert. Sie weiß, wie groß meine Sorge um sie ist. Okay, pass auf." Sie zählte an ihren Fingern auf: „Am Montag war sie nach der Schule im Tanzunterricht, am Dienstag musste sie zum Zahnarzt und kam dann gleich her, um sich einen Film mit mir anzusehen, am Mittwoch war sie mit Bettina, einer Klassenkameradin, beim Schwimmen, und heute ist sie weg. Siehst du, was ich meine?"

„Okay, okay", Dirk hob beschwichtigend die Hände.

„Was ist mit Glory?", fragte Tanja dann.

Dirk schüttelte ahnungslos den Kopf. „Ich weiß es nicht, aber wie gesagt, heute Morgen muss jemand bei ihr zu Besuch gewesen sein und mit ihr gefrühstückt haben. Und ihre Sportklamotten fehlen. Ich finde, das sind ziemlich viele Zufälle auf einmal."

„Du denkst also, sie sind wirklich zusammen unterwegs?"

„Davon gehe ich aus", antwortete Dirk zögerlich.

„Und warum meldet sich dann keine von beiden bei uns?"

„Das weiß ich leider nicht."

„Mich macht das völlig verrückt!" Tanja vergrub ihre Hände in den pechschwarzen Haaren: „Wenn ihnen was passiert ist ..." Sie ließ offen, was das bedeuten würde.

Kurzerhand gab Dirk ihr einen Wink, ihm zu folgen. Sie würden zur Polizei gehen und eine Vermisstenmeldung aufgeben, dann hätten sie zumindest die Sicherheit, nicht allein zu suchen.

Auf dem Revier stutzten Dirk und Tanja lediglich an der Stelle, als einer der zuständigen Beamten nach dem Geisteszustand der Vermissten fragten. Sie sahen sich kurz an, dann eröffneten sie dem Polizisten, dass eine der Frauen auf Medikamente angewiesen sei. Weitere Details ließen sie aus.

Die Tortur dauerte alles in allem eine dreiviertel Stunde, die Tanja und Dirk vorkamen, als würden sie Jahre ihres Lebens mit Tatenlosigkeit verstreichen lassen. Der Polizist wirkte wie ein Standbild im Gegensatz zu ihrem eigenen Handlungsdrang und zur Geschwindigkeit ihrer Gedanken, die sich um Lydia und Gloria drehten. Als sie die Polizeistation verließen, stürzte eine Wand der Stille über den beiden ein.

* * *

Gloria hätte nie für möglich gehalten, dass sie das tun würde, was sie nun tat. Aber nachdem sie sich vier Stunden lang auf ihrem Kreuzzug durch den Königsforst mit Selbstmordgedanken getragen hatte, ließ der Schwindel in ihrem Kopf, nach und ihr Blick wurde wieder klarer.

Der Schlag, oder vielleicht war es doch nur ein Sturz, hatte ihr Sehvermögen getrübt, und sie war wie eine Irrsinnige stolpernd durch den Wald geirrt. Dabei ließ sie das Bild des Körpers nicht los, der reglos vor ihr auf dem Waldweg gelegen hatte. Durch die Schleier, die sich vor ihre Augen gelegt hatten, und motiviert durch die unsäglichen Kopfschmerzen, hatte es schnell für sie festgestanden. Lydia hatte zu ihren Füßen gelegen. Dabei wollte ihr nicht aus dem Kopf gehen, dass sie kurz zuvor nur diesen einen Gedanken gehabt hatte, dem Kind den Hals umzudrehen, wenn es nicht schwiege.

Gloria war letztlich in ihren Fiat gestiegen, ziellos durch das Bergische Land gefahren und hatte darüber nachgedacht, was als Nächstes zu tun sei. Sie hatte es vermieden, die Nachrichten einzuschalten, um nicht mit dem Ergebnis ihrer unkontrollierten Handlung konfrontiert zu werden. Sie beschloss auch, Tanja nicht zurückzurufen. Auf ihrer Anrufliste konnte sie sehen, dass ihre Schwester unzählige Male versucht hatte, bei ihr durchzukommen.

Bestimmt war Lydia mittlerweile gefunden worden und die Story unzählige Male durch die Medien gelaufen. Es brach ihr das Herz sich vorzustellen, wie Tanja tränenüberströmt auf ihrer Couch saß und um ihre Tochter trauerte. Ganz sicher hatte Tanja eins plus eins zusammengezählt. Dirk war höchstwahrscheinlich bei ihr. Er würde die unaufgeräumte Küche gefunden und festgestellt haben, dass auch ihre

Laufkleidung fort war. Genau wie bei Lydia. Eins plus eins, eine einfache Rechnung.

Gloria hatte diese Gedanken verdrängt und war sich dessen bewusst, dass sie ihren Wagen würde verschwinden lassen müssen, damit man ihr nicht folgen konnte. Das Ziel, das sie ansteuerte, würde nur dann als gutes Versteck dienen können, wenn niemand in der Lage wäre, ihre Fährte aufzunehmen. Sie ließ ihr Auto daher in Gummersbach in einer Seitenstraße des Forums zurück und rief sich ein Taxi.

Dieses hatte sie zwischenzeitlich im Engelskirchener Zentrum abgesetzt. Dort hatte sie sich mit einigen Lebensmitteln, Hygieneartikeln, einer Jeans, einem schlichten weißen T-Shirt und einem Hoodie eingedeckt. Die Kleidung tauschte sie gleich in einer Umkleidekabine gegen ihre Laufsachen.

Nun stand sie an der Verbindungsstraße, zu der sie sich mühsam über einen stark ansteigenden Serpentinenweg aus Engelskirchen hochgekämpft hatte. Im Hintergrund war das Rauschen der A4 zu hören, doch so weit das Auge blickte, erfasste es nur grüne Wiesen und kräftige Laub- und Nadelbäume. Die letzten Stürme hatten ihnen nicht, wie anderswo im Bergischen Land häufig zu beobachten, den Garaus

gemacht. Der unverkennbare Duft der Landwirt-
schaft, der den Ort von allen Seiten einschloss, lag
über den Feldern.

Gloria schloss die Augen und atmete tief ein. Sie roch
das Gras, inhalierte den Geruch frisch gedüngter
Äcker und genoss den rauen Wind. Aber allem voran
roch sie Heimat. Ein gruseliges, betäubendes Gefühl
ohne wirkliche Bedeutung. Bilder, die sie eigentlich
vergessen wollte, ja musste, stiegen wieder auf. Und
doch war es der einzige Ort, an dem sie immer sie
selbst sein konnte. Sie hoffte, dass es auch dieses Mal
so sein würde.

Die Einkäufe in einem Jutesack verstaut, schlug sie
sich seitlich der Straße in den Wald und kletterte dort
hinauf, bis sie die Straße nicht mehr sehen konnte.
Dann suchte sie sich einen Baumstumpf und nahm
darauf Platz. Sie zog einen Apfel aus der Einkaufstasche, wischte ihn am Ärmel ihrer Sweatshirt-Jacke ab
und biss kraftvoll hinein. Sein Saft bildete ein Rinnsal
an ihrem Kinn, das sie entschlossen mit ihrem Handrücken fortwischte. Sie sah auf ihre Uhr. Noch zwei,
drei Stunden würde sie hier in ihrem Versteck aushar-
ren müssen. Dann könnte sie in eine neue Bleibe
wechseln.

Dirk hatte mit Matilda gesprochen und versucht herauszufinden, ob sie etwas über Glorias Verbleib wisse, doch Matilda schien von der Wahrheit noch weiter weg zu sein als er selbst. Wenn er ehrlich zu sich selbst war, musste er zugestehen, dass er Angst davor hatte, Gloria zu finden. Wer wusste schon, in welcher Verfassung sie sein würde. Vielleicht wäre sie aber auch schon …

Er schob diesen bitteren Gedanken beiseite. Wild schüttelte er seinen Kopf, als müssten die bohrenden und vergiftenden Fragen einfach zu seinen Ohren hinausfallen können. Er trat noch härter in die Pedale. Es brachte ihm einige Hupkonzerte und wilde, nicht jugendfreie Handzeichen ein, doch als er zu Hause ankam, war er von Kopf bis Fuß durchgeschwitzt und sein Kopf wieder klar.

Nachdem er eine Dusche genommen hatte, wusste er genau, was nun zu tun war. Er würde, Moral hin oder her, jeden Stein in der gemeinsamen Wohnung umdrehen, bis er etwas fand, das ihm sagen konnte, was hier eigentlich los war. Es entging ihm nicht, dass er sich etwas vormachte, aber er wollte keine Minute länger tatenlos herumsitzen.

Deshalb wühlte er das Unterste nach oben, überprüfte Glorias Handtaschen, sah in ihrer Wäsche nach möglichen Verstecken, untersuchte den Kleiderschrank und die Bücherregale. Nach mehr als zwei Stunden warf er sich erschöpft bäuchlings auf das gemeinsame Bett und atmete tief aus.

Doch was war das? Als er sich auf der Matratze bewegte, stieg ein leises Knistern auf. Er rollte sich ein wenig hin und her und vernahm das Geräusch lauter. Geschwind ließ er sich über das Bett gleiten und rutschte zu Boden. Kniend hob er die Matratze ein Stück an und erkannte verblüfft, dass sich tatsächlich eine Klarsichthülle mit einigen Dokumenten sowie eine flache Pappschachtel zwischen Matratze und Bettkasten verborgen hielt. Er zog beides hervor und besah sich seine Ausbeute.

Zunächst wusste er gar nicht einzuordnen, was er da gefunden hatte. In der Klarsichthülle fanden sich Zeitungsartikel, unerklärliche Ausdrucke zum Thema Hass und wie er sich, auch in einer weitestgehend geordneten Gesellschaft, entwickeln konnte, juristische Abhandlungen verschiedener Strafdelikte und, als wäre das nicht schon ausreichend verwirrend für ihn, fanden sich in der kleinen Pappkiste zwei angerauchte Zigarrenstummel und ein Asthma-Spray. Wenn er eines ausschließen konnte, dann war es, dass Gloria unter die Raucher gegangen war. Auch Asthma hatte sie keines. Das hätte er bemerkt. Aber was hatte das alles zu bedeuten?

Er nahm alle Fundstücke mit in den Wohnraum und breitete sie auf dem Esstisch aus. Dann begann er, in den Texten zu lesen. Immer wieder unterbrach er seine Lektüre, um Gloria Nachrichten auf die Voice-Box zu sprechen.

Gegen neun Uhr am Abend hatte er alles gesichtet. Schlauer war er jedoch nicht. Ein Hinweis auf einer der Seiten hatte ihn aufmerksam gemacht. *Lies das!* stand dort handschriftlich vermerkt. Und er war sich sicher, dass dies nicht Glorias Handschrift sein konnte. Ihre eigene Botschaft hatte sie mit einem fetten Filzschreiber gleich daneben gesetzt. Da stand schlicht: *Katrin!*

Dirk lehnte sich zurück und grübelte. Gloria hatte ihm doch von Katrins Andeutungen erzählt. Davon, dass die vermeintlichen, plötzlichen Todesfälle durchaus hätten kein Zufall sein müssen? Er vermutete, dass Gloria mit diesen Dingen in der Schachtel einige Anhaltspunkte zusammengetragen habe. Da seine Freundin nun nicht hier war, um daran zu arbeiten, beschloss er kurzerhand, das für sie zu übernehmen. Er kannte da jemanden, der genau der Richtige für diese Aufgabe wäre.

XVI Kapitel

Die Dunkelheit hatte vollständig Besitz von dem Wald ergriffen, in dem Gloria nun ihren Jutesack aufnahm und mit suchenden Schritten den Hang hinabrutschte. Mit ihrem Handy leuchtete sie in die Schwärze. Sie hatte die Ortungsdienste deaktiviert und den Flugmodus eingeschaltet, um zu verhindern, dass sie gefunden werden konnte. Denn eines war sicher: Sie würden nach ihr suchen, doch gefunden werden wollte sie auf keinen Fall. Das Licht reflektierte unheimliche Schatten von verkrüppelten Bäumen und wilden Wurzeln. Von dem undurchdringlichen Blattwerk unter ihren Füßen wurde der Lichtschein beinahe vollständig absorbiert. Der abschüssige Boden ließ sie mehrere Male ausrutschen, und einmal wäre sie sogar um Haaresbreite gestürzt. Kurzerhand hängte sie sich die Einkaufstasche um den Hals und stütze sich mit der freien Hand an den Stämmen der Bäume ab. So tastete sie sich vorsichtig Schritt für Schritt vorwärts. Im Hellen war ihr der Weg durch das Dickicht wesentlich kürzer erschienen. Nun dauerte es fast zwanzig Minuten, bis sie wieder zur Verbindungsstraße zurückfand, die die Orte Kaltenbach und Ründeroth verband. Sie schaltete den Lichtkegel ihres Handys aus und begnügte sich mit der Beleuchtung, die aus den Häusern jenseits der Straße auf den Asphalt fiel. Etwas abseits der Straße huschte sie, im Schutz von Hecken und Zäunen, an Gärten und Hauszufahrten vorbei, bis sie vor ihrem Ziel zum Stehen kam. Little White House. Ihr Elternhaus.

Für Nostalgie war jedoch keine Zeit, und Gloria hatte auch keine Lust, sich des Anblicks zu erfreuen. Sie erinnerte sich, dass der alte Nachbar bei seinem Besuch in der Praxis erzählt hatte, das Haus stehe seit Jahren leer, weil die Geschichte zu schwer auf dem Gemäuer laste.

Gloria kletterte auf den Zaun neben der Garage, zog sich an der Seitenwand hoch und schlich dann in geduckter Haltung zur Gartenseite. Dort warf sie den Jutesack in eine angrenzende Hecke und ließ sich auf den Kiesbelag unter ihr hinab. Dabei glitt sie mit ausgestreckten Armen über das raue Mauerwerk, wobei sie sich Teile ihres Verbandes und die Unterarme aufriss. „Scheiße!", zischte sie und griff nach der schmerzenden Stelle. Sie fühlte, dass ihre Handgelenke aufgerissen sein mussten. Dann lauschte sie einen Moment in die Nacht, um zu prüfen, ob sie jemand gehört hatte. Doch alles blieb ruhig.

Die Abgeschiedenheit war ein Vorteil dieses Hauses, den sie bereits als Kind sehr genossen hatte. Das Grundstück war nicht einsehbar. Das machte sich auch heute bezahlt. Was sie jedoch nicht einschätzen konnte, war, ob zwischenzeitlich jemand eine Alarmanlage hatte installieren lassen. Würde der Alarm losgehen, bräuchte es nur Minuten, bis die Polizei hier war. Bewohnt oder nicht.

Kurzerhand entschied sich Gloria für Plan B. Sie würde das testen, wenn die meisten Anwohner bei der Arbeit waren. Für die Nacht musste eine andere Bleibe dienen.

Sie raffte ihre Sachen zusammen und tastete sich in der Schwärze des Gartens voran. Auf halber Höhe des Weges blieb ihr rechter Fuß an etwas hängen, das sie zu Fall brachte.

Leise fluchend rappelte sie sich wieder auf. „Dieser scheiß Rasen-Sprinkler! Der ging mir schon damals auf die Nerven!" Wütend klopfte sie ihre Jeans ab und schob sich weiter vorwärts.

Selbst im Dunkeln stellte sie fest, dass die Nachbesitzer einiges im Gartenbereich verändert hatten. Hier, wo sie hoffte, dass ihr die Bohnenstangen in den Gemüsebeeten ihrer Mutter Orientierung geben könnte, war nichts mehr davon zu erkennen.

Weiter rechts hatten früher ganze Wälder von Hortensien gestanden, die ihre Mutter hingebungsvoll gepflegt hatte, weil sie deren gewaltige Farbpracht liebte. An dieser Stelle stieg Gloria nun lediglich der abgestandene Geruch einer gekippten Teichanlage in die Nase.

Von hier, erinnerte sie sich, wären es nur noch wenige Schritte. Tatsächlich tauchte, in einem schwachen Lichtstrahl, der vom Grundstück des alten Nachbarn herüberfiel, die verwitterte Gartenlaube vor ihr auf.

Sie sah noch einmal über ihre Schulter und horchte auf Verfolger. Doch außer einem Käuzchen im nahegelegenen Wald und einem bellenden Hund in entfernter Nachbarschaft hörte sie nichts.

Somit legte sie die Hand auf die Klinke des Schuppens und sendete ein Stoßgebet zum Himmel, die Türe möge nicht abgeschlossen sein. Ihr Flehen wurde erhört. Nur Sekunden später schlüpfte sie in das Innere der Laube.

Drinnen roch es muffig nach feuchter Erde und morschem Holz. Auch der Geruch von alter Farbe und Rasenmäher-Benzin hing immer noch in der Luft. Sie schob sich langsam bis zum Oberlicht vor und öffnete es. Dann nutzte sie erneut die Taschenlampen-Funktion ihres Handys und leuchtete den Raum im Uhrzeigersinn aus.

Links von sich sah sie einige alte, gebrochene Gartenstühle. Dahinter lagerte ein ganzer Satz Metallstangen, die bestimmt einmal Stützen eines Gartenpavillons waren. Rechts daneben standen Gasflaschen, wie man sie zum Grillen verwendete. Sicherlich alle leer. Gleich an der Seite fand sich wiederum eine Ansammlung alter Autoreifen sowie ein Stapel abgenutzter Sitzauflagen. Das musste reichen.

Gloria zog die Autoreifen zueinander, stopfte die Lücken mit den Kissen aus und hockte sich darauf. Dann schaltete sie die Taschenlampenfunktion aus und saß somit wieder in der Dunkelheit. Eine Weile wartete sie noch reglos ab und starrte in die undurchdringliche Schwärze vor sich. Irgendwann sank sie, von Zweifeln und Ängsten erschöpft, zur Seite und fiel in einen unruhigen Schlaf.

* * *

Der Kontakt zu Lydia war abgebrochen. Sven war bewusst, dass dies Bestandteil des großen Plans war, dessen Urheber er selbst gewesen war. Dennoch konnte er sich mit der wachsenden Ungewissheit nicht anfreunden, die dies mit sich brachte.

Grimmig dachte er darüber nach, wie lange er sich den vermeintlichen Tatsachen ergeben hatte. Er wusste, dass ihm lange Zeit etwas sehr Entscheidendes vorenthalten worden war. Das wollte er nicht länger dulden. Seine Fragen hatten in all den Jahren immer nur zweierlei Antwort gefunden: grausames Schweigen oder ungezügelten Hass.

Dabei wurde ihm leider zu spät bewusst, wie erbärmlich sein Winseln um die Wahrheit geklungen haben musste. Es ärgerte ihn, wie leicht es ihm gefallen war, die falschen Entscheidungen zu treffen. Er war bis zum Äußersten gegangen.

Aber nun wollte er nicht mehr wie ein kleines, dummes Kind behandelt werden. Er hatte lange genug seinen Beitrag für die scheinbare Ordnung geleistet. Er war fest entschlossen, nun seinen eigenen Weg zu gehen – koste es, was es wolle.

Tanzende Sonnenstrahlen, die sich ihren Weg durch die verdreckten Scheiben der Gartenlaube suchten, kündigten einen freundlichen Spätsommertag an. Als Gloria die Augen aufschlug, stellte sie fest, dass es nicht einen Bereich ihres Körpers gab, der nicht verspannt war oder schmerzte. Sie schälte sich aus den Autoreifen, ihrer provisorischen Schlafstätte, heraus, stand auf und dehnte sich einige Minuten.

Dann besah sie sich ihre Unterkunft bei Tageslicht noch einmal gründlich und stellte fest, dass die Nacht vieles schöngezeichnet oder gar verborgen hatte. Das Gartenhaus glich einer vergessenen Rumpelkammer, deren Inhalt selbst nicht der Mühe wert war, fortgeworfen zu werden.

Schnell begann sie damit, in den grauen Müllsäcken nach etwas zu suchen, das ihr helfen könnte, ins Haus zu gelangen. Schon bald fand sie einen feinen Schraubenzieher, dessen Griff geborsten war. In einer zerschlissenen Holzkiste entdeckte sie einen restliches Stück Draht. Sie beschloss, dass das besser sei als nichts. Dann öffnete sie die Tür der Laube und spähte nach draußen.

Der Herbst hielt bereits mit kleinen Schritten Einzug. Mit einem tiefen Atemzug sog sie die kühle Luft ein. Nachdem sie sich versichert hatte, dass der Nachbar nicht in Sichtweite war, schob sie sich aus der Gartenlaube und umrundete sie in Richtung Haupthaus.

Sie hätte es ignorieren oder einen anderen Weg wählen können, aber sie musste sie sehen. Die Tonne, die für sie ein ganzes Leben lang Zentrum allen Übels war, zog sie magnetisch an. Einen stillen Moment lang machte sie vor ihr Halt und besah sich nachdenklich den undurchdringlichen, nassen Inhalt.

Mit dieser Tonne hatte alles angefangen. Sie hatte zwar das verschlungen, was ihr damals stets ein Hassgefühl bereitet hatte, doch sie war seitdem auch zu einem Magnet ihrer eigenen Vergangenheit geworden. Niemand wusste, dass sie nach dem Tag damals noch viele Male hier gewesen war, meist in der Dämmerung, und das Licht beobachtet hatte, das durch die große Eiche gefallen war und das Wasser in der Tonne in ein friedliches, verständnisvolles Licht getaucht hatte. Manchmal hatte sie sich sogar vorgestellt, wie die Ereignisse sich aus Sicht der Tonne abgespielt haben mussten. Aber sie wusste genauso gut, dass eine Tonne keine Schuld tragen konnte. Am Ende blieb sie, was sie war, eine Regentonne.

Gloria befreite sich nur mühsam von den schweren Gedanken. Dann setzte sie ihren Weg zum Haus fort. Dort angekommen, schlich sie zur Terrasse, besah sich noch einmal ihre Umgebung und duckte sich dann unterhalb der Terrassentür ab. Vorsicht versuchte sie, den Knauf der Türe zu drehen, aber natürlich war die Hintertür verriegelt. Immerhin würde der mit dem Objekt betraute Immobilienmakler seinen Interessenten sicher keine Hausbesetzer vorstellen wollen. Doch auf diesen Fall hatte sie sich vorbereitet.

Sie zog die Utensilien aus der Hosentasche und begann mit dem Draht im Schloss umherzustochern. Sie dachte noch, dass es in Kino-Filmen einfacher aussah, wenn sich die Heldin mit wenigen Griffen Zutritt zu jedem Haus verschaffen konnte. Die Realität war wesentlich ernüchternder. Auch der Schraubenzieher, den sie Minuten zuvor als glänzende Idee eingeschätzt hatte, brachte nur wenig. Zwar versuchte sie, das schmale Ende in den Türschlitz zu drücken und hebelte eine Weile daran herum, doch am Ende gab die Tür nicht nach.

Gloria ließ sich auf ihrem Hosenboden nieder und besah sich den Garten im Tageslicht. Viel erinnerte nicht mehr an die Bepflanzungsorgien ihrer Mutter, doch im Großen und Ganzen war dies der Ort ihrer Kindheit geblieben. Selbst die große Eiche, an der sie so gerne geschaukelt hatte, war noch da. Und siehe da. Auch die Schaukel war immer noch dort und schwang müde im Wind. Sie hatte im Schutz des mächtigen Laubbaums immer unbeobachtet träumen können, ohne diese schrecklichen, wütenden Bilder in ihrem Kopf. Ein Ort der Stille und ein Versteck.

Die Erinnerung traf sie wie ein Blitz. Gloria sprang auf und rannte zur Schaukel. Mit ihren Fingern tastete sie die kantigen Ränder des Sitzbrettes ab und suchte nach der Stelle, die ihr Vater ihr einst mit einem Augenzwinkern gezeigt hatte.

Wie hatte sie das nur vergessen können? Ihr Zeigefinger fand die Stelle und drückte auf den Punkt. Trotz des altersschwachen Holzes schob sich eine Art Mechanismus daraus hervor. So schwerfällig, dass Gloria nachhelfen musste, das winzige Schubfach weiter aufzuziehen. Es war einfach unglaublich. Darin lag er. Der Ersatzschlüssel zum Haus.

Niemand hatte Vaters Geheimfach je gefunden, das er einst aus Sicherungsgründen gebaut hatte. Augenscheinlich hatte selbst er beim Auszug nicht mehr daran gedacht. Jetzt war er ihr persönlicher Glücksbringer. Ein spätes Geschenk ihres Vaters. Stolz trug sie den Schlüssel zum Haus zurück und schlüpfte nur wenig später hinein.

Drinnen wartete Gloria einen Moment. Ihr Herz raste vor Aufregung. Gleich mit dem Betreten des Hauses begann sie, in einem Pool aus Erinnerungen zu schwimmen. Sie hatte nicht gewusst, was sie erwartete, aber es hätte ihr klar sein sollen, dass ein leeres Haus einen kühleren Charme versprühte als ein belebtes. Und trotzdem fiel es ihr leicht, sich alles von damals genau ins Gedächtnis zu rufen. Der große Wohnraum zur Terrassenfront mit der riesigen, cremefarbenen Wohnlandschaft. Der Essbereich, der mit der Küche durch eine Durchreiche verbunden war, über deren Tresen ihre Mutter stets die dampfenden Schüsseln zu ihnen durchgeschoben hatte. Das schöne Sideboard, auf dem ihre Mutter die Fotos der Familie aufgereiht hatte, wie eine stumme, aber wohlwollende Armee.

Gloria lenkte ihre Schritte ins Obergeschoss, vorbei an dem ehemaligen elterlichen Schlafzimmer und dem Bad, das sie sich alle geteilt hatten. Der Raum dahinter war es nun. Ihr altes Zimmer. Ihr Refugium. Von hier aus konnte sie den Garten fast vollständig überblicken.

An diesem Tag bildeten die Sonnenstrahlen schwebende Lichtröhren, die den Raum durchschnitten. Ihre Schritte klangen laut und hohl in dem leeren Zimmer. Sie drehte sich einmal um die eigene Achse und sah alles wieder vor sich. Ihren Schreibtisch mit der verschnörkelten Schreibtischlampe, ihr Bett, das mit einem Berg an Kissen überhäuft gewesen war, weil sie es geliebt hatte, sich darin einzukuscheln und zu lesen. Dann ihre Vitrine mit der Sammlung aller gelesenen Bücher, und die hohe Holz-Truhe, in der sie ihre Puppen verstaut hatte, nachdem die Phase des Mutter-Spielens vorbei war.

Mit Ausnahme von Clara. Clara, die an jenem Tag damals ein Auge verloren hatte. Sie konnte immer noch fühlen, wie es sie damals schockiert hatte, dass ihre Lieblingspuppe ohne Grund zerstört worden war. Dafür hatte sie ihrer Nichte damals die Pest an den Hals gewünscht. Still und brodelnd hatte sie vor ihr gestanden und ihre kleinen, verweinten Augen gesehen, die sie ihr gerne eingedrückt hätte. Als eine Art Symbol des gerechten Ausgleichs. Doch sie hatte sich besonnen und sich erwachsen gezeigt.

Und dann war die ersehnte Seuche wie von ganz allein über Sandra gekommen. Gloria spürte noch heute, wie ein Schauder der Genugtuung von ihr Besitz ergriff, wenn sie darüber nachdachte. Es fühlte sich, so wie es passiert war, immer noch richtig an.

Sie würde nun also eine Weile bleiben, bis sie ihre Gedanken gesammelt hatte. Sie musste sich im Klaren darüber werden, was im Wald geschehen war. Denn hatte sich Gloria auch noch bis vor Kurzem das Leben nehmen wollen, weil sie glaubte, Tanjas Tochter getötet zu haben, war ihr zwischenzeitlich etwas klar geworden.

Bevor sie im Wald ohnmächtig geworden war, hatte sie etwas gehört. Es war ein tiefes Grunzen oder Schnaufen. Zuerst hatte sie an ein Tier gedacht, doch wenn sie genau überlegte, hätte es auch zu einem Menschen passen können. Jemandem, der große Anstrengung auf sich genommen hatte oder dem alle Kraft entwichen war. Vielleicht war es ein Mann.

Etwas in ihrem Kopf setzte sich in Bewegung und erlaubte es ihr, die Sache neutraler und aus einem anderen Blickwinkel zu betrachten. In dieser Überlegung war nicht mehr sie selbst der Mittelpunkt, sondern der reglose Körper auf dem Waldweg. Vielleicht war sie gar nicht allein mit Lydia auf dem Trampelpfad gewesen. Es war noch jemand anders dort gewesen.

Ein weiterer Mosaikstein setzte sich in das bunte und scheinbar undurchdringliche Bild. Als sie zu sich gekommen war, hatte sie etwas gerochen. Nein, nicht nur feuchte Erde und Gras. Etwas Chemisches wie Ammoniak. Es war eklig, aber es half ihr auch, ihr Bewusstsein wiederzuerlangen. Ihr war übel geworden, als sie versucht hatte aufzustehen. Ihr Blick hatte sich getrübt und alles um sie herum surreal gewirkt.

Sie hatte den Körper unter diesem Busch liegen sehen und kurz davorgestanden, sich zu übergeben. Und dann waren diese grässlichen Gedanken gekommen. Sie hatte sich selbst denken hören: *Ich drehe ihr noch den Hals um, wenn sie jetzt nicht aufhört.*

Dann war die Panik in ihr aufgestiegen. Gloria schauderte es wieder bei diesem Gedanken, und erneut überkam sie eine Welle der Verzweiflung. Für sie hatte das zu diesem Zeitpunkt nur eines bedeuten können: Sie hatte ihre Nichte getötet.

Doch mittlerweile erlaubte sie sich zu denken, dass das vielleicht nicht die einzige Möglichkeit war. Allerdings hieße das auch, dass sie nun herausfinden musste, wo Lydia war. Und wer ihr im Wald aufgelauert und sie angegriffen hatte.

Und warum.

XVII. Kapitel

Tanja hatte sich einige Tage freigenommen, weil
es ihr völlig unsinnig erschien, einem geregelten Alltag nachzugehen, während ihre Tochter und Schwester unauffindbar waren. Den ganzen Tag über hatte
sie zig Male Lydias Freundinnen angerufen und die
Orte abgeklappert, von denen sie wusste, dass Lydia
dort gerne „abhing", wie sie es nannte.

Cafés, Eisdielen, Klamottenläden, die Rhein-Prome-
nade, die Teestube, die der Vater ihrer Freundin Jenni
betrieb, diverse Parks und einfach jede Straße, die ihr
in den Sinn kam und die ihre Tochter hätte entlang-
gelaufen sein können. Sie fand sie nicht.

Letztlich hatte sie auch ihre Mutter über die Situation
aufklären müssen, die sich zuvor darüber beklagt
hatte, Gloria nicht erreichen zu können. Tanja spürte,
dass es Inge nicht möglich war, diese Nachricht zu
verarbeiten. Die endlose Kette der Verluste schien sie
zu erdrücken. Letztlich konnte sie ihre Tochter nur
noch darum bitten konnte, gleich informiert zu werden, sobald sie etwas Neues hörten.

Auch Tanjas unnachgiebige Anrufe bei der Polizei hatten ihr nur Enttäuschungen eingebracht. Die Beamten hatten sie wissen lassen, dass sie weder in Krankenhäusern noch in den bekannten Anlaufstellen erfolgreich gewesen seien. Auch die Ortung ihres Handys habe keinen Treffer ergeben. Zu allem Überfluss erklärten sie Tanja dann auch noch, dass sie Geduld haben müsse. Damit konnte sie allerdings nicht dienen.

Am Abend lenkte sie den Wagen in die Blumenthalstraße, und als sie die Treppe hochkam und Dirk sah, glaubte sie, in einen Spiegel zu schauen. Seine Haare wirkten zerwühlt, die Augen gläsern, und darunter lagen tiefe, schwarze Ränder, die einem Kampfboxer alle Ehre gemacht hätten. Seine Haut wirkte fahl und die Lippen spröde.

„Nichts?", stellte sie die allesumfassende Frage.

Dirk schüttelte den Kopf und führte sie in den Wohnraum. „Und bei dir?", fragte er mehr aus Anstand, denn aus wirklicher Hoffnung.

„Nein", meinte Tanja und stutzte. „Was ist das denn alles?", mit einem Kopfnicken deutete sie in Richtung des Chaos', das durch Zeitungsartikel, Zigarren-

stummeln und Inhalationsspray noch vom Vortag zu-
rückgeblieben war.

„Ach, ich weiß nicht." Dirk rieb sich erschöpft die
Stirn. „Das habe ich unter Glorias Bett gefunden."

„Unter Glorias Bett?", wiederholte Tanja unnötiger-
weise und trat an den Tisch heran. „Artikel über
Sandras Tod?", fragte sie betroffen.

„Ja." Dirk wies mit der Hand über die Papiere vor
sich. „Und über Gesetz und Ordnung, Fremdenhass
und die Entwicklung vom Mauerblümchen zum
Schwerverbrecher. Ich weiß einfach nicht, was das alles soll." Wieder rieb er sich mit beiden Händen das
Gesicht.

„Hat Gloria das gesammelt?", fragte Tanja überrascht.

„Ich weiß es nicht. Aber ich nehme es an."

„Und was ist das mit Papas Zigarren?"

Dirk sah Tanja fragend an, die zum Beleg auf die *Montecristo*-Stummel deutete. „Du glaubst, die sind von
eurem Vater?", fragte er ungläubig.

Tanja zuckte mit den Achseln: „Es sind zumindest
die, die Papa bevorzugt hat. Gerade am Tag seines
Todes hat er auf der Geburtstagsfeier davon

geschwärmt, dass er gerade erst seine Bestände in seinem Stammgeschäft am Neumarkt aufgefüllt habe.

„Ich verstehe immer weniger. Hast du eine Ahnung, was hier läuft?", Dirks Gesichtsfarbe näherte sich dem eines Lakens.

„Ich weiß es wirklich nicht, Dirk. Ich habe einfach nur Angst."

Er sah in Tanjas Augen, dass es tatsächlich nur das war. Keine Fröhlichkeit, keine Gelassenheit, keine Zuversicht – er sah lediglich eine übermächtige Sorge.

„Setz dich", meinte er deshalb, „wir müssen nachdenken."

Tanja folgte seiner Aufforderung.

„Kaffee oder Tee?", meinte er geschäftig wie ein Flugbegleiter, doch Tanja schlug beides aus. „Hast du was Stärkeres da?"

„Wein und Grappa."

„Gut, in dieser Reihenfolge", war Tanjas einzige Antwort. Dann zog sie die Artikel zu sich heran und begann sie zu lesen.

Nach mehr als einer Stunde schob Tanja die Seiten abgekämpft von sich und atmete hörbar aus. „Das alles ist ein Albtraum", meinte sie erschöpft. Jetzt ruhte ihr

Blick auf der Schachtel mit den beiden Zigarrenstummeln und dem Asthma-Spray.

Dirk tat es ihr gleich und schüttelte den Kopf. „Mir geht es genauso", meinte er leise, sodass Tanja ihn kaum verstehen konnte.

Dann zog Tanja plötzlich die Stirn kraus: „Wir sehen Papas Lieblingszigarren, ein Asthma-Spray und diverse Artikel über Sandras Tod. Alle Texte scheinen sich um das Thema Fremdenhass und Kinder in der Rolle eines Mörders zu drehen." Dann weiteten sich Tanjas Pupillen noch ein wenig. „Sandra war halb Ausländerin", rief sie dann, als würden aus ihrem Gehirn längst vergessene Daten abgerufen. In ihren Gesichtszügen zeigte sich neues Leben.

Ein Eifer, der Dirk ansteckte.

„Eure Nichte war Ausländerin?", fragte er aufgeregt.

„Naja, natürlich nur väterlicherseits. Sie ist aus einer Beziehung zwischen Katrin und einem Marokkaner hervorgegangen."

Dirk schwieg einen Moment, dann packte ihn der Tatendurst. „Okay, das ist gut. Denken wir dort weiter", meinte er und zog den Artikel mit der handschriftlichen Botschaft hervor. Während er den Faden weiterspann, tippte er mit dem Zeigefinger auf das Blatt:

„Was, wenn Gloria all diese Dinge aus der Wohnung eurer Eltern hat? Sie könnte die Sachen dort gefunden haben. Und hier", Dirk deutete auf Glorias Hinweis auf einem der Artikel, „hat Katrin eurem Vater womöglich eine Botschaft übermitteln wollen. Gloria scheint das zumindest geglaubt zu haben. Sie hat ihren Namen auf das Blatt geschrieben."

Tanja sah ihn zweifelnd an und zwang ihn das zu erklären: „Gloria hat sich mit Katrin getroffen und ...", bevor er auch nur ein weiteres Wort sagen konnte, sprang Tanja auf.

„Sie hat was?", schrie sie so laut, dass Dirk befürchten musste, die Nachbarn würden jeden Augenblick mit einem Besen an die Decke klopfen.

„Komm, reg dich nicht auf. Setz dich wieder. Ich erkläre es dir. Gloria hat es mir zunächst verheimlicht, aber es kam raus, als die Polizei hier war, um Gloria zu befragen."

„Sie war ... die Polizei ...", Tanja konnte keinen sinnvollen Satz mehr bilden. Auf einmal war einfach alles zu viel. „Das ist ja alles unfassbar", setzte sie ermattet nach. Dann ließ sie sich auf ihren Stuhl fallen und versuchte sich wieder auf die eigentliche Aufgabe zu konzentrieren.

Wenn sie Antworten finden wollten, mussten sie herausfinden, wie die Fundstücke zusammenhingen.

„Also", meinte Tanja mit fester Stimme, „was hatten die beiden zu besprechen?"

„Sie sind wohl nicht sehr weit gekommen. Katrins Tod kam dazwischen. Aber Katrin deutete wohl vorher an, dass der Tod nicht natürlichen Ursprungs gewesen sei."

Tanja wischte diese Information mit einer lässigen Handbewegung fort. „Das war aber nun wirklich keine Neuheit. Das wusste jeder in unserer Familie. Alle gingen schließlich von einem Unfall beim Versteckspiel aus."

Dirk wartete einen Moment und fragte sich, ob er sie mit der Wahrheit konfrontieren konnte. Doch ihm war auch klar, dass Tanja und er nun in einem Team spielten. Sie mussten vollkommen offen zueinander sein.

„Ich glaube, Gloria dachte, Katrin könne damit etwas anderes gemeint haben, Tanja." Er konnte ihr ansehen, dass sie ihn nicht gleich verstand. Deshalb machte er den nächsten Schritt: „Gloria meinte, dass Katrin über den Tod eures Vaters sprach."

Tanja schüttelte sich. Kalte Schauer liefen über ihren Rücken, als ihr bewusst wurde, dass das einer Planung bedurft hatte.

„Aber wie soll Katrin davon gewusst haben?", meinte sie dann nachdenklich. „Sie war doch gar nicht an seinem Geburtstag vor Ort."

Dirk kratzte sich an der Stirn. „Das heißt, sie muss gewusst haben, dass es passieren würde. Sie hat ihn mit den Artikeln auf etwas hingewiesen, dass sie herausgefunden hat. Und sie muss geahnt haben, dass es für sie beide gefährlich werden könnte, dieses Geheimnis zu teilen. Als er dann starb, war es für Katrin klar, dass es Mord gewesen sein musste."

Ob es die Vielzahl an Konjunktiven war oder die Tatsache, dass des Pudels Kern gleich vor ihnen lag, wusste Dirk nicht zu sagen. Aber er konnte nicht mehr an sich halten und schrie laut aus: „Es muss doch da eine klare Verbindung geben!"

Hilfesuchend sah er Tanja an, die gerade ihren Rücken durchstreckte und scharf einatmete. Versteinert starrte sie auf den Tisch und fixierte einen Punkt. Dann griff sie nach dem Inhalationsgerät und wog es in ihrer Hand. „Ja, die gibt es tatsächlich", sagte sie

kühl und die ungewohnte Schärfe in ihrer Stimme
ließ Dirk erschaudern.

XVIII. Kapitel

Gloria durchsuchte die Zimmer des verlassenen Hauses nach etwas, auf dem sie schreiben würde können. In ihrem Kopf sprangen Gedanken umher, die sie dringend zu Papier bringen musste. Etwas sagte ihr, dass sie der Lösung näher war als je zuvor.

Im Keller fand sie einen letzten Rest einer Tapetenrolle, die zurückgelassen worden war. Sie wunderte sich einen Moment lang, warum Menschen dazu neigten, ihrem Nächsten die eigenen Probleme zu überlassen – und sei es nur ihr Abfall. Letztlich wertete sie es jedoch als Fügung und klemmte sich die Rolle unter den Arm. Dann stürmte sie wieder nach oben in ihr Zimmer.

Dort zog sie die Rolle auf und beschwerte die Enden mit ihrem Handy auf der einen und dem Jutesack auf der anderen Seite. Aus Letzterem zog sie einen Filzschreiber und klemmte ihn hinter ihr Ohr. Im Schneidersitz besah sich das nichtssagende Weiß des Papiers.

Natürlich wusste sie, dass sie improvisieren musste. Immerhin hatte sie die Hinweise zu Hause versteckt und würde ohne sie auskommen müssen. Dennoch schwor sie sich, dass sie spätestens am Abend einen schlüssigen Entwurf ihrer nächsten Schritte haben würde. Dann zeichnete sie entschlossen ein rechteckiges Kästchen aufs Blatt und befüllte es mit einem Namen. Katrin.

* * *

Einen ganzen Tag lang schon, hatte er nichts Auffälliges mehr gesehen. Er hatte gegen Abend zu seinem *Steiner Nighthunter Xtreme* gewechselt, welches es ihm erlaubte, selbst bei Nacht noch klar zu sehen. Einst, als er noch selbst zur Jagd gegangen war, musste er sich mit weitaus schlechterer Qualität abfinden. Zum letzten Weihnachtsfest machte er sich dann selbst dieses kostspielige Geschenk. Maxl sprang aufgeregt um ihn herum, als er nun am Zaun Position bezog und den Autofokus aktivierte.

„Pst", versuchte er den Hund zu beruhigen, „Herrchen muss etwas überprüfen." Doch Herrchen sah nichts. Weder an der Gartenlaube noch am oder im Haus selbst. Dabei hätte er schwören können, dass da gestern jemand herumgelungert hatte.

Maxl hatte sich beruhigt und nagte zu seinen Füßen an einem Stück Ast. Der Alte blieb noch weitere zwanzig Minuten reglos und von Hecken getarnt auf seinem Beobachtungsposten. Dann blies er die Aktion ab.

„Tja, Maxl", als er den Hund direkt ansprach, sprang das Fellknäuel zu seinen Füßen wieder auf und stemmte seine kurzen Vorderbeine gegen die Wade seines Herrn, „dann werden wir uns das wohl beizeiten einmal aus der Nähe ansehen müssen." Er tätschelte den strubbeligen Kopf seines Hundes und stapfte zu seinem Haus zurück. Maxl folgte gehorsam.

* * *

Tanjas Kopf ruhte in ihren Armen, die sie auf dem Tisch überkreuzt hatte. Ihre Atmung ging ruhig und tief. Dirk hatte noch eine Weile darüber nachgedacht, was Tanja ihm eröffnet hatte. Jetzt ging es darum herauszufinden, ob ihre Schlussfolgerungen richtig waren. Er würde einen alten Freund um einen Gefallen bitten müssen.

Hoffentlich war es nicht schon zu spät!, rief es in ihm, als sich die Müdigkeit allmählich auch nach ihm ausstreckte. Doch gerade in dem Moment, als sein Kopf drohte in den Nacken zu fallen, hörte er ein zaghaftes Klopfen an der Wohnungstür. Er schrak hoch und sah, dass auch Tanja davon aufgewacht sein musste. Beide sahen sich in höchster Wachsamkeit an. Dann legte Dirk einen Finger an seine Lippen, um ihr zu zeigen, dass sie sich ruhig verhalten solle. Tanja nickte zum Einverständnis. Gleich darauf bewaffnete er sich mit einer seiner Trainingshanteln und schlich zur Tür. Tanja folgte ihm dicht und bewegte sich ebenso vorsichtig wie er.

Als sie hinter der Tür zum Stehen kamen, reckte Dirk drei Finger in die Luft und zeigte einen Countdown an. Als seine Hand zu einer Faust wurde, riss er die Tür auf, reckte die Hantel empor und war bereit sie dem unerwünschten nächtlichen Besucher über den Schädel zu ziehen.

Nicht nur Tanja erschrak, als sie erkannte, wer da vor der Tür stand. Im Treppenhaus wich die Gestalt ins Halbdunkel zurück und besah sich die Szene mit Schrecken.

„Lydia?", Tanja traute ihren Augen nicht.

„Mama?", ihre Tochter hatte zu weinen begonnen, während Dirk immer noch die Hantel in körperlicher Starre in die Luft streckte.

„Lydia?", fragte dann auch er ungläubig und ließ die Arme sinken.

Tanja rannte ins Treppenhaus und zog ihre Tochter an sich. Die beiden klammerten sich aneinander und weinten enthemmt. Dirk suchte mit raschen Blicken das Treppenhaus ab. „Und Gloria?", fragte er enttäuscht.

Lydia machte sich von der Umarmung ihrer Mutter frei und sah ihn traurig an. „Ich denke, ich muss euch etwas erzählen."

Als sie ihm Wohnzimmer Platz genommen hatten, hielt Tanja es nicht mehr aus. Verzweifelt stellte sie all die Fragen, die ihr durch den Kopf gingen: „Ich verstehe das alles nicht. Wo bist du gewesen? Wolltest du mir irgendetwas heimzahlen? Habe ich dich nicht gerecht behandelt? Wir hatten doch noch nicht einmal einen Streit." Als Lydia nicht gleich antwortete, wiederholte sie sich und schüttelte den Kopf: „Ich verstehe das alles nicht."

Lydia hatte in einem Sessel vor ihnen Platz genommen, während Dirk und Tanja, wie Eheleute bei der Paartherapie, ihr gegenüber auf der Couch saßen.

Lydia sah zur Beruhigung der Erwachsenen unversehrt aus. Sie war sogar nicht mehr in ihrer Sportkleidung unterwegs, was Dirk sagte, dass sie sich irgendwo umgezogen haben musste. Sicher nicht zu Hause, denn dort wäre sie ihrer Mutter in die Arme gelaufen. Das Mädchen hatte ein Geheimnis, und er war gespannt, wieviel es davon preisgeben würde.

Lydia wischte unruhig mit den Händen über ihre Oberschenkel und besah sich die erwartungsvollen Gesichter.

„Ich habe Tante Gloria gestern Morgen zum Joggen abgeholt. Vorher haben wir noch hier gefrühstückt. Wir sind im Königsforst gelaufen. Da macht es am meisten Spaß, finde ich, weil man die Runden an die eigene Trainingsform anpassen kann. Und der Wald ist halt sehr schön", fügte sie an, obwohl es dieser Erklärung nicht bedurft hätte. „Ich weiß nicht genau, wie es passiert ist, aber auf einem Trampelpfad abseits des Hauptwegs sind wir beide gestürzt."

„Ihr seid beide gleichzeitig gestürzt?", fragte Tanja ungläubig und legte ihren Kopf schief. Kritisch besah sie sich ihre Tochter, weil sie das nicht glauben wollte. Lydia schluckte. Warum musste ihre Mutter sie immer so verhören? Jetzt ging es darum, stark zu bleiben. Sie räusperte sich und fuhr mit fester Stimme fort: „Ja, genau. Wir sind beide über eine Wurzel oder so etwas gefallen. Ich habe mir dabei den Kopf angeschlagen."

Sie schob ihren Pony zur Seite und zeigte auf eine stark geschwollene, blaue Stelle am Kopf. Als sie sah, dass ihre Mutter aufspringen und sich das aus der Nähe besehen wollte, hielt sie sie mit einer Handbewegung zurück. „Es tut nicht so weh. Na ja, als ich wieder zu mir kam, da war Tante Gloria weg."

„Sie hat dich einfach so allein zurückgelassen?", diesmal war es an Dirk, ihre Aussage zu hinterfragen. Lydia wusste, dass niemand da war, um sie zu widerlegen. Deshalb nickte sie und fuhr beschwichtigend fort: „Ich bin davon ausgegangen, dass sie Hilfe holen wollte. Als sie nach einiger Zeit nicht zurückkam, habe ich versucht, sie auf ihrem Handy zu erreichen. Aber sie ging nicht ran. Irgendwann habe ich mich dann auf den Weg gemacht."

Tanja wartete, doch ihre Tochter schien dem nichts mehr hinzufügen zu wollen. Mit einem raschen Blick zu Dirk versicherte sie sich, ob auch er mit dem Bericht nichts anfangen konnte, was sich bestätigte. Sein ratloser Gesichtsausdruck deckte sich mit ihrem eigenen Gefühl.

Dirk ergriff zum ersten Mal, seit Lydias Bericht geendet hatte, das Wort. „Und wo hat dich dein Weg dann hingeführt? Nach Hause offensichtlich nicht."

Es tat ihm selbst leid, dass er so ruppig reagierte, aber die Sorgen, die Tanja und er sich gemacht hatten, brauchten eine Balance, damit er nicht völlig durchdrehte. Lydia zuckte mit den Achseln.

„Ich bin mit der Bahn in die Stadt gefahren und rumgelaufen. Ich hatte wirklich Angst, euch anzurufen, um zu sagen, dass Gloria fort ist. Ich weiß doch, wie sehr sich alle immer um sie sorgen. Und jetzt ist sie einfach weg. Vielleicht stand sie unter Schock. Ich hatte", Lydia sah betroffen nieder und wechselte die Form, „ich habe wirklich Angst, dass sie in Panik geraten ist und die Orientierung verloren hat. Die ganze Zeit dachte ich, ihr würdet mir dann die Schuld daran geben, weil ich sie doch zum Joggen gedrängt habe.

Ich weiß auch nicht." Verzweifelt suchte sie im Gesicht ihrer Mutter nach Verständnis. Doch fand keins. „Du bist lieber allein umhergelaufen, als dich bei mir zu melden? Die ganze Nacht?"

Lydia schüttelte den Kopf. „Nein, am Ende bin ich bei einer Schulkollegin untergekommen. Ihre Eltern sind in Urlaub. Sie hat mir auch ein paar ihrer Klamotten geliehen". Lydia sah wie zum Beweis an sich herab.

Dirk sprang ein, weil er bemerkte, dass Tanja zum nächsten Verbalschlag ausholte: „Du musst sicher sehr müde sein, Lydia. Es war gut, dass du hergekommen bist. Du kannst heute Nacht hierbleiben. Ihr beide könnt erst einmal hierbleiben, bis das durchgestanden ist", schob er nach und ließ seinen Blick zwischen den beiden hin und her wandern.

Lydia hätte diese Fürsorge nicht erwartet. Auch, dass ihre Mutter sich damit zufriedengab, was sie ihr aufgetischt hatte, ließ sie stutzen. Gerade noch glaubte sie, sie würde explodieren und auf sie losgehen. Immerhin hatten ihre Fragen gezeigt, dass sie ihr nicht glauben wollte. Doch nun saß sie da wie ein Tiger vor seinem Dompteur und überließ Dirk die Wortführung. Mit einem hatte sie nicht gelogen: Sie hatte keine Ahnung, wo ihre Tante jetzt war. Das war ein unkalkulierbares Risiko in ihrem und Svens Plan. Aber Pläne mussten schließlich verfolgt werden. Wenn sie so ihren eigenen Gedanken zuhörte, kam es ihr so vor, dass sie schon so klang wie Sven. Aber das war jetzt nicht wichtig.

„Lydia", meinte Dirk, „willst du dich schon mal bettfertig machen? Ich beziehe in der Zwischenzeit die Betten."

Erleichtert, der Situation entkommen zu können, sprang Lydia auf und marschierte zügig ins Bad. Dirk erhob sich, um seiner Ankündigung Taten folgen zu lassen.

Tanja, die immer noch wie paralysiert auf der Couch saß, sah ihn skeptisch an. „Du glaubst ihr doch wohl nicht, oder?"

Dirks Gesicht versteinerte: „Kein einziges Wort."

XIX. Kapitel

Er liebte diesen Geruch, den die sterilen, antiseptischen Putzmittel auf den langen Gängen des Klinikums verbreiteten. Für viele war dies einer der Gründe, Krankenhäuser zu meiden. Doch für Dirk war es nicht so sehr ein stechender Gestank, sondern vielmehr eine Art Duftmarke seiner Arbeit. Dirks Kittel raschelte, als er zum Aufzug am anderen Ende des Gangs marschierte. Er gab sich geschäftig und sah beständig auf sein Handy, um zu vermeiden, dass ihn jemand ansprechen würde. Im Lift angekommen, drückte er die Taste zum Untergeschoss, in dem die Laborräume lagen.

Er war auf dem Weg zu seinem langjährigen Freund Rainer Heister, der das Labor des Klinikums leitete. Dirk steuerte gleich Rainers Tisch an und besah sich interessiert dessen Apparaturen, Reagenzgläser und Petrischalen.

„Gib es auf, Dirk", lachte Rainer und reichte ihm die Hand zur Begrüßung. „Du bist zwar Arzt, aber das hier ist zu hoch für dich."

Dirk liebte die Sticheleien mit seinem alten Freund und Kollegen. „Jetzt kommt einer der weißen Götter zu dir Normalsterblichem in den Keller hinabgestiegen, und du hältst nichts als Häme bereit?"

„Ich bin einfach zu eingeschüchtert von deiner Herrlichkeit, als dass ich darauf antworten könnte", behielt Rainer das letzte Wort und winkte Dirk zu einem anderen Labortisch, auf dem die Gegenstände lagen, die er ihm erst am Morgen vorbeigebracht hatte.

„Ich weiß, dass deine Zeit kostbar ist. Du musst bestimmt noch ein Leben retten oder so was. Daher mache ich es kurz", leitete Rainer ein. „Ich habe mir das Messer, das du mir vor ein paar Tagen vorbeigebracht hast, angesehen, und es ist schon jetzt klar, dass mehr als eine DNA-Spur im Spiel ist. Das Blut an der Klinge stammt definitiv von zwei Frauen. Aber das ist nicht alles."

Gekonnt rollte er mit seinem Drehstuhl zu einem Mikroskop und winkte Dirk zu sich. „Schau mal hier durch", forderte er Dirk auf.

Dieser rückte näher, stellte die Linsen auf seine Sehschärfe ein und lugte durch die Gläser. Auf einem dünnen Glasbrettchen lag ein feines Haar. Dirk rückte vom Mikroskop ab und sah Rainer verständnislos an.

„Das ist ein Augenwimper“, triumphierte Rainer und schenkte Dirk ein strahlendes Lächeln. Als Dirk nicht gleich reagierte, zog er einen Flunsch. „Du bist tatsächlich nur mit wirklich großen Nachrichten zu begeistern, oder?“ Dann verzog sich sein Schmollmund zu einem Lächeln. „Das Ding hatte sich im Schaft des Messers versteckt. Habe ich gerade erst entdeckt und werde mir das noch mal genauer ansehen müssen.“

„Gibt es denn zu den Blutspuren schon Übereinstimmungen?“ Dirks Ungeduld übertrug sich auf Rainer, der sich gleich rechtfertigte: „Vertrau mir, ich kümmere mich um die Proben. Du weißt ja, das sind drei Milliarden Basenpaare, die es zu checken gilt. Gibt mir noch zwei Tage, dann müsste ich etwas wissen.“ Er sah die Enttäuschung, die Dirk ins Gesicht geschrieben stand. Dann wendete er seinen Kopf in alle Richtungen und überprüfte, ob sie allein waren. Tatsächlich war auch in den Räumen hinter der Glasscheibe seiner Laboreinheit keine Kollegen zu sehen. Und obwohl es nicht notwendig war, senkte Rainer die Stimme: „Okay, pass auf. Wir haben hier so eine neue Software. Mit der geht das Ganze schneller. Das System basiert auf dem Wissen, dass es ausreicht, lediglich zweihundert ganz bestimmte Varianten im

Erbgut herauszustellen und abzugleichen. Die Software isoliert und überprüft also nur diesen Bereich. Bereits damit würden wir eine Eindeutigkeit ableiten können. Ich muss aber warten, bis heute Abend alle nach Hause gegangen sind. Das fällt sonst auf und provoziert Fragen, schlimmstenfalls feuern sie mich dafür. Aber wenn es gelingt, dann hast du die Ergebnisse vielleicht schon heute am späten Abend."

* * *

„Du musst leise sein, sonst fallen wir am Ende noch auf!" Die Ermahnung war schneidend, doch der treue Blick, der diese Maßregelung quittierte, war alles andere als verständnisvoll. Maxl spürte die Aufregung seines Herrn, doch er hatte keine Ahnung, was der Grund ihres spät-abendlichen Ausflugs war. Dennoch war dem Dackel klar, dass von ihm erwartet wurde, schweigend Folge zu leisten.

Sein Herr schob sich durch eine Öffnung im Zaun, die er kurz zuvor eigens für diese Zwecke mit einer Drahtschneide präpariert hatte. Auch wenn er nur gerade so hindurchpasste, reichte es allemal, um seinen Eifer zu beleben. Auf der anderen Seite des Zauns angekommen, nahm er sein Fernglas auf, das ihm an einem Lederband um den Hals baumelte, und äugte zum Haupthaus. Nichts. Wieder nichts. Er musste sich geirrt haben.

Wie auch immer. Er würde keine Ruhe finden, bis er sich nicht selbst davon überzeugt hatte, dass seine Sinne ihm keinen Streich spielten. Vorsichtig und in leicht gebeugter Haltung schlich er zur Gartenlaube. Als er die Regentonne passierte, blieb er kurz stehen, hielt inne und seufzte leise auf. Dann setzte er seinen Weg zur Nordseite des Schuppens fort und fand den Eingang. Er legte seine Finger um den Türgriff und drückte ihn nieder. Problemlos öffnete sich die Tür.

Im Inneren war es dunkel, da die umstehenden Bäume das letzte Tageslicht bereits für sich behielten. Er wusste, dass es ein Fehler wäre, Licht zu machen. Womöglich war der Strom sowieso abgestellt. Daher griff er erneut nach seinem Feldstecher und besah sich die Hütte genauer.

Es dauerte nicht lange, bis er das provisorische Lager fand, das aus Autoreifen und Sitzauflagen errichtet worden war. Wusste er es doch! Jemand war hier gewesen und er mochte keine Eindringlinge. Wenn es

also sein musste, dann würde er sich darum kümmern. Seine Entscheidung stand fest.

Mit für sein Alter erstaunlich schnellen Bewegungen
trat er aus der Hütte hervor, schloss leise die Tür hinter sich und lauschte einen Augenblick in die Abend-
stille. Maxl freute sich, endlich wieder nach Hause zu
dürfen, und watschelte in Richtung Gartenzaun.
Hätte Maxl sich nicht noch einmal nach ihm umge-
dreht, wäre ihm entgangen, wie sich sein Herrchen
hinter dem Schuppen in eine Hecke aus Kirschlorbeer
schlug und dort in Deckung ging.

* * *

Die Tapete war auf einer Breite von fünfzig Zentime-
tern vollständig beschrieben. Unzählige Kästchen mit
Namen und Orten, verbunden mit wilden Linien und
Pfeilen, manches war doppelt unterstrichen oder
energisch umrandet worden, belebten das zuvor noch
nutzlose Stück Wandkleid.

Gloria hatte sich bemüht, bei der Sache zu bleiben,
trotz des Hungers, der ihr mittlerweile zu schaffen
machte. Auch das Wasser, das sie in ihrem Jutesack
mitgeführt hatte, ging zur Neige. Sie beschloss, dass

sie schon bald für Nachschub sorgen würde. Das war jedoch nicht ihre einzige Sorge. Mit einer fließenden Bewegung zog sie ihr Handy aus der Gesäßtasche und besah sich den Akkustand. Fast leer. Sie ärgerte sich darüber, nicht an das Ladekabel gedacht zu haben, aber zunächst einmal ging es ihr darum, die Fäden zusammenzubringen.

Sie ließ das Handy wieder in die Hosentasche gleiten und begann, die losen Enden ihrer Zeichnung angestrengt zu fixieren. Sie zuzuordnen war leider sehr viel einfacher gewesen, als sie es erwartet hatte. Denn egal wie sie es drehte oder wendete, sie kam immer wieder zum gleichen Ergebnis.

Katrin hatte ihren Vater zum Thema Fremdenhass geführt und damit zeigen wollen, dass sie glaubte, dass dies der eigentliche Auslöser für den Tod ihrer Tochter war. Katrin war es auch, die Gloria angedeutet hatte, dass sie einen Verdacht hinsichtlich des Todes ihres Vaters habe.

Als Nächstes hatte sie sich also der Frage des Wie gewidmet. Jemand sollte Vater getötet haben? Die Geburtstagsfeier hatte dazu ausreichend Gelegenheit geboten. Außer ihr selbst waren all ihre Geschwister und deren Kinder da gewesen. Und natürlich Anni.

Tanja war früher gegangen, aber Sofia und Alex mit Familien waren geblieben.

Sofia hatte von einem Streit zwischen Alex und ihrem Vater berichtet. Sie hatten sich zur Klärung ins Arbeitszimmer verzogen. Gloria besah sich die Pfeile, die sie von einem Kästchen mit der Bezeichnung *Wohnraum* zu einem weiteren Rechteck mit dem Wort *Arbeitszimmer* gezogen hatte. Aber auch Sven war nach Sofias Bericht mit dem Großvater dorthin entschwunden, um mit ihm über die Welt der Bankgeschäfte zu philosophieren.

Als Vater wieder in den Wohnraum gekommen war, hatte es nur noch kurze Zeit gedauert, bis er zusammenbrach. Es muss also dort passiert sein. Gloria klopfte mit ihrem Filzschreiber auf den Kasten *Arbeitszimmer*.

Gloria schrak auf. Hatte sie da etwas im Untergeschoss gehört? Sie hielt den Atem an und lauschte. Doch außer dem Wind, der gegen Abend aufgefrischt war und nun an den alten Läden der Terrassentüren rüttelte, hörte sie nichts.

Sie verharrte noch einen Moment, dann befahl sie sich selbst: *Zurück zu meinem Problem!* Sie besah sich die Tapetenrolle noch eine Weile, bevor sie einen

Entschluss fasste. Sie würde alte Wunden aufreißen müssen, um mehr zu erfahren. Was konnte schon passieren? Alex war immerhin ihr großer Bruder.

* * *

Tanja hatte am darauffolgenden Morgen aufs Neue versucht, ein Gespräch mit Lydia zu führen, doch ihre Tochter distanzierte sich von ihr und wich ihr aus. Damit vermied sie geschickt, dass ihre Mutter sie mit ihren Fragen in die Enge treiben konnte. Es war wie in einem Schachspiel. Eine solche Situation hatten sie noch nie erlebt. Egal, was auch in dem kurzen Leben ihrer Tochter geschehen war, sie hatte es ihrer Mutter ohne Umschweife anvertraut. Jetzt schwieg sich das Mädchen aus.

Resigniert zog sich Tanja zurück und überließ Lydia der Lektüre eines Buches, das sich das Kind aus Glorias Bücherregal herausgesucht hatte. Der kurze Titel lautete *Darwin*. Hoffentlich gab es keinen psychologischen Kontext zwischen der Buch-Wahl und ihrem Gemütszustand, dachte Tanja, als sie die Tür des Schlafzimmers hinter sich zuzog.

Dirk stand in der Küche und bereitete ein spätes Frühstück zu. Rührei, Toast, einige Scheiben Schinken, ein bisschen Käse und gewürfelte Tomaten. Mehr hatte er nicht mehr im Haus. Das musste reichen. Während er das stockende Ei mit einem Holzlöffel in der Pfanne in Bewegung hielt, drehte er sich zur Küchentür, in der Tanja aufgetaucht war.

„Riecht gut", meinte sie und sog den Duft mit geschlossenen Augen ein.

„Wie lief es mit Lydia?", wollte Dirk wissen und gab noch etwas Pfeffer in die Masse.

„Gar nicht gut", resigniert ließ sich Tanja an den Küchentisch sinken. Dann vergrub sie ihr Gesicht in den Händen und murmelte etwas Unverständliches.

„Was sagst du?", fragte Dirk und besah sich das Häufchen Elend, das einmal ein lebendiger und fröhlicher Mensch gewesen war.

Tanja zog die Hände vom Gesicht und wiederholte: „Ich dringe einfach nicht zu ihr durch. Dabei ist es doch so wichtig", flehend erhob sich ihre Stimme wie die eines weinerlichen Kindes. „Sie versteht mich einfach nicht."

„Oh doch", meinte Dirk und gab das Rührei in eine Schüssel, „sie versteht uns sehr gut. Nur augenscheinlich macht ihr etwas große Angst. Ich denke, dass sie weiß, was mit Gloria los ist, zumindest vermutet sie etwas. Aber da scheint noch mehr zu sein. Ich habe fast den Eindruck …", Dirk verstummte mitten im Satz, als Lydia im Türrahmen erschien.

„Du musst wegen mir nicht aufhören zu sprechen", meinte das Mädchen gelassen. „Ich hole mir nur ein Glas Milch aus dem Kühlschrank. Dann könnt ihr weiter über mich beratschlagen."

Dirk besah sich das Mädchen von der Seite, während es auf dem Weg zum Eisschrank an ihm vorbeischlurfte. Sie war Gloria unheimlich ähnlich, dachte er. Er konnte sich einfach nicht vorstellen, dass sie nicht in einem unglaublichen Gewissenskonflikt steckte. Vielleicht brauchte sie nur eine Initialzündung, etwas, das ihr half, zu kooperieren. Druck würde das nicht erreichen. Es brauchte mehr. Plötzlich hatte er eine Idee.

Selbst Tanja konnte sehen, dass ihm irgendetwas in den Sinn gekommen war. Sein Körper spannte sich an wie der eines Raubtiers kurz vor dem tödlichen Sprung. Tanja sah die Konzentration, die er aufbrachte, um das Richtige zu tun.

Dann begann er beiläufig mit ihrer Tochter zu sprechen: „Sag mal, Lydia …"

Das Mädchen schenkte gerade Milch in ein hohes Glas und zeigte sich empfänglich. „Was denn?"

„Du hast uns doch erzählt, dass du glaubst, dass Gloria aus Panik fortgerannt sein könnte, richtig?"

„Ist dir eigentlich in den Sinn gekommen, dass sie sich so erschreckt haben könnte, dass sie …", er verstummte.

„Du meinst, ob ich darüber nachgedacht habe, sie könnte sich vor Schreck etwas angetan haben?"

Tanja verspürte ob dieser Nüchternheit einen Kloß im Hals, und Dirk ging es nicht anders. Doch noch bevor einer von ihnen die Situation entspannen konnte, ergänzte Lydia.

„Natürlich habe ich das. Ich denke an nichts anderes mehr."

Dirk setzte nach: „Dann wäre dir doch sicher daran gelegen, dass wir sie finden."

Lydia nickte. „Ich habe nur keine Ahnung, wie wir das anstellen wollen."

„Ich hätte da eine Idee", meinte Dirk und bat Lydia, Platz zu nehmen. „Aber erst einmal werden wir uns stärken." Damit stellte er die Schüssel mit dem Rührei in die Mitte des Tisches und verteilte einige Scheiben Toastbrot.

* * *

Gloria wagte es, den Flugmodus vorübergehend zu deaktivieren, um ihren Bruder anzurufen. Nachdem beim dritten Versuch erneut nur der Anrufbeantworter ansprang, musste sie handeln, um keine Ortung zu riskieren. Sie hinterließ eine Nachricht: „Hey Alex, hier ist Gloria. Deine Schwester. Ich möchte gerne mit dir über etwas sprechen. Können wir uns sehen? Ich bin im Moment im Little White House. Melde dich bitte mal."

Nachdem sie aufgelegt hatte, starrte sie noch eine Weile auf ihr Handy. Nicht nur die Folgen dessen, was sie gerade losgetreten hatte, machten ihr Sorgen. Auch die Akku-Leistung ihres Telefons neigte sich bedrohlich dem Ende zu. Sie wollte das Gerät gerade wieder in den Flugmodus schalten, als es zu vibrieren begann.

Angezeigt wurde aber nicht Alex' Nummer. Als sie Lydias Konterfei auf dem Display sah, kombinierte sie schnell, dass dies nur eines bedeuten konnte:

Lydia lebte. Sie war nicht tot. Und das wiederum hieß, dass sie ihr nichts angetan haben konnte. Ein feiner Schweißfilm bildete sich auf ihren Handinnenflächen. Dann verstummte das Vibrieren.

Verflixt! Sie hatte zu lange gezögert. Ihr Telefon zeigte nun den kritischen Batteriestand von nur noch zehn Prozent an. Doch sie musste wissen, wie es ihrer Nichte ging. Noch bevor sie die Rufwahlwiederholung aktivieren konnte, klingelte es erneut. Gloria nahm das Gespräch rasch an, bevor das Mädchen sich anders entscheiden würde.

„Lydia?", zaghaft horchte sie darauf, was sich am anderen Ende abspielte. Sie hörte jemanden tuscheln, dann tauchte Lydia mit klarer Stimme auf.

„Gloria? Ja, ich bin's, Lydia."

„Mein Gott, geht es dir gut?" Gloria fühlte ihren eigenen Herzschlag im ganzen Körper pulsieren. Sie wusste auch, dass sie zu laut sprach und sie kurz vor einem hysterischen Freudenausbruch stand. Es war eindeutig Lydia. Und sie hatte sie eindeutig nicht getötet.

„Ja, mir geht es gut. Ich wollte", das Mädchen stockte, doch nach ein paar Sekunden fuhr es fort: „Ich wollte dich wissen lassen, dass alles okay ist und hören, wie es dir geht."

„Gut soweit", log Gloria und besah sich die wüste Zeichnung, die sie angefertigt hatte. „Ich habe mir allerdings wahnsinnige Sorgen um dich gemacht. Ich dachte", Gloria verlor den Faden, doch Lydia nahm ihn auf. „Ich weiß. Es war mein Fehler. Das alles war mein Fehler. Aber ich möchte dir gerne erklären, was los war."

„Okay, das wäre toll. Ich bin nämlich echt verwirrt, musst du wissen."

„Das kann ich mir denken", meinte ihre Nichte und kam dann zum Punkt. „Wenn du mir sagst, wo ich dich finde, dann komme ich vorbei und erkläre es dir."

In Gloria stieg etwas wie Argwohn auf. „Das ist keine gute Idee", meinte sie daher beklommen. In Lydias Hintergrund hörte sie erneut ein Rascheln. Es war offensichtlich, dass das Mädchen nicht allein war.

„Wieso nicht?", fragte Lydia dann wie ein trotziges Kind, das seinen Willen nicht bekam. Doch Gloria blieb dabei: „Ich bin nicht zu Hause. Und da wo ich bin, ist es nicht gerade gemütlich."

„Wo bist du denn?", hakte Lydia nach.

Gloria spielte einen Augenblick mit dem Gedanken, es ihr zu sagen. Doch irgendeine Alarmglocke in ihrem Kopf ließ sie zögern.

„Ich komme bald nach Hause, dann können wir reden."

Was ihre Tante da sagte, klang nicht nur geheimnisvoll, es war auch sehr beängstigend. „Gloria, ich muss dir etwas Wichtiges sagen."

Doch Gloria reagierte nicht.

„Gloria?", schrie Lydia in den Hörer. Doch die Leitung blieb stumm.

Gloria sah indes auf das schwarze Display ihres Handys. „Scheiße! Jetzt ist es endgültig leer", stellte sie fest und warf das Telefon in den Jutesack.

* * *

Tanja und Lydia waren am Abend zu sich nach Hause gefahren. Dirk hatte augenblicklich nach dem Telefonat eine Ortung über die Polizei veranlasst. Doch Gloria musste das Gerät zwischenzeitlich schon wieder deaktiviert haben. Der Beamte am Telefon machte ihm im Umkehrschluss jedoch deutlich, dass die

Vermisstenakten somit wohl geschlossen werden konnten, da beide Personen wieder aufgetaucht seien. Obwohl er keinen richtigen Hunger hatte, bereitete sich Dirk einen *Strammen Max* zu und verzog sich mit seinem Gericht auf die Couch. Dort ließ er sich im Schneidersitz nieder und fuhrwerkte in dieser unbequemen Haltung, mit Messer und Gabel bewaffnet, an seinem Abendessen herum. Obwohl dieses schnell zubereitete Mahl zu seinen Leibspeisen gehörte, wollte es ihm heute nicht richtig schmecken. Nach nur wenigen Happen stellte er den Teller neben sich ab und lehnte sich zurück.

Wie gut es tat, zu wissen, dass Gloria lebte. Wie sehr es aber andererseits auch schmerzte, dass sie vermied, mit ihm in Kontakt zu treten. Für Lydia hatte sie sofort abgenommen.

Während er sich noch in Selbstzweifeln erging, klingelte sein Handy und ließ ihn aufschrecken. „Hier ist Rainer." Die Pause, die darauf folgte, schien seinem Freund ein deutliches Zeichen zu sein. „Ja, ich sehe schon. Du freust dich riesig, mich zu hören."

Dirk schämte sich für seine Unhöflichkeit: „Nein, Rainer, das ist es nicht. Ich freue mich wirklich, dich zu hören."

„Natürlich tust du das", lachte Rainer aus voller Brust, „du musst es nur noch deine Stimme wissen lassen." Dann wurde er schnell ernst. „Das Ganze wird mittlerweile selbst für mich verwirrend, aber ich versuche es mal so einfach wie möglich zu halten. Ich habe Übereinstimmungen zu den beiden Blutspuren auf der Klinge gefunden. Das Blut der einen Frau passte zur blonden Haarsträhne, die du mir gebracht hast. Die andere DNA stimmte mit einer weiteren Spur auf dem Post-It-Zettel überein. Da konnte ich ein feines Haar aus dem Klebestreifen lösen, das nicht von der Blondine stammt. Im Übrigen stimmten die Blutrückstände in der Handtasche, die du mir gebracht hast, ebenfalls mit dieser zweiten Probe überein."

Dirk wusste, was das hieß. Die Haarsträhne war aus Glorias Bürste. Die DNA des Post-Its musste somit eindeutig Katrin gehören. Es war für ihn nun klar, dass Katrin mit dem Messer getötet worden sein musste, mit dem sich auch Gloria verletzt hatte. Wie das Messer allerdings in Glorias Handtasche gekommen war, erschloss sich ihm nicht.

Als er nichts sagte, fuhr Rainer fort: „Bei den Zigarren wird es erst richtig kompliziert. Eine der Zigarren wurde von der Person geraucht, die die Augenwimper am Schaft des Messers hinterlassen hat. Die andere Zigarre gehört zu einem weiteren Mann. Die einzige Vergleichsprobe, wenn ich es mal so nennen darf, fand ich an einem anderen Beweismittel, das du mir gebracht hast."

Dirk traute sich immer noch nicht, etwas zu fragen, und Rainer hielt seinen Bericht im Fluss: „Am Mundstück des Asthma-Sprays habe ich eine Übereinstimmung mit jener zweiten Zigarre gefunden. Das Verrückte ist", jetzt unterbrach Rainer seinen Redefluss bewusst und provozierte Dirks erste Reaktion.

„Was ist?", fragte Dirk drängend. „Die DNA von drei der Personen zeigt eindeutig ein verwandtschaftliches Verhältnis. Lediglich eine der Frauen-Proben passte nicht in diesen Gen-Cluster."

Dirk schwieg. Was sich in seinem Kopf abspielte, kam der Leistung eines Großrechners nahe, der Daten parallel auf mehreren Ebenen zugleich auf Fehler oder Übereinstimmungen prüft. Alles drehte sich um ihn herum, doch dann isolierte sein Gehirn eine wichtige Botschaft. Der Asthma-Inhalator musste Glorias Bruder gehören. Benutzt hatte ihn, nach Rainers Analyse, einer der beiden Raucher. Also entweder Glorias Vater oder ihr Bruder. Am Ende war da noch jemand?

Dirk stellte die naheliegende Frage:-„War eine der Zigarren möglicherweise mit etwas versetzt?"

Rainer grübelte: „Du meinst mit einem Toxin?"

Dirk bestätigte das mit einem Brummen.

„Das habe ich noch nicht überprüft. Kann ich aber noch machen."

Als Dirk eine lange Pause der Bedenkzeit machte, konnte Rainer ein Gähnen nicht mehr unterdrücken und gab schläfrige Laute von sich.

„Es tut mir leid, Rainer", entschuldigte sich Dirk, „ich wollte dich nicht schamlos ausnutzen. Ich werde es ganz sicher wiedergutmachen. Du bist ein toller Freund."

Das ging sogar dem abgeklärten Rainer runter wie Öl. Doch er wunderte sich, dass Dirk nicht wirklich glücklich mit den Ergebnissen war.

„Danke, auf das mit dem ‚tollen Freund' komme ich spätestens zurück, wenn die Weihnachtsmärkte wieder aufmachen. Ich werde dir die Haare vom Kopf futtern und einen neuen Glühwein-Rekord aufstellen. Danach wird das sicherlich olympisch." Dirk lachte erschöpft, was Rainer veranlasste, doch noch etwas anzumerken. „Wenn ich es nicht besser wüsste, würde ich sagen, du bist in ein Familiendrama verstrickt." Dirk brummte: „Du wirst lachen, irgendwie bin ich das sogar." Er überlegte, ob er wirklich aussprechen sollte, was ihm auf der Seele brannte. Er wusste, wenn er die Wahrheit herausfinden wollte, musste er Rainer um einen letzten Gefallen bitten. Deshalb gab er seine Gedanken preis. „Du hast herausgefunden, dass einer der Raucher das Asthma-Spray benutzt hat. Ich bin aber der Überzeugung, dass dieser Inhalator nicht das ist, was er vorgab zu sein."

Rainer war zwar todmüde, aber das, was sein Freund da sagte, ließ für ihn nur einen Schluss zu. „Du meinst er war kein Lebensretter?"

Dirk brummte zustimmend, auch wenn ihm nicht gefiel, auf was sie da gestoßen waren.

XX. Kapitel

Dirk wurde aus dem Schlaf gerissen, als sein Telefon in der Nacht neben ihm zu vibrieren begann. Er hatte das Gerät auf dem Nachttisch abgelegt, um einen möglichen Anruf von Gloria nicht zu verpassen, wenn es denn endlich soweit wäre. Er griff im Dunkeln in die Richtung des leuchtenden Displays und kämpfte mit zusammengekniffenen Augen gegen die beißende Helligkeit an.

Es brauchte einige Sekunden, bis sich seine Augen daran gewöhnt hatten und er den Anrufer erkennen konnte. *Blum*, stand da in digitaler Klarheit. Dass sie mitten in der Nacht anrief, konnte kein gutes Zeichen sein. Dirk setzte sich ruckartig auf und nahm das Gespräch an:

„Sie wissen ja", begann die Ärztin ohne Umschweife, „ich kann Ihnen nichts darüber sagen, was Gloria mir in unseren Gesprächen anvertraut hat, auch wenn ich natürlich der Polizei sagen musste, dass sie sich bei mir gemeldet hat. Damit habe ich eine Pflicht erfüllt, meine Großzügigkeit im Hinblick auf Informationsaustausch damit jedoch auch schon erschöpft."

Dirks Wortschatz begrenzte sich für den Augenblick auf das Wesentliche und so wiederholte er monoton: „Ja."

Blum setzte unbeeindruckt fort: „Zu meinen Aufgaben als Therapeutin gehört es jedoch auch, meine Patienten zu schützen. Ich will daher eine Hypothese anstellen."

Als Dirk nichts mehr sagte, räusperte sie sich und fuhr fort: „Es gibt einen Ort, der sie ängstigt und dem sie sich zugleich sehr verbunden fühlt. Jedes Trauma hat einen Ursprung und es ist meine Aufgabe, Menschen zu versichern, dass sie ihre seelische Erschütterung überwinden können, wenn sie sich mit dem Ursprung auseinandersetzen. Ihn sozusagen zerlegen."

Dirk sagte immer noch nichts. Er hielt den Atem an und wartete auf den Moment, in dem die Ärztin zum Punkt kommen würde.

„Nun ja", meinte sie deshalb, „ich spekuliere, dass sich Gloria in ihrer Not wieder dem Ursprung all ihren Unheils annähern könnte."

Nun war Dirk angespannt bis in die Haarspitzen. Blums Hinweis war so ausweichend wie klar zugleich.

„Sie meinen Glorias Elternhaus? Das Haus in Bellingroth, in dem sie vermeintlich zur Mörderin
wurde."

Blum zögerte einen Augenblick, dann ließ sie jedoch
keinen Zweifel zu: „Ich halte dies für sehr wahrscheinlich." Dann legte sie einfach auf.

* * *

Glorias Hunger hatte sie in den nahegelegenen Ort
getrieben, um einige Lebensmittel zu kaufen. Später
saß sie auf dem Boden ihres Kinder-Zimmers und biss
genüsslich in ein mit Eiern und Tomaten belegtes
Sandwich. Das Plastikbesteck, das ihr die Verkäuferin
mitgegeben hatte, ignorierte sie und griff mit beiden
Händen zu. Sie kaute gierig und schlang so sehr, dass
ihr sogar ein Stück im Hals stecken blieb. Schnell
spülte sie es mit einem großen Schluck Coca-Cola
hinab. Cola. Sie nippte noch einmal an der Flasche
und schloss die Augen. Als Kind war es ihr von ihren
Eltern nicht erlaubt, diesen Zuckertrank zu sich zu
nehmen. Zu ungesund, hatten sie gemeint. Doch in
mancher Schulpause war sie heimlich zum Kiosk gelaufen, um eine kleine Flasche zu kaufen und diese

unbemerkt auf dem Heimweg zu trinken. Es war ein seltener und verbotener Genuss.

Sie saß noch eine ganze Weile da und spürte, wie die Müdigkeit ihre Gedanken, einen nach dem anderen, ausschaltete und sie letztlich zur Seite sank. Sie rollte sich, dem Schlaf gefügig, ein. Alle weiteren Mutmaßungen und Fragen mussten bis zum Morgen warten. Schnell stellte sich auch der letzte Zweifel in den Hintergrund und ein gleichmäßiger Atem entsendete Gloria in die Welt der Träume.

Was war das? Gloria fuhr mitten in der Nacht auf und hielt den Atem an. Reglos blieb sie liegen und spannte ihren gesamten Körper an. Sie horchte in das Innere des Hauses hinein, aus dem sie glaubte ein Geräusch vernommen zu haben. Nein, sie war sich sogar sicher, dass sie etwas gehört hatte.

Langsam setzte sie sich auf und lauschte in die Stille. Ihr Puls dröhnte laut in ihren Ohren, und sie hatte Angst, dadurch zu überhören, wenn sich der Laut wiederholen sollte. Deshalb versuchte sie, ihre Atmung zu kontrollieren. So wie Blum es ihr beigebracht hatte. 4-6-8. 4 Sekunden einatmen, 6 Luft anhalten, 8 ausatmen.

Sie wiederholte die Übung drei oder viermal und tatsächlich verlangsamte sich ihr Puls, und das Rauschen in ihren Ohren wurde leiser. Sie blieb, wo sie war.

Vorsichtig streckte sie ihren Körper durch und wendete den Kopf langsam in alle Richtungen. Von wo war dieses Geräusch eigentlich gekommen? Von unten? Sie konnte es nicht genau sagen.

Nach weiteren fünf Minuten in dieser Starre fragte sie sich, ob es vielleicht von draußen gekommen sei. Möglicherweise ein nachaktives Tier. Oder eine Ratte im Keller. Sie würde sich das ansehen müssen. Aber nicht im Dunkeln. Und für die Jagd auf einen Marder wollte sie nicht riskieren, die Treppe hinabzustürzen. Sie würde die Sache gleich morgen früh untersuchen. Durch die eigenen Erklärungen getrübt und weil das Geräusch nicht wieder auftrat, dachte Gloria am Ende sogar, sie habe es vielleicht auch nur geträumt. Sich selbst beruhigend nahm sie wieder die Embryonalstellung ein, in der sie stets am besten schlief, kontrollierte noch einen Moment lang die eigene Atmung und glitt dann wieder in den Schlaf.

XXI. Kapitel

Er war da. Sie hörte seinen leisen, pfeifenden Atem. Das musste heißen, dass er ganz in ihrer Nähe war. Er beobachtete sie im Schlaf. Und da wusste sie es. Alles setzte sich auf einmal zu einem großen Bild zusammen. Sie glaubte es riechen und auch schmecken zu können. Es war die Angst, die sich pelzig auf ihre Zunge legte. Der Instinkt, der einem Menschen, gleich einem Tier, sagt, dass er fliehen soll. Doch sie traute sich nicht, aufzuspringen und zu rennen. Sie erlaubte es sich zunächst nicht einmal, die Augen zu öffnen. War es nicht so, dass Kinder glaubten, wenn sie die Augen mit den Händen verdeckten, nicht mehr gesehen werden zu können?

Aber was würde es bedeuten, sie einfach nur zusammenzukneifen und abzuwarten? Es wäre ganz sicher ihr Tod.

Ob er wohl Skrupel hatte?

Es gab eine Zeit, da hätte sie das geglaubt. Doch schon die Tatsache, dass er hier irgendwo neben ihr im Dunkeln lauerte, bestätigte, was sie bisher verdrängt hatte. Doch was wollte er tun? Sie im Schlaf erschlagen? Ihr die Hände um den Hals legen und zudrücken? Vielleicht.

Sie durfte nicht warten, um es herauszufinden. Vielmehr war ihr klar, dass sie nur dann eine Chance hatte zu überleben, wenn sie das Überraschungsmoment nutzen würde.

Vorsichtig öffnete sie ihre Augenlider ein Stück weit und versuchte auszumachen, wie viel sie erkennen konnte. Da war das Mondlicht. Wie froh sie war, dass es ihr ein wenig Licht spendete. Und da war ihr Jutesack auf dem Boden neben ihr, aus dem sie am Abend zuvor noch ihr Essen hervorgezogen hatte. Sie sah die halbgetrunkene Flasche Coca-Cola, die auf Augenhöhe neben ihr stand.

Und dort, gleich dahinter, sah sie ein Paar Biker-Stiefel und zwei Knie, die gespannt in einer Jeans in ihre Richtung wiesen. Er hatte sich also hingehockt, um sie besser beobachten zu können. Bestens. Das war ihre Chance.

Sie atmete tief ein und sprang mit einem Satz auf. Dabei stellte sie fest, dass ihr der plötzliche Positionswechsel Schwierigkeiten bereitete. Für einen kurzen Augenblick breitete sich Schwindel in ihrem Schädel aus und drohte, sie aus der Bahn zu werfen.

Doch einem Zehn-Kämpfer gleich biss sie die Zähne zusammen und stürmte in die Richtung, in der sie ihn wähnte. Jeder Muskel in ihrem Körper war angespannt und bereit, sich zu verteidigen. Sie würde die Moral beiseiteschieben müssen. Es war jetzt an ihr, ums Überleben zu kämpfen. Letztlich dauerte es nur den Bruchteil einer Sekunde, auch wenn es sich wie ein halbes Leben anfühlte, bis sie über ihm stand.

Mit weit aufgerissenen Augen sah er zu ihr auf und schwankte in der Hocke. Mit einer Hand stützte er sich hilfesuchend auf dem Boden ab. Im Mondlicht konnte Gloria seine Gesichtszüge und das tiefe Blau seiner Augen sehen. Das gleiche Blau, dass ihr selbst jeden Morgen aus dem Badezimmerspiegel entgegensah. Sie hatte es nie wirklich bemerkt, auch zuletzt nicht auf Vaters Beerdigung, wie ähnlich sie sich eigentlich waren. Äußerlich. Und vielleicht auch im Inneren. Das alles zu verarbeiten, dauerte nicht mehr als eine weitere Sekunde.

Dann verlagerte Gloria ihr gesamtes Gewicht auf das linke Bein, riss das rechte ruckartig empor und trat mit aller Kraft nach ihrem Bruder. Ihr Fuß traf ihn seitlich am Hals, sodass er wie ein nasser Sack zur Seite kippte.

Gloria hatte sich vorgestellt, dass sie gleich nach dieser Attacke einfach würde aus dem Haus stürmen können. Doch was sie unterschätzt hatte, war der Rückschlag der Wucht, den der Tritt in ihrem eigenen Körper auslöste. Sie verlor das Gleichgewicht, taumelte und stürzte zu Boden. Sie schnaufte unfreiwillig aus, als die Luft stoßartig ihrer Lunge entwich, während sie rücklinks auf dem Boden aufschlug. Ein Blitz durchfuhr den Raum, von dem sie erst im nächsten Moment begriff, dass er eine Botschaft ihres eigenen Schmerzes war. Sie durfte sich dieser Schwäche nicht hingeben. Entgegen dem schmerzhaften Ziehen in ihren Atemwegen versuchte sie, sich aufzurappeln und schnell wieder auf die Beine zu kommen. Ihr Blick fiel dabei geradewegs auf die Stelle, an der Alex zuvor eingesackt war. Doch der Mond war ihr Zeuge – der Platz war leer.

Noch bevor ihr Gehirn diese Nachricht vollständig verarbeiten konnte, warf sich ein schwerer Körper auf sie, und ein kräftiger Ellbogen drückte ihr Gesicht zu Boden. Sie hörte das Knistern seiner Lederjacke über ihr, aber auch das verzweifelte Schaben ihrer eigenen Füße auf dem Parkettboden, als sie sich aus seinem Klammergriff zu befreien versuchte. Ihre Wangen brannten wie Feuer, während sich der Druck auf sie erhöhte. Das Blut, das sich in ihrem Kopf sammelte, drohte ihre Schädeldecke zu zersprengen. Sie versuchte, so viel Luft wie möglich über die Nase einzuatmen, während Alex ihren Mund mit seinem Unterarm so abdeckte, dass es ihr unmöglich war normal zu atmen. Wenig Luft hieß gedämpfte Wahrnehmung. Wollte Alex seiner Schwester also so ein Ende bereiten? Wollte er sie ersticken? Alex presste nun sein Körpergewicht weiter nach vorne und schob seinen Kopf vor, bis seine Lippen beinahe Glorias Ohr berührten.

„Schwesterherz, warum so ängstlich? Ich bin's, dein Bruder."

Gloria fühlte seinen heißen Atem in ihrem Gehörgang und die feinen Tröpfchen Spucke, die gegen ihr Ohrläppchen spritzten. Er schien seinen Angriff sehr zu genießen. Sie hatte ihn schon immer als grob und unnahbar eingeschätzt, aber jetzt wusste sie, dass er auch ein Sadist war. Offensichtlich genoss er es, sie schwach und unterlegen zu sehen. Sein eigen' Fleisch und Blut.

Aber eines verkannte er vollkommen.

Sie hatte keine Angst. Weder vor ihm noch vor irgendwem. Auch nicht vor der Angst selbst. Sie war stärker, deutlich stärker, als sie je geglaubt hatte. Blum hatte recht. In ihr schlummerte etwas, das sie nie hatte befreien können, weil ihre Visionen und ihre Ängste sie zeitlebens blockiert hatten. Aber jetzt war es da. Das Gefühl, ein Recht darauf zu haben, zu leben.

Und sie wusste, dass ihr Bruder eine Schwäche hatte. Die Selbstgefälligkeit. Er glaubte, keine Fehler machen zu können und anderen überlegen zu sein. Eine Arroganz, die ihm noch nie gutstand. Und Gloria hoffte, dass diese Überheblichkeit heute ihr Verbündeter sein würde. Zumindest aber veranlasste sie Alex zu übersehen, dass Gloria eine Hand hinter ihrem Rücken befreien konnte. Es tat weh, während sie damit den Boden hilfesuchend abtastete, weil ihr Arm verdreht lag und durch den Druck des eigenen Körpers abgeklemmt wurde. Aber die Mühe war es wert. Sie erspürte einen Gegenstand, den sie mit den Fingerspitzen zu sich heranzuziehen versuchte. Dann hörte sie, wie ihr Bruder einatmete und zu einer weiteren Boshaftigkeit ansetzte. „Gloria, du solltest …"

Sie sog alle Luft durch die Nase ein, die sie bekommen konnte, straffte ihren Körper und drückte sich ihm mit aller Kraft entgegen. Alex rutschte mit seinem Arm ab und gab damit Glorias Kopf und Oberkörper frei. Dies gab ihr genügend Raum, sich gegen ihn zu stemmen und das Plastikmesser von ihrem abendlichen Snack vollständig umfassen zu können. Während Alex immer noch auf ihren Beinen saß, drehte sie ihren Oberkörper wie einen Korkenzieher so weit es ging zur Seite, holte aus und stach ihm die spitze Plastikklinge in die Kehle. Alex jaulte auf und griff erschrocken mit einer Hand nach seinem Hals. Mit diesem Angriff hatte er nicht gerechnet. Auch wenn Gloria bewusst war, dass dies kein tödlicher Gegenschlag gewesen sein konnte, verschaffte sie sich damit etwas Zeit.

Während Alex versuchte herauszufinden, ob er verletzt war, lockerte sich der Druck auf Glorias Beinen. Sie zog sie unter seinem Körper heraus, rollte sich auf die Knie und war bereit, auf die Füße zu springen. Doch ein Widerstand an ihrem linken Fuß hielt sie zurück. Sie fühlte eine Art Manschette oder eine Schelle um ihren Knöchel und stellte erst im nächsten Moment fest, dass Alex Hand ihn fest umklammert hielt.

Er riss ihr Bein zurück und sorgte dafür, dass sie abermals mit dem Gesicht auf dem Holzboden landete.

Wie oft würde sie diesen stechenden Schmerz noch hinnehmen können, bevor ihr endgültig die Lichter ausgingen? Schwarze und blaue Punkte, gepaart mit gleißenden Blitzen, tanzten vor ihren Augen. Zu alldem schlug ihr aufgepeitschtes Herz einen schnellen, unbarmherzigen Rhythmus, der ihr ankündigte, dass es nun um alles gehe. Sie durfte nicht versagen. Das wäre ihr Tod.

Zwei starke, grobe Hände fassten sie an den Schultern, zogen sie hoch und drehten sie gewaltsam herum, sodass sie nun das verzerrte Gesicht ihres Bruders nahe vor sich sehen konnte. Aus seinem Mund lief ein feiner Speichelfilm, der ihm gar nicht aufzufallen schien. Mit Sorge sah Gloria, dass die Wunde, die ihr Plastikmesser seinem Hals zugefügt hatte, nicht größer als ein Rasiermesserschnitt war. Nur ein kleines Tröpfchen Blut zeigte sich da, wo sie ihn erwischt hatte. Leider nicht genug. Seine Finger drückten grob in ihre Schultern, und sein aggressives Gesicht kam ihrem immer näher.

„Gloria, du hast noch nie verstanden, wann es genug ist. Aber heute wirst du es lernen müssen. Am Ende wird es ganz einfach so aussehen: Deine Visionen haben dich in das Haus deiner Jugend zurückgeführt. Du warst verzweifelt, nachdem du Katrin getötet hast und dann hast du allem ein Ende gesetzt. Ganz einfach. Wie klingt das für dich?"

Ein starres, völlig entrücktes Lächeln verwandelte das Gesicht ihres Bruders in eine hasserfüllte Maske. Der Mondschein ließ es zudem weiß und wächsern wirken.

Hass ist Schwäche, dachte Gloria. Hatte das Blum nicht so oft zu ihr gesagt? Wir sind angreifbar, wenn wir hassen, weil wir uns selbst damit vergiften und dabei den Blick für das Wesentliche verlieren. Aber was sollte das Wesentliche in diesem leeren, nachtkalten Raum sein?

So viele Trümpfe sah Gloria tatsächlich nicht mehr auf ihrer Seite. In ihr wuchs die Angst, dass er am Ende recht behalten würde und sie an Ort und Stelle sterben könnte.

„Warum sagst du nichts?", sein Gesicht war jetzt so nahe, dass sie Knoblauch und Bier aus seinem Atem roch.

Gloria bemühte sich, ruhig zu bleiben und ihrer Stimme Stärke zu verleihen. „Was willst du denn hören?", fragte sie kühl und scheinbar unbeeindruckt von der gierigen Gewalt, die von ihm ausging.

„Was du jetzt tun willst, will ich wissen." Wieder dieses herausfordernde Grinsen, das ihn zu einem Scherenschnitt seiner selbst werden ließ. Womöglich glaubte er sie damit einzuschüchtern.

Doch das ließ Gloria nicht zu. „Ich? Ich tue das, was ich immer getan habe."

Der Griff um ihre Schultern lockerte sich etwas, als ihr Bruder ein Stück von ihr wegrückte, um sie genauer betrachten zu können. „Ach, ja? Und was soll das sein?"

Gloria erwog in Windeseile alle Optionen. Dann kam sie zu einem Schluss. „Kämpfen", stieß sie angriffslustig aus und zog im gleichen Moment ihr starkes Bein in einen rechten Winkel hoch. Sie erreichte ihr Ziel zwischen seinen Beinen und spürte, wie augenblicklich der Druck von ihren Schultern genommen wurde. Alex taumelte zurück und griff mit beiden Händen zum Schmerzzentrum. Gloria setzte zum Sprint an und hörte, wie ihre Flucht von Alex' Schrei begleitet wurde: „Du verdammtes Aas!"

Gloria kam gerade bis zum Treppenaufgang, als sie ein Schlag zwischen den Schulterblättern traf. Der

Stoß ließ sie gegen die Wand schlagen und sorgte dafür, dass sie die Trittsicherheit verlor. Ihre Knie gaben nach, und sie sank in sich zusammen. Benommen blieb sie sitzen und stöhnte auf.

„Wir haben uns jetzt lange genug unterhalten", sagte Alex kühl, als er sich vor ihr niederhockte.

Glorias Verstand schrie sie an, sich zu erheben und erneut die Flucht zu wagen, doch ihre Muskeln verstanden diese Sprache nicht mehr. Der Schmerz schien von allen Partien ihres Körpers Besitz zu ergreifen und sie in Sicherheit zu wiegen. Eine verdammte, unbegründete Sicherheit. Sie schaffte es gerade noch, die Augen so weit zu öffnen, dass sie sah, wie ihr Bruder etwas aus seiner Lederjacke zog, das beinahe vollständig in seiner Faust verschwand.

Dann spürte sie seine Hand in ihren Haaren und wie er ihren Kopf daran in den Nacken zog. Was hatte er vor? Was passierte hier? Sie war zu erschöpft, um es weiter zu hinterfragen. Doch dann geschahen die Dinge um sie herum wie von selbst. Alles ging sehr schnell.

Alex erhob das Ding in seiner Hand über ihrem Körper. Sie sah seine angespannte Fratze vor sich. Dahinter war alles Schwarz. Doch, Moment!

Sie versuchte sich anzustrengen, um etwas zu begreifen. Da war etwas in der Finsternis hinter ihrem Bruder. Aus der Dunkelheit des Treppenhauses unter ihnen tauchte etwas auf. Es war bald bei ihnen. Alex über ihr, schnaufte vor lauter Anstrengung. Dann sauste seine Faust auf sie herab. Sie schloss die Augen. Dann hörte sie einen dumpfen, hässlichen Laut und einen unterdrückten, gepressten Atemzug.

Das Poltern, das sich dann in kleinen, pochenden Wellen von ihr entfernte, klang in ihren Ohren endlos. Aber tief in ihrem Unterbewusstsein ließ es sie aufatmen.

Die Ruhe, die nun folgte, umschloss sie wie ein flauschiger Bademantel. Sie war warm, weich und sorglos. Warum sich ihr nicht ergeben?

XXII. Kapitel

Dirks Wagen wäre um Haaresbreite aus der Kurve geflogen, als er am Ortseingang scharf links abbog. Er kannte sich in dieser Gegend nicht aus, doch sein Navi sagte ihm, dass er nur noch unter der Autobahn-Überführung hindurchfahren und im nächsten Ort an der zweiten Straße links einbiegen müsse.

Er hatte keine Ahnung, in welchem Haus Gloria in ihrer Jugend gewohnt hatte, aber er erinnerte sich, dass sie es einmal „Little White House" genannt hatte. Nach ihrer Beschreibung müsste es Säulen im Eingang und auf der Terrasse haben. Das sollte wohl zu finden sein.

Und er hatte recht. Kurz darauf ließ er seinen Wagen vor dem stattlichen Grundstück zum Stehen kommen. Es wirkte verlassen und im Vorgarten fiel das schwache Mondlicht auf das Verkaufsschild eines Immobilien-Maklers. Dirk sprang aus dem Wagen und schlug die Autotür zu. Er ließ seinen Blick über das dunkle Haus schwenken und zweifelte allmählich, dass Blums Theorie richtig war. Vielleicht hatte er sich zu sehr an diesen Strohhalm geklammert. Aber natürlich würde er es jetzt überprüfen. Dirk ging zur Fronttür und rüttelte daran.

Wie zu erwarten, war sie verschlossen. Er wanderte den Vorgarten ab und suchte nach Möglichkeiten, hinter das Haus zu gelangen. Hohe Zäune und Mauern waren dazu da, genau dies zu verhindern, und so dauerte es noch einen Moment, bis er auf die gleiche Idee kam, wie Gloria Tage zuvor. Sportlich, wie er war, bereitete es ihm keine Probleme, sich auf die Garage zu stemmen und nur kurz darauf im düsteren Garten des Anwesens zu landen.

Er lauschte einen Augenblick in die Dunkelheit und fragte sich, ob es hier wohl Bewegungsmelder oder Alarmanlagen gab. Es blieb ihm nur der Selbstversuch. Wie ein Dieb schlich er in geduckter Haltung zur Terrassentür. Gerade als er nach dem Knauf greifen wollte, bemerkte er, dass die Tür bereits einen Spalt weit offenstand. Er lauschte erneut.

Drinnen war nichts zu hören. Er schob gerade vorsichtig seinen Fuß vor, um ihn zwischen Rahmen und Tür zu setzen, als ihn eine Hand grob am Unterarm packte. Erschrocken drehte er sich um und sah in das knittrige Gesicht eines alten Mannes. Dirk bemerkte, dass irgendetwas im Dunklen aufgeregt um die Beine des Mannes sprang, das leise winselnd um Aufmerksamkeit heischte.

„Was wollen Sie hier?", fragte der Mann herrisch aber mit gesenkter Stimme und kam Dirk unangenehm nah.

„Ich suche Gloria. Gloria Brix, die hatte hier mal gewohnt. Ich glaube, dass sie sich hier aufhält", antwortete Dirk gefügig, ohne zu wissen, ob das dem Alten etwas sagen würde.

Der Alte schob sich nah vor Dirks Gesicht und nickte.

„Ich erkenne Sie. In Glorias Praxis stand ein gerahmtes Bild von Ihnen beiden".

Dann fasste er den Entschluss Dirk trauen zu können: „Sie ist da drin". Hastig deutete mit einem fahrigen Wink zum Haus. Dirk wollte losstürmen, doch der Kauz hielt ihn erneut zurück.

„Sie müssen sich beeilen, aber nehmen Sie das hier mit", der Nachbar streckte ihm einen Gehstock mit knorrigem Griff entgegen und ergänzte mit einem schnellen Blick zum Haus: „Es sind zwei. Ich glaube, es sieht nicht gut aus."

Dann entließ er Dirk aus seinem Griff und entsendete ihn mit einer herrischen Geste: „Nun machen Sie schon! Ich habe die Polizei bereits verständigt. Die sind unterwegs."

Dirk ließ sich das nicht zweimal sagen. Mit wenigen Schritten war er wieder beim Haus und verschwand im Inneren. Er versuchte, sich an die Dunkelheit im Haus zu gewöhnen. Aus dem Obergeschoss konnte er ein Geräusch hören. Es klang zu ihm herunter wie das Atmen eines großen, angeschlagenen Tieres. Das Schnaufen wurde lauter, als er am Fuß der Treppe angelangt war. Leise lenkte er seine Schritte auf die ersten Stufen und behielt dabei den Gehstock fest umklammert.

Er hatte noch nicht viele Stufen erklommen, als sein Fuß plötzlich gegen etwas stieß. Etwas Schweres blockierte die Treppe und damit seinen Aufstieg.

Der Anblick war erschreckend. Sein Fuß war gegen den Kopf eines Mannes gestoßen, dessen Gesicht ihm direkt zugewandt lag. Seine Augen waren weit geöffnet, als könnte er sein eigenes Unglück nicht fassen. Der leblose Körper lag völlig verdreht, ein Arm streckte sich in Richtung des Treppengeländers aus, der andere klemmte verwinkelt unter seinem Oberkörper. Die Beine wiesen den Weg zu den nächsthöheren Stufen. Sie waren seltsam verrenkt und erinnerten Dirk an eine unachtsam fortgeworfene Puppe. Dem Alter nach zu urteilen, war der Mann an die fünfzig.

Mühsam suchte Dirk nach Möglichkeiten, die Leiche zu übersteigen, um weiter nach oben zu gelangen. Auch wenn er Arzt war und der Anblick von Blut und Verletzung ihm kein Unbehagen bereiten konnten, so erschien Dirk der Hintergrund vom Ableben des Mannes umso beunruhigender. Und eines war ebenso sicher: Von dem Toten konnte das Schnaufen nicht mehr ausgehen, welches er wieder über sich hören konnte.

Als er sich weit genug nach oben gearbeitet hatte, um das obere Stockwerk einsehen zu können, schoss Adrenalin in seinen Körper wie Öl in einen Bohrturm.

Er sah Gloria über sich am Treppenabsatz liegen. Sie lehnte rücklinks an der Wand und ihr Oberkörper war zur Seite weggesackt. Ihre Arme hingen schlaff herab, und ihr Kinn war auf die Brust gesunken. Doch das war nicht alles.

Eine Gestalt kniete vor Gloria und beugte sich tief über sie. Dirk sah Rot. Er umfasste den Griff des Gehstocks mit beiden Händen, atmete einmal tief ein und stürmte mit einem barbarischen Schrei nach oben. Mit wenigen Schritten war er bei der skurrilen Szene angelangt und holte mit dem Stock aus.

„Nein! Nein!", schrie die Gestalt, die sich erschrocken zu ihm umdrehte und die Arme abwehrend hochriss. Als Dirk innehielt, streifte sie ihre Kapuze ab und gab einen jungen Mann, nicht älter als achtzehn, preis.

„Was soll das hier?", schrie Dirk, außer sich vor Wut. „Treten Sie zurück!"

Der junge Mann tat, wie ihm geheißen und behielt die Hände hochgestreckt, um seine Unschuld zu beteuern. Dirk besah sich das verzweifelte Gesicht und entschied kurzerhand, ihm zu glauben. Er ließ den Stock fallen und kniete vor Gloria nieder. Schnell fühlte er mit zwei Fingern nach ihrer Halsschlagader. Er spürte keinen Puls mehr. Glorias Kreislauf schien komplett versagt zu haben. Dirk besah sich die Wunden an Glorias Körper und entschied in Windeseile, dass er sie bewegen konnte.

Er gab dem Jungen neben sich Anweisung, ihre Beine zu nehmen, er selbst schob sich unter Glorias Oberkörper und hob ihn vorsichtig an. Gleich darauf legten sie Gloria auf den Rücken, damit Dirk mit der Herz-Lungen-Massage beginnen konnte. „Los!", schrie er den Jungen an, „ruf sofort einen Krankenwagen. Beeil dich!"

Während er Glorias Brustkorb mit rhythmischen Stößen bearbeitete, bemerkte Dirk, dass eine Spritze in Glorias Hals gleich unter dem Kehlkopf steckte. Doch noch während er dies registrierte, musste er seine Beobachtung ebenso schnell korrigieren. Sie steckte nicht im Hals, sondern vielmehr in Glorias Anhänger, dem Engelsflügel. Die Nadel hatte sich zwischen den zartgliedrigen Windungen des Silberschmucks verfangen und somit Glorias Halsschlagader verfehlt. Auch wenn Dirk nicht wusste, was die Kanüle enthielt, so war ihm doch klar, dass Glorias Glücksbringer seinen Namen verdiente.

All dies rauschte in Sekundenschnelle durch seine Gedanken, während er weiterhin regelmäßigen Druck auf Glorias Brust ausübte. Nach jedem dreißigsten Stoß rutschte er zu Glorias Mund vor, klemmte ihr die Nasenlöcher ab und blies einige Atemzüge in ihren Rachen, bevor er wieder von vorne begann. Mit jeder Sekunde wuchs seine Verzweiflung.

Der Junge neben ihm hatte seinen Befehl ausgeführt und den Krankenwagen gerufen. Nun stand er an seiner Seite und weinte hemmungslos. Doch Dirk hatte keine Zeit sich zu fragen, wer er war oder was er hier wollte. Er konzentrierte sich voll auf die mittlerweile dritte Welle der Wiederbelebung, presste seine Lippen auf Glorias kalten Mund und spendete ihr seinen Atem. Einmal, zweimal, dreimal …

Dann endlich durchfuhr Glorias Körper ein Zucken, das von ihrem Bauch auszugehen schien. Schnell löste sich Dirk von ihrem Gesicht und stützte ihren Hinterkopf. Gloria atmete stockend wie eine Ertrinkende. Kurz darauf gingen die schnappenden Laute in einen rauen Husten über.

„Ich bin's, Dirk. Ich bin bei dir. Alles wird gut. Du lebst. Alles wird wieder gut."

Dirk strich über Glorias Haar und wiederholte immer wieder dieselben Phrasen der Beruhigung. Und tatsächlich normalisierte sich Glorias Atmung allmählich wieder, und ihr Puls ging ruhiger. Dirk besah sich das bleiche Gesicht der Frau, die in den letzten Tagen, eigentlich ein Leben lang, durch die Hölle gegangen war. Er würde alles dafür tun, dass sie nie wieder allein gegen Dämonen kämpfen musste.

Es dauerte nur wenige Minuten, bis Dirk ein blaues, pulsierendes Licht draußen in der Nacht bemerkte.

Der Junge neben ihm, den er schon fast vergessen hatte, stürmte die Treppe hinunter, um die Einsatzkräfte zu navigieren.

Ein Moment der völligen Einsamkeit. Nur Gloria und er. Eine Mischung aus Scham und Erleichterung überwältigte ihn, als er sich eingestand, dass auch er zeitweilig an ihr gezweifelt hatte. In seinen Augen brannten Tränen, denen er freien Lauf ließ. Unter ihm regte sich Gloria, als schon die Schritte der Ersthelfer im Haus zu hören waren.

„Du tropfst auf mich", meinte Gloria mit schwacher Stimme und versuchte sich ein Lächeln abzuringen. Doch Dirks Tränenströme konnte nichts und niemand mehr aufhalten. Er drückte sein Gesicht an ihre Wange und flüsterte: „Auch ein Engel braucht Wasser." Gloria schloss erschöpft die Augen, doch auf ihren Lippen lag immer noch ein Lächeln.

* * *

Es war schon beinahe Mittag, als Dirk sich das erste Mal erlaubte, den Wartebereich des Klinikums zu verlassen und nach draußen an die frische Luft zu gehen. In der Notaufnahme hatte man ihm versichert, dass Gloria schon bald wieder fit sein würde. Sie hatte einige gebrochene Rippen, Prellungen und eine Gehirnerschütterung aus dem Angriff davongetragen, aber es sei nichts dabei, was ihr langfristigen Schaden zufügen werde. Zumindest nicht körperlich. Alles andere müssten später andere Fachbereiche beleuchten. Sie werde noch einige Tage zur Beobachtung in der Klinik bleiben müssen, hatte eine junge Ärztin gemeint und ihm empfohlen, einmal kräftig durchzuatmen.

Genau das tat er nun auf einer Bank in der Parkanlage des Krankenhauses. Der Herbst hatte bereits damit begonnen, das Blattwerk zu verfärben, und der Geruch der Vergänglichkeit würde bald wieder unter den Bäumen liegen. Doch heute war es sonnig und täuschte darüber hinweg, dass alles im Leben einem Kreislauf folgte, der irgendwann auch für das einzelne Dasein ein Ende fand. Irgendwann, aber nicht heute.

Dirk dachte über die Ereignisse der letzten Tage nach und fragte sich, was er hätte anders machen können. Selbstzweifel jagten durch seinen Kopf und spielten Fangen, doch keinen der Gedanken konnte er länger als eine Sekunde halten.

Deshalb entschied er, wieder aktiv zu werden, und rief Tanja an. Er erklärte ihr, was in der letzten Nacht passiert sei, und konnte an ihren Reaktionen hören, wie sehr es sie überforderte.

Tanja entschied sich, zunächst mit der dringlichsten Frage zu beginnen. „Wie geht es ihr jetzt?"

„Sie wird wieder. Die Ärzte halten sie noch ein paar Tage zur Beobachtung hier. Dann wird sie wieder ganz die Alte sein."

„Hoffentlich", meinte Tanja nachdenklich, doch Dirk gab sich zuversichtlich: „Sie ist eine Kämpferin. Sie wird es schaffen. Ich glaube sogar, dass dies ein Befreiungsschlag für sie gewesen sein könnte."

Tanja murmelte etwas, das wie eine Bestätigung klang. Dann fragte sie: „Und da lag wirklich eine Leiche im Treppenhaus? War das der Angreifer?"

„Ich denke schon", meinte Dirk nachdenklich, der bisher mehr damit beschäftigt gewesen war, das Leben seiner Freundin zu retten, als die Umstände zusammenzusetzten.

„Und, war er es?", Tanja traute sich nicht, dem Offensichtlichen einen Namen zu geben.

„Ja, ich glaube, dass es euer Bruder war. Sobald es Gloria besser geht, werden wir sie fragen. Die Polizei hat sich auch schon angekündigt. Sicher wird das den Verdacht nun endgültig von Gloria nehmen. Aber erst einmal fangen sie mit dem Jungen an."

„Mit welchem Jungen?", fragte Tanja entgeistert und überlegte, ob sie in Dirks Bericht etwas überhört haben könnte.

„Da war ein junger Mann bei Gloria, der wohl versucht hat, ihr zu helfen."

„Ein Junge?", wiederholte Tanja erstaunt. „Wieso war denn da ein Junge bei Gloria?"

„Ich kann es dir nicht sagen. Bald wissen wir mehr. Immerhin wird er gerade von der Polizei verhört."

„Gut", meinte Glorias Schwester, „alles andere muss dann erst einmal warten." Dann rückte sie mit der Frage heraus, die ihr am meisten auf der Seele brannte: „Wann darf ich sie sehen?"

Dirk hasste es, sie enttäuschen zu müssen, doch Glorias Genesung ging vor. „Gib ihr noch eine Nacht, Tanja. Morgen ist sie sicher aufnahmefähiger."

„Ja, ist gut. Dann sehen wir uns morgen." Bevor sie auflegte, musste sie jedoch noch etwas loswerden: „Ich bin dir unendlich dankbar, dass du meine Schwester gerettet hast", Dirk hörte das herzerweichende Schluchzen, das ihren Worten folgte, und spürte einen Kloß im Hals. „Ich war nur rechtzeitig da, gerettet hast du sie." Tanjas Schluchzen stoppte jäh: „Ich verstehe nicht, was du meinst." Dann erzählte ihr Dirk von dem Anhänger mit dem Engelsflügel, der ihrer Schwester das Leben gerettet hatte.

* * *

„Allmählich wird das zur Routine. Sie, ich, ein Krankenhaus. Ich sollte einmal über eine Honorarerhöhung nachdenken", Blum setzte sich zu Gloria ans Krankenbett und zwinkerte ihr zu.

Gloria besah sich die Frau eine Weile, die ihr über die wohl härteste Zeit ihres Lebens hinweg, unermüdlich, zur Seite gestanden hatte. „Ich glaube, Sie machen sich kein Bild davon, wie sehr Sie mir geholfen haben."

„Es freut mich, dass Sie das so sehen", Blum lächelte, „immerhin haben Sie mir sprichwörtlich schlaflose Nächte bereitet. Dirk hat mich auf dem Laufenden gehalten. Sie sind wirklich durch die Hölle gegangen."

„Das wollen Sie sicher mit mir aufarbeiten", erwiderte Gloria kess.

„Nein, ich denke nicht", gab Blum zu Glorias Überraschung zurück. „Jetzt ist schließlich alles klar. Sie
wurden unter Drogen gesetzt, Ihr Vater ermordet und
dann hat ihr Bruder versucht auch Sie zu töten. Das
ist eigentlich nichts, was eine besondere Therapie er-
fordert."

Gloria lachte laut auf und verstummte sofort wieder.
Schnell legte sie sich eine Hand auf die Brust und verzog schmerzvoll das Gesicht. „Sie können es nicht lassen, mich zu provozieren, oder?" Gloria rang sich ein
gequältes Lächeln für ihre Therapeutin ab.

„Sie sind eine ideale Kandidatin dafür."

Gloria wusste die Aufheiterung zu schätzen. Und sie
musste sich eingestehen, dass Blum zu einer Kon-
stante in ihrem Leben geworden war, die sie eigentlich nicht mehr missen wollte. „Sagen Sie, wäre es
wohl vermessen, jetzt, da Sie quasi zu meinem Schatten geworden sind, zum ‚Du' überzugehen?"

Blum rückte ihre Brille zurecht und dachte einen kur-
zen Moment über das Angebot nach. Dann wurde ihr
Tonfall ernst: „Mein Berufsethos untersagt mir diese
Form der Nähe zu meinen Patienten".

„Oh", Glorias Blick senkte sich enttäuscht „das verstehe ich natürlich."

„Wieder reingefallen", Blum freute sich wie ein Kind
über ihr Manöver. Dann reichte sie Gloria ihre Hand:
„Ab heute, Cornelia. Und ab morgen, Gloria, arbeiten
wir natürlich den Mist auf, der dir in den letzten Tagen widerfahren ist."

XXIII. Kapitel

„Was machst du hier?", sein Blick huschte kurz zu ihr hoch. Dann versank sein Kopf wieder in der Büßerhaltung. Der hellblonde Pony des Jungen rutschte über sein Gesicht, sodass er seine Augen vollständig verdeckte.

„Ich besuche dich. Ist das nicht okay?" Lydia zog einen Stuhl heran und setzte sich zu ihm, an den schmucklosen Stahltisch. Das laute Scharren der Stuhlbeine auf dem Boden schien Sven nicht zu beeindrucken. Er blieb unbewegt am anderen Ende des Tisches sitzen, den Kopf immer noch in tiefer Schuld gesenkt. Lydia hatte ihm einen Becher Cola mitgebracht und schob ihn vorsichtig zu ihm herüber. Doch Sven reagierte nicht.

Sie wartete einige Minuten und besah sich den kalten Raum, dessen Wände keine Bilder, noch nicht einmal ein Poster zierten. Außer den beiden Metall-Stühlen, auf denen sie saßen, und dem sterilen Tisch zwischen ihnen, war hier wirklich nichts, an dem sich das Auge hätte erbauen können. Aus einem Oberlicht fiel gedämpftes Licht in den Raum und ließ es wirken, als würde ein milchiger Nebel hereinfließen.

Auf ihr langes Schweigen ließ Lydia eine wichtige Botschaft für ihren Cousin folgen. „Du hast das Richtige getan."

Sven wirkte verbittert, als er den Kopf hochriss und sie ansah. „Indem ich meinen Vater getötet habe? Das nennst du das Richtige?"

„Hey", Lydia hob abwehrend die Hände, „das ist nicht fair. Du weißt, was dein Vater getan hat. Du hast in Notwehr gehandelt und deiner Tante damit das Leben gerettet. Was soll daran nicht richtig sein?"

„Du hast ja keine Ahnung, wie das ist." Sein trauriger Blick wanderte zu dem Oberlicht und schien sich in dem Fluss aus Milchlicht zu verlieren.

Lydia nickte. „Nein, das weiß ich nicht. Ich habe aber gesehen, wie du in der letzten Zeit gelitten hast. Und ich kann vor Gericht aussagen. Jetzt, wo wir wissen, dass er es war, können wir auch die Verbindung zu meinem Fahrradunfall erklären. Dirk konnte nicht wissen, dass die Werkstatt, in die er den Fiat zur Inspektion gebracht hatte, Alex gehörte. Alex kannte dadurch Glorias Adresse und erfuhr, welche Medikamente sie nahm. Gloria hatte immer ein Notfallrezept im Auto, für alle Fälle. Er hatte also eindeutig Zugriff auf Glorias Wagen. Es war dann ein Leichtes für ihn, mich anzufahren und den Verdacht damit auf Gloria zu lenken. Und ich werde ihnen auch erklären, wie wir ihm im Wald die Falle gestellt haben, um Gewissheit zu bekommen, dass er hinter allem steckt. Er hat da schon gezeigt, dass er bereit war, Tante Gloria umzubringen. Wärst du nicht dabei gewesen, hätte er ihr auf dem Waldboden den Schädel zertrümmert und wäre einfach gegangen."

„Ich weiß!", Svens Kopf wirbelte zu ihr herum, während seine Faust mit voller Wucht auf den Tisch schlug. Als er Lydias erschrockenen Gesichtsausdruck sah, beruhigte er sich rasch wieder. Er ließ die Schultern hängen und fuhr leise fort: „So lange wollte ich es einfach nicht glauben. Jahrelang hat er mir die Geschichte von der irren Tante erzählt, die meine Schwester getötet und die nichts als Unglück über unsere Familie gebracht hat. Immer und immer wieder. Es verging kein Tag, an dem er mir nicht von dem unglaublich großen Schmerz erzählt hat, den die Familie wegen ihr zu tragen hatte. Und dass Mama uns nur deshalb verlassen hat. Dass ihre Ehe durch die kalte Tat zerbrochen sei, weil Sandra fehle und sie nie wieder zurückkommen würde. Am Ende hat er mich sogar glauben lassen wollen, dass meine eigene Mutter die Tat gedeckt habe. Wie die anderen in der Familie auch. Das hat er gesagt: ‚Stell dir vor Sven, deine *eigene* Mutter hat sich mit der Mörderin *deiner* Schwester verbündet!'" Sven zuckte mit den Achseln und sah Lydia verzweifelt an.

„Alles Lüge. Es war einfach alles nur eine riesige Lüge."

Lydia nickte und schob langsam ihre Hand über den Tisch, um Svens Arm zu berühren. „Du konntest es nicht besser wissen. Hey, du warst ein Kind. Wir müssen glauben dürfen, was unsere Eltern uns sagen. Sie sind unsere Vorbilder."

Sven schnaubte: „Ein super Vorbild. Lässt seinen Sohn spionieren, stehlen, Medikamente manipulieren …" Sven stockte, dann sah er seine Cousine mit den Augen eines verlassenen Kindes an.

„Er hat mich benutzt. Die ganze Zeit über hat er mich im Glauben gelassen, meiner Schwester Genugtuung zu verschaffen, wenn ich all diese Dinge tue. Und mir wurde erst nach und nach bewusst, dass ich es nur für ihn getan habe. Er hat mich wie ein Werkzeug eingesetzt. Ich war sein Scherge. Wie in einem echt schlechten Film. Mein eigener Vater hat mich zu diesen Taten getrieben. Wenn ich doch nur gewusst hätte, dass er mit diesem Messer, das ich Gloria in der Werft untergejubelt habe, nur kurz zuvor meine Mutter erstochen hatte." Sven raufte sich die Haare und schluchzte laut auf: „Am Ende bin ich mindestens ebenso schuldig wie er."

Lydia zog ihre Hand von Svens Arm zurück und besah sich ihn kritisch: „Da irrst du dich aber! Denn letztlich hast du niemanden getötet. Zumindest nicht vorsätzlich. Er aber schon. Vergiss das nie! Tante Gloria hat deine Mutter nicht umgebracht, und wenn sich die Beweise bestätigen, dann kann ihm wohl auch der Mord an Opa nachgewiesen werden."

Sven schluchzte heftig auf. „Warum nur hat er auch noch Opa etwas angetan? Er war immer für uns da. Von ihm habe ich damals das Radfahren gelernt, und an dem Tag, als Sandra starb, hat er mich auf den Arm genommen und durch den Garten getragen. Nicht Papa. Nicht Mama. Er war es." Svens Hand verkrampfte zu einer Faust, die er wütend auf den Tisch presste.

„Und zu guter Letzt hat er ja auch noch Tante Gloria töten wollen", vervollständigte Lydia die Liste und sah Sven eindringlich an, „und das hast du verhindert. Es gibt keinen Grund, dass du das aus der Aufzählung rauslässt. Nicht du warst das Monster, sondern er."

Sven blickte in Lydias ernstes Gesicht und ihre großen, ehrlichen Augen. Lange schon hatte er nicht mehr solche Zuversicht erblickt. Er wollte ihr gerne glauben.

„Meinst du wirklich?", fragte er deshalb etwas hoffnungsfroher.

„Ich bin sicher, dass das Gericht dir glauben wird. Mama, Tante Gloria, Dirk, ich, wir alle werden dir helfen."

Jetzt war es an Sven, seine Hand zu Lydia zu schieben, die sie ohne Zögern ergriff. Sven schmunzelte. Seine Gesichtsmuskeln schmerzten so sehr, dass ihm erst jetzt bewusst wurde, wie lange er schon nicht mehr gelächelt hatte.

Alle Versuche, mit seinem Vater zu reden, alle Momente der Ungewissheit und sein quälendes Schweigen hatten ihn gelähmt. Er hatte ihn trainiert wie einen Hund, der losrennt, wenn sein Herr das Stöckchen wirft. Er hatte Svens Naivität und seine Ergebenheit ausgenutzt. Er war ein Schwein. Und wenn Sven in sich hineinhorchte, dann würde er alles aus der letzten Nacht genauso wieder tun. Sicher, er hätte die Polizei zum *Little White House* rufen können, als er seinen Vater mitten in der Nacht bis dorthin verfolgt hatte. Sie hätten ihn dort verhaften können. Aber etwas in ihm hatte mit eigenen Augen sehen wollen, wie skrupellos und gefährlich sein Vater wirklich war. Er wollte wissen, zu was er in der Lage war, als Bestätigung für das, was er ihm bis dahin verheimlicht hatte.

Es war gekommen, wie er es befürchtet hatte. Der Hass in den Augen seines Vaters, als er seine eigene Schwester wie ein wildes Tier zur Strecke bringen wollte. Es war ein gutes Gefühl gewesen, ihn davon abzuhalten. Und es war mehr als das. Sven glaubte in dem Augenblick, als er ihn die Treppe hinuntergerissen hatte, dass er seinen eigenen Ballast damit über Bord warf. Sein eigener Vater war zum schwersten Gepäck seines kurzen Lebens geworden.

Allerdings ließ der Tod seines Vaters auch die bittere Frage nach dem Tod seiner Schwester zurück. Womöglich war das das Geheimnis, hinter welches seine Mutter gekommen war und das sie mit seinem Großvater geteilt hatte. Dafür hatten beide sterben und

Gloria beinahe büßen müssen. Aber nun war es wohl zu spät, Sandras Tod noch klären zu können. Ab hier musste für ihn eine neue Reise beginnen. Er wusste nur noch nicht welche.

Eines aber trieb ihn um, was er unbedingt von Lydia wissen wollte: „Wie kann es eigentlich sein, dass eine Fünfzehnjährige schon so weise ist?" Sein Lächeln wirkte wie das eines scheuen und verletzten Jungen.

Lydia hoffte, dass es für ihn in Zukunft keine Anstrengung mehr bedeuten würde, ungezwungen zu lachen. Sie überlegte einen Moment, dann lächelte sie zurück: „Ich bin ohne Vater groß geworden. Vielleicht ist es das."

* * *

Wenige Tage später konnte Dirk seine Freundin endlich nach Hause holen. Er war überglücklich und erzählte ihr auf dem Weg zum Wagen von den Ereignissen der letzten Tage. Wie bei einem berstenden Staudamm sprudelte alles aus ihm hervor, was er ihr zuvor nicht sagen wollte, um ihre Genesung nicht zu behindern. Jetzt war ihm die Erleichterung anzumerken, als er Gloria, ihre Reisetasche in der einen und ihre Handtasche in der anderen, ins Auto bugsierte.

„Sven wird wahrscheinlich auf freien Fuß kommen. Es hieß allerdings, dass er Sozialstunden ableisten und sich in psychologische Betreuung begeben müsse. Ich meine", er zwinkerte ihr über die Schulter zu, „da kennen wir ja jemanden, der dafür bestens geeignet ist. Lydia hat Tanja mittlerweile vollumfänglich ins Bild gesetzt, warum sie verschwunden war. Die beiden, Sven und Lydia, haben Alex tatsächlich eine Falle gestellt, als sie mit dir joggen war. Ziemlich waghalsig, wenn du mich fragst. Sie wollten sichergehen, ob er tatsächlich zu Gewalttaten bereit wäre. Das hätte auch voll nach hinten losgehen können. Wäre es ja beinahe auch. Ach so, ja, Tanja hat auch deine Mutter angerufen und sie über die ganze Sache informiert. Sie ist vollkommen erschüttert und kann das alles nicht verarbeiten. Wir haben ihr geraten, sich mit Doktor Blum in Verbindung zu setzen. Sie muss da eine ganze Menge aufarbeiten, immerhin hat ihr Sohn versucht ihre jüngste Tochter zu töten. Von all den übrigen Gewalttaten, vor denen ihr Sohn nicht zurückgeschreckt war, ganz zu schweigen. Sie war aber vor allem froh, dass es dir den Umständen entsprechend gutgeht. Tanja ist jetzt bei ihr und kümmert sich um sie. Mach dir also keine Sorgen. Was noch?"

Er dachte kurz nach, dann griff er den Faden wieder auf. „Ja, genau. Gestern hat mich dann noch Rainer angerufen. Ein Freund aus dem Klinikum. Ich hatte ihn gebeten, heimlich einige Analysen für mich durchzuführen. Er hat eindeutig bestätigt, dass die Zigarre deines Vaters mit einem Erdnussöl versetzt war." Gloria sah ihn erschrocken an, worauf er nachfasste: „War dein Vater Allergiker?"

Gloria nickte traurig: „Alex wusste das und hat es gegen ihn verwendet."

Dirk schlussfolgerte weiter aus dem, was Rainer ihm geliefert hatte: „Dein Bruder muss eine präparierte *Montechristo* mitgebracht und ihm angeboten haben. Und dann ist genau das passiert, was er geplant hatte. Dein Vater hatte einen anaphylaktischen Anfall, mit starker Atemnot. Das war wohl der Moment, in dem Alex ihm, als Retter in der Not, sein Asthmaspray anbieten konnte. Das hatte er allerdings zuvor mit Blei versetzt. Rainer meint, Blei kann man aus Autobatterien sogar selbst gewinnen, wenn man weiß wie.

Wahrscheinlich hat Alex den Inhalator in seiner Kfz-Werkstatt manipuliert."

Dirk stoppte seinen Redeschwall, schlug die Kofferraumklappe zu und drehte sich seiner Freundin zu. Er sah in betroffene Augen und nahm sie in den Arm.

„Es tut mir leid. Ich hätte dir das nicht wie ein Nachrichtensprecher runterbeten dürfen, ich Hornochse. Ich bin nur so …"

Gloria kam ihm zur Hilfe: „Aufgewühlt?"

Dirk nickte.

„Das bin ich auch", meinte sie dann, „und es tut mir ehrlich leid, dass du in all das reingezogen wurdest. Ich würde sogar verstehen, wenn …", doch irgendwie traute sie sich nicht, den Satz zu beenden, der ihr Leben erneut auf den Kopf stellen konnte. Wenn er gehen würde, würde sie ihm das noch nicht einmal übelnehmen können. Auch, wenn es sie härter träfe als alles, was sie die letzten Wochen erlebt hatte.

Doch Dirk drückte sie nur noch fester an sich. „Was würdest du sogar verstehen? Wenn ich dich jetzt mit nach Hause nehme, dir ein heißes Bad einlasse, für dich koche und dann mit dir zusammen ermattet auf der Couch einschlafe, wie ein altes Ehepaar?"

Er schob sie ein Stück von sich weg, um ihr in die Augen sehen zu können. In ihre Kornblumen-blauen, ehrlichen Augen. Verzaubert verlor er sich ein paar Sekunden darin und war sich sicherer denn je: „Dann verstehst du mich absolut richtig!", schloss er und schob sie sachte ins Auto.

XXIV. Kapitel

Viele Wochen später

Es vergingen weitere Wochen, in denen Gloria es genoss, dass ihr Leben wieder in den Rhythmus der Normalität und des geordneten Alltags überging. Dirk und sie hatten einiges an Mobiliar in der gemeinsamen, denn das war sie jetzt offiziell, Wohnung verändert, weil sie beide überzeugt waren, dass das Austauschen einiger Möbel und frische Farbe an den Wänden durchaus einen Neuanfang positiv begleiten konnten. Und es wirkte.

Auch in der Praxis liefen die Dinge wieder routiniert. Gloria freute sich, dass Matilda sich der Abwendung der Klage während ihrer Abwesenheit angenommen hatte. Sie hatte sich mit Pauls Schänder außergerichtlich geeinigt, indem sie ihm erklärt hatte, dass sie den schlechten Zustand des Katers bezeugen würde und er sich wegen Tierquälerei vor Gericht rechtfertigen müsste. Und sie würde, dank bester Kontakte zum Chefredakteur, dafür sorgen, dass die Geschichte im *Express* gedruckt würde. Das ging dem aalglatten Geschäftsmann dann wohl doch zu weit und er zog die

Klage gegen Gloria zurück. Dafür war Gloria ihrer Partnerin unendlich dankbar.

Doch nur wenige Tage später kam es zu einer Begegnung, die Gloria noch einmal in Aufregung versetzen sollte. Eine Frau Mitte zwanzig setzte einen Chinchilla auf ihrem Behandlungstisch ab und begann ein harmloses Gespräch. Sie berichtete davon, dass sie für ihre Tiere, sie habe nämlich mehr als einen der sprungfreudigen, nachtaktiven Fellknäuel daheim, einen eigenen Raum mit Regalen und offenen Schränken ausgestattet habe. Dort könnten sie sich frei bewegen und auch nachts umherspringen ohne dass sie selbst etwas davon mitbekomme. Letztlich seien die Nager sehr laut und gäben unentwegt lustige Laute von sich. Sie plapperte in einem fort, sodass Gloria entschied, ihr eine Weile nicht zuzuhören, während sie sich die Verletzung des Kerlchens namens Freddy besah.

Freddy war augenscheinlich mit einem seiner Nager-Kollegen in einen Kampf geraten. Seinem rechten Ohr fehlte ein Stück, das ihm der Kontrahent wohl herausgebissen hatte und das rechte Auge wurde von breiten, blutigen Kratzspuren überzogen, die bereits zu eitern begannen. Gloria konzentrierte sich auf die

Reinigung der Wunde und entschied, dem Tier ein Antibiotikum zu verabreichen. Gerade als sie das Fell mit den Fingern spreizte, um eine geeignete Stelle für die Spritze freizulegen, wurde sie hellhörig. Irgendetwas im Redeschwall der jungen Frau ließ sie aufhorchen.

„Was sagten Sie da gerade?"

„Ja, ich weiß", die Mittzwanzigerin rollte mit den Augen und zuckte mit den Achseln, „das war echt dumm. Ich meine, üblicherweise würde man den Schmuck ja vor dem Putzen ablegen. Aber darüber habe ich überhaupt nicht nachgedacht. Und ich bin so froh, dass ich den Putzeimer nicht schon entleert hatte. Stellen Sie sich das nur vor! Ich war gerade erst zwei Monate verheiratet und hätte beinahe meinen Ehering ins Klo gekippt. Unfassbar, oder?"

Gloria setzte dem Tierchen die Spritze, legte sie dann langsam beiseite und besah sich das rotwangige Gesicht der Frau. Augenscheinlich machte ihr die Sorge um ihr Haustier so zu schaffen, dass sie keine Kontrolle über Geschwindigkeit und die Vielzahl ihrer Geschichten hatte. Sie plapperte einfach drauflos und tat dies ohne erkennbare Zusammenhänge. Doch irgendetwas daran, wie sie den Beinah-Verlust ihres Eherings beschrieb, machte Gloria sehr nachdenklich.

„Ist was Ernstes mit Freddy?", glaubte die Frau Glorias Gesicht zu entnehmen und starrte sie erschrocken an.

„Nein, nein", beruhigte Gloria sie rasch, „der kleine Racker wird schon wieder. Ich habe ihm ein Antibiotikum gegeben, vermischt mit einem leichten Schmerzmittel, damit sich die Wunde nicht weiter entzündet. Das wird ihn jetzt ein bisschen schläfrig machen, und ich bin sicher, dass er diese Nacht nicht mit den anderen um die Wette hüpft. Besser wäre es, wenn sie ihn ein, zwei Tage von dem anderen Streithahn separieren, damit er regenerieren kann. Das Ohr wächst natürlich nicht mehr nach", setzte Gloria nach und zwinkerte der jungen Frau aufmunternd zu.

Freddys Frauchen lachte erleichtert auf: „Das habe ich auch nicht erwartet. Ich kann ihn also jetzt wieder mitnehmen?"

„Ja, natürlich. Emma, vorne am Empfang, macht mit Ihnen die Abrechnung klar. Kommen Sie aber bitte wieder, wenn sich die Entzündung nicht in den nächsten Tagen vollständig zurückgebildet."

„Ja, gerne. Vielen Dank!" Dann packte sie das benommene Fellknäuel in seine Transportbox zurück und huschte fröhlich nach draußen.

Was hatte die junge Frau noch erzählt? Sie hatte geglaubt, ihren Ehering verloren zu haben. Doch gerade als sie nach der Wohnungsreinigung das Putzwasser ausgießen wollte, erkannte sie auf dem Grund des Eimers die goldene Silhouette ihres Eherings. Glorias Gedanken hatten sich an diesem Satz festgebissen. Ja, natürlich lag eine gewisse Dramatik in dieser Geschichte. Doch Gloria fesselte etwas anderes. Was, wenn das Symbol dieser Ehe einfach in der Toilette heruntergespült worden wäre? Das Symbol, das einmal etwas von Wert war und welches ihre Verbundenheit bezeugen sollte, solange die beiden lebten. Wie ein Talisman.

Gloria durchfuhr es wie ein Blitz. Das war es also, was sie an der Geschichte so sehr eingenommen hatte. Es war die Metapher, die sich darin verbarg, nicht der Ring selbst.

Ohne nachzudenken, stürmte sie aus dem Zimmer und in Richtung Umkleideraum. Schon im Laufen knüpfte sie ihren Kittel auf, warf ihn unordentlich über einen Tisch und riss ihren Spint auf. Nur kurz darauf rannte sie mit einer Handtasche bewaffnet aus der Praxis und rief Matilda noch zu, sie müsse zu einer Nachkontrolle ins Krankenhaus.

Mit ihrem Wagen jagte sie über die A4 und war nur eine knappe Stunde später in ihrem Heimatdorf. Als wäre es das Selbstverständlichste der Welt, setzte sie zum Sprung über die Mülltonnen an, kletterte auf das Garagendach und ließ sich in gewohnter Manier an deren Rückseite in den Garten ab. Es war ihr egal, ob man sie dabei beobachtete oder ob Nachbarn die Polizei rufen würden. Sie musste es wissen.

Sie wusste selbst, dass es vermutlich lächerlich war und auch, dass viele Jahre seitdem vergangen waren. Dinge unterlagen der Veränderung. Wer wusste das besser als sie? Und doch hatte sie das Gefühl, ihr Gedanke sei vielmehr eine Erinnerung als eine fixe Idee. Im Laufschritt durchmaß sie den Garten und kam erst vor der Regentonne zum Stehen.

Geradezu idyllisch wirkte es, wie sie sich dort an die Gartenlaube anzukuscheln schien. Einige letzte Tropfen des Regens vom Morgen perlten verträumt aus der Rinne über ihr und formten konzentrische Kreise auf der Oberfläche. Das leise Tröpfeln ließ Gloria einen Augenblick innehalten. Für einen Moment war alles wieder da.

Sie spürte die Hitze des damaligen Tages in ihren Kleidern, die Sonne schien in ihrem Nacken zu brennen, sie roch die Fäulnis, die seinerzeit von der Tonne ausgegangen war und hörte die Schritte der Erwachsenen auf dem trockenen Gras. Und sie sah das Grauen, das der nasse Kinderleichnam in Vaters Augen ausgelöst hatte, als er Sandra aus der dunklen Tiefe herausgezogen hatte.

Etwas knackte hinter ihr im Gehölz und ließ sie herumfahren. Der alte Nachbar war hinter ihr aufgetaucht und besah sich ebenfalls schweigend den traurigen Ort.

Dann atmete er schwerfällig aus, als läge ihm ein schwerer Stein auf der Brust. „Sie sind also doch zurückgekommen?"

Gloria sah ihn irritiert an. Mit mühsamen, schwerfälligen Schritten trat er vor sie und besah sie mit kummervollem Blick. „Ich hätte es nicht gedacht, aber manchmal irren wir auch. Es ist menschlich, sich zu irren."

Immer noch verstand Gloria kein Wort von dem, was ihr der Alte sagte. Anfangs glaubte sie sogar, er könne dehydriert sein, so wenig machten seine Worte für sie Sinn. Doch schon bald sollte sie verstehen, was er meinte. Er tat noch einige Schritte vor und legte dann eine Hand auf den Rand der Tonne. Trübsinnig blickte er in die Flüssigkeit.

„Sie waren mir immer die Liebste dieser Mischpoke, und das wissen Sie." Er wendete ihr einen kummervollen Blick zu. „Wenn Sie jetzt gehen, Gloria, müssen wir nie wieder darüber reden und niemand wird je etwas erfahren." Im Takt seiner Worte klopfte er mit der Hand auf den Rand der Tonne. Eine Art Beschwörungs- oder Verschwörungsritual, ging es Gloria durch den Sinn.

Dann verstand sie. Er war der Überzeugung, sie sei an den Ort ihrer Tat zurückgekehrt. Augenscheinlich war der alte Mann der Auffassung, sie habe Sandra wirklich damals getötet und versuche damit abzuschließen.

Energisch schüttelte sie den Kopf: „Oh, nein, nein, nein. Ich denke, hier liegt ein großes Missverständnis vor! Aber vielleicht können Sie mir helfen?", rief sie und machte einen Satz auf ihn zu.

Der Körper des Mannes versteifte sich. Scheinbar schien er einen Angriff zu erwarten und schloss die Augen.

„Bitte", Gloria packte ihn bei den Schultern, „können Sie mir helfen, das Wasser aus der Tonne abzulassen?"

Langsam öffnete der Mann seine Augen wieder. „Das Wasser?", echote er einfältig, als zweifelte er an Glorias Gesundheitszustand. „Ja, ich muss den Boden der Tonne sehen."

„Den Boden der Tonne?", erneut wiederholte der Greise, was Gloria von sich gab, und versuchte sie dann zur Vernunft zu bringen. „Herrgott, warum? Das könnte ewig dauern! Wie wollen wir das anstellen? Das riesige Ding zu kippen, schaffen wir beide nicht."

„Wir schöpfen es ab", gab Gloria siegesgewiss preis, rannte um den Schuppen und kam nur Sekunden später mit einer Pflanzkelle und mit einer Dachpfanne zurück. „Lagerte im Schuppen", strahlte sie den Alten an und drückte ihm die Kelle in die Hand.

„Das dauert ewig", wiederholte der Mann erneut mutlos und gab zu verstehen, dass er den Sinn nicht sah.

„Wir müssen nur so viel Wasser abschöpfen, bis wir die Tonne kippen und den Rest dann ausschütten können.“

„Und dann?“, fragte der Nachbar immer noch misstrauisch. „Dann entdecken wir hoffentlich die Wahrheit“, antwortete Gloria und tauchte die Dachpfanne energisch in das klare Wasser.

Der Alte behielt recht. Es dauerte über eine Stunde, bis die Tonne zur Hälfte geleert war. Als Gloria das Gefühl hatte, dass sie es wagen konnten, stemmten sie sich gegen die Außenwand und brachten den schweren Trog in Bewegung. Tatsächlich schwappte ein großer Schwall Wasser über den Rand. Das motivierte die beiden die Prozedur zu wiederholen, bis nur noch ein geringer Rest in der Tonne verblieb. Gloria schob den Kopf über den Rand und kniff die Augen zusammen.

Es war schwer, im dunklen Inneren etwas auszumachen. Das klare Wasser bewegte sich noch immer darin und kam nur allmählich zur Ruhe. Gloria schirmte ihre Augen mit den Händen gegen den Lichteinfall ab und konzentrierte sich auf den Boden. Mit jeder Sekunde, die sich das Wasser mehr beruhigte, gelang es ihr, deutlicher zu sehen. In dem Moment als sie die Gewissheit erhielt, stockte ihr Atem.

Da, am Boden der Tonne lag etwas, das sie wiedererkannte. Etwas, das einmal für den Schutz eines nahen Menschen gestanden hatte. Etwas, das er meist in seiner Brusttasche trug, damit es dem Ort seiner Schwäche näher war. Auch an ihrem Geburtstag damals hatte er ihn dabeigehabt. Eng an seiner Brust. Aber dort war er eben nicht mehr, als er durch den Strahl des Rasensprengers gelaufen war und das Wasser sein Hemd durchtränkt hatte. Das war ihr nun klar. Alex hatte ihn verloren, als er seine Tochter unter Wasser gedrückt hatte, bis endgültig der letzte Atem aus dem Mädchen gewichen war. Am Boden der Tonne hatte er jahrelang darauf gewartet, gefunden zu werden. Der Salmanus. Alex' Talisman.